Dietrich Theden

Menschenhasser
(Kriminalroman)

e-artnow 2018

Levin Schücking
Märtyrer oder Verbrecher? (Krimi-Klassiker)

Auguste Groner
Der rote Merkur (Wiener Kriminalroman)

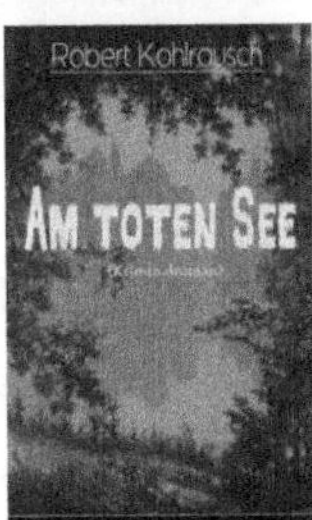

Robert Kohlrausch
Am toten See (Kriminalroman)

Arthur Conan Doyle
Sherlock Holmes Weihnachtsspecial - Der blaue Karfunkel

Dietrich Theden
Ein Verteidiger (Justiztkrimi)

Dietrich Theden

Menschenhasser (Kriminalroman)

Psychothriller des Autors von "Ein Verteidiger", "Die zweite Buße" und "Der Advokatenbauer"

e-artnow, 2018
Kontakt: info@e-artnow.org
ISBN 978-80-273-1940-4

Inhaltsverzeichnis

Erstes Kapitel

Ein sommerwarmer Novembertag lag mit Sonnenglitzern über der Hauptstadt, und Unter den Linden drängte eine tausendköpfige Menschenmenge auf und nieder. An den kahlen Ästen der Lindenbäume flatterten noch ein paar welke Blätter als trübselige Reste der grünen Sommerfahnen. Die bunte Menge der Promenierenden aber strahlte und lachte mit dem Spätsonnenschein um die Wette, ging in der sorglosen Freude des Augenblicks auf und ließ das winterdrohende Morgen Morgen sein.

Nur ein älterer Herr, der durch das Brandenburger Tor in die Linden einbog und sich langsam durch das Gedränge wand, schien für das späte Naturfeiern und die angeregte Stimmung der Hauptstädter kein Auge zu haben und nicht daran teilzunehmen. Der schwarze, schlappe und verstaubte, nachlässig eingebeulte Filzhut, der den eckigen Kopf bedeckte, war in die Stirn gezogen und beschattete ein Paar kühle, tief in den Höhlen liegende Augen. Ein gelber Überzieher in englischem Schnitt hüllte die lange Gestalt vom Hals bis zu den Knöcheln ein und war dem Mann trotz des leichten Stoffes beim Gehen hinderlich. Müßige drehten sich zuweilen nach dem gelben Monstrum von Überzieher und seinem Träger um und beehrten beide im Vorübergehen mit einer Art Geringschätzung – das glattrasierte, blasse Gesicht des Mannes blieb unberührt. Selbst der ziemlich laute Spottruf eines halbwüchsigen, naseweisen Bengels in der weißen Tracht der Konditorjungen störte ihn nicht, bis sich der Frechling ihm direkt in den Weg stellte und höhnisch rief: »Nanu, wat hat denn bei den die Jlock jeschlagen?«

»Eins!« versetzte der Angesprochene ruhig und verabfolgte dem Spötter eine so gut gezielte Ohrfeige, daß der Bengel unsanft zur Seite flog und sich unter dem Gelächter des Publikums trollte.

Der hagere Mann bog durch die Passage in die Friedrichstraße ein, schlenderte achtlos an den Läden vorüber und musterte nur die Hotelschilder mit einiger Aufmerksamkeit. Er hatte die Leipziger Straße bereits hinter sich, als er vor einem kleinen Hotel einen Augenblick stehenblieb, es prüfend musterte, dann über den Damm schritt und in das Haus eintrat.

»Wohn- und Schlafzimmer«, rief er dem Hausdiener, der zugleich die Stelle als Portier versah, kurz zu.

Der Türhüter hatte wohl kein besonderes Vertrauen zu dieser merkwürdigen Erscheinung.

»Bedaure – besetzt«, erwiderte er darum lakonisch.

Der gelb gekleidete Mann sah sich auf dem Flur um.

»Well«, sagte er und wies auf große, übereinandergestapelte Reisekoffer, »ich werde mein Gepäck abholen lassen.«

Der Hausdiener wurde aufmerksamer.

»Ihre Koffer?« fragte er. »Haben Sie Zimmer bestellt?«

»Von Hamburg aus. Telegraphisch…«

»Bitte um Entschuldigung – das ist etwas anderes. Herr Hunter?«

»Derselbe!«

Der Hausdiener kroch in einen Verschlag unter der Treppe, der ihm zugleich als Schlafraum und als Portierloge diente, kehrte mit einem Telegramm in der Hand zurück und erklärte:

»Stimmt, Herr – Hunter. Bitte: erste Etage, Zimmer Nummer fünf mit Kabinett. Wollen der Herr mir folgen.« Oben legte er ein polizeiliches Meldeformular auf den Tisch und bat um Ausfüllung.

»William Hunter aus Australien«, malte der Gast in großen, energischen Schriftzügen hin und reichte dem Diener das Papier mit den Worten: »Da haben Sie den Wisch.«

»Wohin befehlen der Herr das Gepäck?«

Hunter sah sich in dem Raume um. »Drüben in die Ecke«, entschied er.

Die Koffer waren schwer, und der Hausdiener hatte daran zu schleppen.

Hunter beobachtete ihn wortlos, schlug, als das letzte Stück gebracht worden war, die Tür des Zimmers zu und drehte den Schlüssel um.

Er streckte die Arme hoch und reckte sich. Dann erst entledigte er sich des langen gelben Mantels, entnahm der Brusttasche seines grobgewirkten Jacketts einen Plan von Berlin und breitete ihn auf dem runden Sofatisch aus.

Mißtrauisch prüfte er das altmodische Sofa.

»Marterkasten!« knurrte er, zog an einer Klingel und schloß die Tür wieder auf.

»Wirt!« befahl er, als der Hausdiener den Kopf durch die halbgeöffnete Tür steckte.

Der Hotelier kam nach einigen Minuten.

»Schaffen Sie mir das vorsintflutliche Ungetüm da hinaus, und bringen Sie mir eine bequeme Chaiselongue.«

»Leider, Herr Hunter...« Der Hotelier zuckte die Achseln.

Hunter zog ein dickleibiges Portefeuille, nahm einen Hundertmarkschein heraus und übergab ihn dem Wirt.

»Binnen einer halben Stunde wünsche ich befriedigt zu sein!«

Er sprach mit einer Bestimmtheit, die jeden Widerspruch ausschloß.

Der Wirt verbeugte sich devot. »Wie der Herr befehlen.«

Hunter stützte sich mit beiden Armen auf den wackligen Tisch und studierte den Plan.

Nach einer guten Viertelstunde ertönte auf dem Flur ein Poltern, und zwei Leute erschienen, um das verbannte Möbelstück gegen das verlangte umzutauschen.

Der Australier trat an eines der Fenster und sah auf die Straße. Als es im Zimmer wieder still war, kehrte er für einige Augenblicke zu der unterbrochenen Beschäftigung zurück, faltete den Plan dann wieder zusammen und warf sich zum Ausruhen auf die Chaiselongue.

Nach halbstündigem Schlaf tauchte er den Kopf in die Waschschüssel, rieb sich mit dem Handtuch, daß das fahle Gesicht pfirsichrot wurde, schlüpfte wieder in den monströsen gelben Mantel, klopfte oberflächlich den Staub vom Schlapphut und entfernte sich.

Er wandte sich durch die Leipziger Straße dem Westen zu, durchstreifte die Gegend um den Potsdamer Platz und bog erst, als die Sonne bereits im Sinken war, in die Potsdamer Straße ein.

Ohne Eile und ohne Aufenthalt schritt er gleichmäßig aus. An der vornehmen Bülowstraße machte er halt, brachte sich auf der Promenade vor dem lebhaften Bahn- und Wagenverkehr in Sicherheit und widmete der Umgebung seine scharfe Aufmerksamkeit. Nach Minuten überschritt er wieder den Fahrdamm, kam abermals in die Potsdamer Straße und blieb nach kurzer Zeit vor einem alten Gebäude stehen, das sich zwischen Mietskasernen wie verloren ausnahm.

Das villenähnliche Haus mochte, als die Umgebung es noch nicht erdrückte, ganz stattlich gewesen sein. In seinem gegenwärtigen Zustand litt es nicht nur unter dem Kontrast mit den benachbarten Riesenbauten, sondern zeigte auch auffallende Spuren des Verfalls durch Alter und Vernachlässigung, der sich sogar auf das Schild mit der Hausnummer ausdehnte, auf dem die Zahl »100« nur noch in Fragmenten zu erkennen war. Der Putz der Wände war abgeblättert und ließ das rote Gestein zum Vorschein kommen; die Fenster- und Türrahmen waren, mit Ausnahme der grellweiß gestrichenen Mitteltür, schmutziggrau, die Steinstufen der steilen und schmalen Freitreppe schief und ausgetreten.

Im rechten Parterregeschoß des Hauses befand sich ein kleines Blumengeschäft, und gerade über diesem in einem niedrigen Anbau zum ersten Stockwerk ein Fenster, das den Australier lebhaft interessierte. Ein feinmaschiger, sauberer Store verwehrte den Einblick ins Innere; ein vor den spiegelnden Scheiben sichtlich erst vor kurzem angebrachtes Gitter schien den Weg nach außen verlegen zu sollen.

Die doppelte Sicherung machte einen geheimnisvollen, fast unheimlichen Eindruck und hielt die Aufmerksamkeit des Beobachters gefesselt. Er überlegte, ob er nicht kurz entschlossen in den Blumenladen eintreten, eine Kleinigkeit kaufen und sich nach der Bedeutung der gefängnisartigen Vorrichtung am Fenster erkundigen sollte, gab den Gedanken aber wieder auf, wandte sich nach der Bülowstraße zurück und begab sich nach flüchtigem Suchen in ein offensichtlich vornehmes Restaurant.

Das Restaurant gehörte in der Tat zu den besten des Westens und hielt, was sein Äußeres versprochen hatte. Hunter bestellte ein Abendbrot, verzehrte das Mahl mit Appetit und ließ sich dann mehrere Tageszeitungen geben, in die er sich stundenlang vertiefte. Erst als der Zeiger der Wanduhr auf die elfte Stunde vorgerückt war, rief er den Kellner zum Zahlen und fragte scheinbar nebenher: »Neu Ihr Lokal?«

»Nicht gerade. Fünf Jahre wird es schon bestehen.«

»Gibt es ältere in der Nähe?«

»Uns gegenüber ist eines, das wohl dreimal so alt sein mag. Zu den besseren gehört es aber nicht.«

»Das auf der anderen Seite – mit Vorgarten?« suchte der Australier sich zu vergewissern.

»Ja.«

»Stammgäste da, alte?« forschte Hunter weiter.

»Drin gewesen bin ich noch nicht; ich glaube aber schon.«

»Danke.«

Hunter schob ein Fünfzigpfennigstück als Trinkgeld hin und schlüpfte mit Hilfe des Kellners in den Mantel.

Er ging über die Promenade zu der ihm bezeichneten Wirtschaft und nahm in einer Ecke Platz, von der aus er einen runden Tisch, durch ein Schild als Stammtisch kenntlich gemacht, übersehen konnte.

Dunst von gekochtem Fleisch und Sauerkohl mischte sich mit dem beißenden Qualm von billigen Zigarren und dem widerlich süßen Duft eines eben servierten Grogs. Hunter ließ sich dadurch nicht anfechten, lehnte aber schroff ab, als der Grogtrinker schwankend an seinen Tisch trat und ein Gespräch mit ihm zu beginnen suchte.

»Nehmen Sie Platz, wo Sie wollen; aber mich lassen Sie in Ruhe, ich spreche nicht mit Betrunkenen.«

Die wäßrigen Augen des Trinkers starrten blöde.

Der Wirt mischte sich ein und führte den Lästigen fort.

Hunter musterte wieder den Rundtisch, an dem vier Personen saßen. Drei, schlußfolgerte er, gehören nur zusammen. Nummer vier, einen etwas abseits hockenden Menschen fremdländischen Typs, hielt Hunter für einen Italiener, und nach der Werktagskleidung tippte er auf einen Steinarbeiter oder Stukkateur. Den Wortführer des Tisches, einen etwas aufgeschwemmten Herrn, hielt er für einen ehemaligen Kaufmann, der Schiffbruch erlitten hatte und sich mit irgendeinem Agenturgeschäft, so gut oder schlecht es gehen wollte, redlich durch die Welt schlug. Das größte Interesse fand bei dem Beobachter ein alter Herr neben dem »Agenten«, dessen gelbes, von unzähligen Furchen durchzogenes Gesicht ununterbrochen nervös zuckte und dessen Rechte bald durch das gelichtete Haupthaar, bald über den langen eisgrauen Spitzbart fuhr. Die Augen des Alten waren unruhig und verschleiert, wanderten fortwährend umher oder hafteten, wenn einer der Tischgenossen mit ihm sprach, auf dem vor ihm stehenden Weißbierglas. In die Augen schien er niemand zu sehen, und auch dem Australier wich er scheu aus, als der irrende Blick diesen zufällig streifte. Irgendein Geizkragen oder Wucherer, schätzte Hunter.

Der letzte der Gesellschaft hatte dem Fremden den Rücken zugekehrt und machte einen Eindruck zunächst unmöglich. Hunter trat an den Schanktisch und sprach mit dem Wirt.

»Pardon. Sind Sie schon lange in der Gegend?«

»Na, an die fünfzehn Jahre kommen zusammen.«

»Können Sie mir Auskunft geben, wem das Haus Nummer einhundert in der Potsdamer Straße gehört?«

»Das? Das Spukhaus?« gab der Wirt fragend zurück.

»Den alten Kasten auf der rechten Seite meine ich«, ergänzte der Fragesteller.

»Ja.« Der Wirt nickte. »Das gehört einem gewissen Wutschow, Bernhard Wutschow. Ist etwas verrufen...«

»Das Haus oder der Besitzer?«

»Na, im Grunde alle beide. Haben Sie da was zu suchen?« »Könnte sein.«

»Und möchten von mir so etwas wie eine Auskunft erhalten? Hm ...Wollen Sie nicht mit am Stammtisch Platz nehmen? Ich will Sie gern bekannt machen, und die Herren können Ihnen besser behilflich sein als ich. – Jeremias«, rief er nach dem runden Tisch hinüber, »du lebst doch wohl schon so lange hier wie der Wutschow?«

Der mit Jeremias Angerufene war der von Hunter mit dem Wuchertitel Beehrte. Der nervöse Alte nickte und preßte, ohne aufzublicken, die heisere Antwort hervor. »Hm, ja, so ungefähr...«

Der Australier wandte sich nach dem Stammtisch. »Mit Erlaubnis, meine Herren. – Hunter...«

Der Agent erhob sich höflich. »Fantig«, erwiderte er und wies zugleich auf seine beiden Tischnachbarn. »Jeremias, eigentlich Jeremias Kluckhohn«, stellte er den spitzbärtigen Alten vor und den dritten als »Rinke«, könnte Gärtner oder Grünzeugonkel sein, setzte Hunter in Gedanken rasch hinzu. Der vierte am Tisch blieb unbeachtet und schenkte auch seinerseits den Vorgängen um sich keinerlei Aufmerksamkeit.

»Wenn Sie mit Wutschow zu schaffen haben«, nahm der Agent das Gespräch auf, »werden Sie vorsichtig sein müssen.«

»Einer mit Ellenbogen?« fragte Hunter.

»O ja! Und im Oberstübchen –«, der Agent tippte sich gegen die Stirn, »man braucht ja nichts weiter zu sagen. Was, Jeremias?«

Jeremias wiegte nur den grauen Kopf, blies den Atem durch die Nase und tastete mit der Linken nach dem Weißbierglas, das er unsicher an den Mund führte.

»Trinken Sie aus, meine Herren, und erlauben Sie mir, eine Runde zu spendieren – oder ein paar«, lud Hunter ein, und die Stammgäste nahmen die Einladung gern an.

Dieser Jeremias ist ein richtiger Geizkragen, dachte der Australier für sich. Die beiden anderen rauchen, und er schnuppert ...»Darf ich Ihnen eine Zigarre anbieten, Herr – Herr...«

»Sagen Sie einfach Jeremias«, riet der Agent.

»Herr Jeremias«, ergänzte Hunter und hielt sein gutgefülltes Etui hin.

Jeremias kniff das linke Auge zu, und seine linke Wange zuckte heftig. Er schielte nach den Zigarren und bediente sich wortlos.

Auch die beiden anderen griffen eilig zu.

Hunter musterte den Agenten, der die Zigarre neben sein Stammglas schob, um erst sein eigenes Kraut zu Ende zu rauchen, verstohlen. Etwas abgetragener schwarzer Gehrock, ging es ihm durch den Sinn, leidliche Krawatte, saubere Wäsche – hält noch auf sich. Mr. Jeremias im altmodischen, fadenscheinigen Jackett, ohne Manschetten und Halskragen, den Kragenkopf locker im zerdrückten Chemisett – ein Groschenfuchser, dem das Äußere schon Wurst ist! »Also Sie kennen den Wutschow schon lange, wenn ich den Namen recht verstanden habe?« wandte er sich laut an Jeremias. Der antwortete nicht gleich. Er hatte sich eben seine Zigarre angezündet und zog den Rauch begierig durch die Nase.

»Solange der bei uns in der Gegend haust«, versetzte statt seiner der Agent.

»Auch persönlich?« fuhr Hunter fort.

»Freilich«, bestätigte wieder Fantig.

»Geschäftlich?« forschte Hunter.

Die Nachbarn sahen auf Jeremias. Auf diese Frage konnten sie keine Auskunft geben, und sie waren selbst auf die Antwort gespannt. In flüchtig auftauchenden Gerüchten waren die Namen Kluckhohn und Wutschow schon des öfteren miteinander in Verbindung gebracht worden.

Jeremias wich aus. »Geschäftlich –?« wiederholte er langsam, ohne aufzusehen. Er plinkerte mit den Augen und zuckte mit den Schultern. »Ich mit meinen paar Kröten und der mit seinen Millionen! Der braucht unsereinen nicht.«

»Ich wollte nicht indiskret sein«, versicherte Hunter. »Würden Sie die Freundlichkeit haben, das, was Sie von Wutschow wissen, mir beiläufig zu erzählen?«

Jeremias schien zu überlegen.

»Hm, das würde wohl ein bißchen viel sein«, meinte er nach einer Weile. »Wenn Sie mich aber fragen, antworten will ich schon. Ich kann ja auch nicht wissen – hm –, worum es Ihnen zu tun ist. Und manches – hm – erzählt man auch nicht gern. Die Finger verbrennen, da lass' ich sie lieber davon...«

Er sprach rauh und stockend.

»Auch gut«, fiel Hunter ein. – »Um Geheimnisse ist es mir übrigens nicht zu tun«, fügte er hinzu und dachte das Gegenteil. »Also ich soll fragen. Na – ist der Wutschow ein Berliner?«

Jeremias schüttelte den Kopf.

»Geborener wohl nicht«, entgegnete er. »Was von Sachse habe ich gehört, weiß es aber nicht genau.«

»Verheiratet?«

»Ja. Eine Tochter...«

»Und vermögend, wie Sie sagten?«

Jeremias nickte.

»Das ist bekannt«, bestätigte auch der Agent.

»Sogar Millionär?« forschte Hunter.

»Das ist leicht zu beweisen...«

»Der Rumpelkasten, den er bewohnt, spricht nicht gerade dafür«, stichelte der Australier.

Jeremias Kluckhohn tat einen Zug aus dem Weißbierglas, wischte sich den Mund mit dem Handrücken und starrte vor sich hin.

»Wutschow ist ein – Original«, hob er endlich wieder an. »Geld genug haben sie ihm geboten für den Kasten – wenn er müßte, hätte er wohl zugeschlagen. Er muß aber nicht und will auch nicht. Ich könnte Ihnen Sachen erzählen – Sachen –, na, Sie werden ja später noch manches erfahren und vielleicht miterleben. Meinen Sie, das Haus sei sein einziges? Fünf hat er außerdem noch. Zwei in der Bülow-, zwei in der Kurfürstenstraße, eins in der Potsdamer...«

»Auch solche Baracken?«

»Baracken –? Neu, solid, gehören zu den besten rundherum. Aber alle stehen leer.«

»Stehen – was –?« fuhr es dem Australier heraus.

»Alle leer«, wiederholte Jeremias bedächtig. »Vom Keller bis zum Dach.«

»Buchstäblich wahr«, warf Fantig wieder lebhaft dazwischen.

»Sind wohl mal 'n paar Wohnungen vermietet gewesen«, fuhr Jeremias fort und sah auf den Tisch, als spräche er zu seinem Bierglas, »waren aber alle bald wieder frei. Hält eben niemand aus bei ihm.«

»Wieso das?« drängte Hunter interessiert.

»Weil er verrückt ist, weil er schikaniert. Haben Sie Bilder, dürfen Sie sie nicht aufhängen, weil er keinen Nagel in die Wand schlagen läßt. Rauchen – verboten, der Feuergefahr wegen. Katzen und Hunde halten – gibt's nicht. Die Gasleitung, die da ist, darf nicht benutzt werden – das steht sogar im Kontrakt. Einige Zimmer sind nur mit Zeitungen tapeziert, und wem sie nicht gut genug sind, der soll sie sich selber machen lassen. Und so'n Unsinn mehr.«

»Das ist mein Mann, den muß ich kennenlernen«, versicherte Hunter.

»Auf Sie allein kommt's nicht an«, belehrte ihn Jeremias. »Erst müssen Sie abwarten, ob er will.«

»Ich werde ihm einen von seinen leeren Palästen abkaufen...«

»Versuchen Sie Ihr Glück.«

»...oder die alte Bude Nummer einhundert.«

Jeremias streifte ihn mit einem raschen Schielen.

»Wenn Sie die Lust nicht verlieren«, sagte er nickend und leise warnend.

»Ah bah!« machte der Australier geringschätzig. »Die Madame und das Fräulein auch so – so – konfus?« forschte er. »Kellner, Bier!« rief er.

»Die Tochter nicht; aber die Alte ist auch so ein Drache«, behauptete der Agent.

»Also eine gediegene Familie –!«

»Bis auf die Tochter«, schränkte der Agent nochmals ein, während Jeremias wieder in Schweigen verfiel und nur dem billigen Getränk hastig zusprach.

»Apropos, die Alte, auch keine Berlinerin?« fragte Hunter obenhin.

Der Agent fuhr sich mit der Hand über die Stirn. »Ja, wenn ich das wüßte...»

Er klopfte Jeremias auf die Schulter. »Du hast keine Ahnung?«

Aber Jeremias trank, ohne zu antworten, und Fantig zuckte vielsagend mit den Achseln.

»...'nüber, der Jeremias. 'n andermal, Herr Hunter, wenn Sie noch was wissen wollen. Wir – sind jeden Abend hier; sonst ist der Jeremias auch vernünftig – heute...«

Ein Schluckauf ließ ihn abbrechen.

Der Australier hatte während des Gespräches den Kellner beauftragt, die leeren Gläser ohne Nachfrage zu füllen, und die Gäste hatten die Gelegenheit reichlich wahrgenommen. Jeremias' faltiges Gesicht zuckte noch heftiger als gewöhnlich, der Atem ging hörbar, und endlich sank der Kopf ihm schwer auf die den Spitzbart umklammernde Faust.

Hunter erkannte, daß ihm die Nachrichtenquellen einstweilen verstopft waren, und fühlte dadurch sein Interesse an der Gesellschaft erlahmen. Aber er war zunächst mit dem Ergebnis zufrieden, reichte zum Dank nochmals seine Zigarren herum, wobei er diesmal statt des stummen Krautonkels den Wirt bedachte, und rechnete dann freigebig mit dem Kellner ab.

Mit dem Versprechen wiederzukommen, schied er.

Fünf Häuser leer? überlegte er draußen. Jedes nur zu zehn Wohnungen – fünfzig insgesamt –, und in diesem Viertel kaum eine unter tausend – oder noch bedeutend teurer –, und Läden auch noch, vielleicht Hinterhäuser...

Er beschloß die oberflächliche Rechnung mit einem langgezogenen Pfiff.

Wenn er das aushalten kann – hm –, da wird er auch das Spukhaus nicht hergeben wollen. Spukhaus? Ja so, der Wirt hatte es so benannt.

Die Nacht war merklich kühler geworden, und Hunter knöpfte den gelben Mantel bis zum Halse zu, während er gerade vor dem Hause Nr. 100 den Schritt anhielt und den durch die nächtliche Beleuchtung veränderten Eindruck des alten Baus in sich aufnahm. Gespenstisch hell leuchtete der weiße Rahmen der Mitteltür aus dem verschwommenen Nachtgrau der Front; lichtlos, schwarzglänzend lagen die Fenster, und nur über schmale Streifen des schadhaften Schieferdaches goß der Mond, der aus zerrissenen, fliegenden Wolken niederschaute, ein mattes Silberflimmern.

Die letzten Pferdebahnen kamen aus dem Zentrum der Stadt und fuhren in Richtung Schöneberg, Droschken kreuzten zwischen den schwerfälligen, dichtbesetzten Bahnwagen. Die breiten Bürgersteige aber waren nur spärlich belebt, und Hunter brauchte sich nicht zwischen den Passanten durchzuwinden wie am Nachmittag in der breiten Prachtstraße Unter den Linden, in die der Sonnenschein Tausende gelockt hatte, die für den bleichen, wolkenumflogenen Wächter der Nacht kein Auge mehr hatten.

Zweites Kapitel

Der Australier wollte sich geradewegs in sein Hotel begeben, wurde aber zwischen der Kurfürsten- und Steglitzer Straße auf ein vorübergehendes Paar aufmerksam, weil die junge Dame hörbar schluchzte und von ihrem Begleiter, der auf sie einsprach, nicht beruhigt werden konnte.

Hunter stand eine Weile unschlüssig und sah dem Paar hinterher. Die Dame hing scheinbar schwer am Arm ihres Begleiters, löste sich aber, bei der Kurfürstenstraße angelangt, von ihm und trocknete sich die Augen. Der Mond, der sekundenlang aus den fliegenden Wolken getreten war, ließ den spiegelnden Zylinder des Herrn in der Silberflut aufschimmern. Der schlanke Mann stellte sich vor die Dame, nickte und hob ein paarmal die Hände wie zur Beruhigung oder Abwehr empor. Hunter konnte nicht vernehmen, ob er sprach, nahm es nach den lebhaften Gesten aber an und verharrte beobachtend, bis das Paar wieder Arm in Arm den Weg fortsetzte. Unwillkürlich lenkte er dann, den beiden folgend, die Schritte zurück und gewahrte von der Kurfürstenstraße aus mit einiger Verwunderung, daß die nächtlichen Wanderer gerade in dem Vorgarten des Hauses Nr. 100 verschwanden. Er eilte über den Fahrdamm auf die andere Seite der Straße und fand seine Beobachtung bestätigt, als er beide im Dunkel des schmalen Seitenganges links neben dem Hause wiedererkannte, wo sie eben voneinander Abschied nahmen. Die Dame hatte die Arme um den Hals des Mannes geschlungen, der sich leicht zu ihr herabgeneigt hatte.

»Ein Liebespaar?« murmelte Hunter, der sich hinter einem Lindenstamm versteckt hatte. »Und ausgerechnet in dem alten Spuknest? – Ah so, sollte das vielleicht das Fräulein vom Hause sein? Wahrscheinlich – oder nicht? Hm…« Er sah nach der Uhr. »Bald eins – ein wenig spät für das Fräulein, wenn sie, hm…«

Er blieb auf seinem Posten, als das Paar sich zögernd aus der Umarmung löste, dem Seitengang weiter folgte und an der Rückseite des Hauses um die Ecke bog.

Minutenlang sah und hörte der Lauscher nichts. Dann glaubte er in Abständen ein dumpfes Pochen zu vernehmen, das, je öfter es sich wiederholte, um so lauter wurde. Endlich folgte dem Klopfen ein unverständliches Sprechen, das den Lauscher über den Fahrdamm dicht vor die Villa lockte und ihn angestrengt horchen ließ.

»Es ist doch Ihre Tochter, Wutschow!« hörte Hunter durch das Dunkel. Und nach einer Pause: »Machen Sie auf, Wutschow, Hedwig kann doch nicht die Nacht über draußen bleiben.« Dann leises Bitten von einer zitternden Frauenstimme, entrüstetes, zorniges, stoßweises Schelten des Mannes – wieder Bitten, ein dumpfes Dröhnen wie vom Rütteln an einer Tür, kurzes, heftiges, bis zum Drohen sich steigerndes Drängen der Männerstimme und dann rasche, polternde Schritte eine Holztreppe hinab, dumpf über ungepflasterten weichen Boden. Der Australier zog sich an den alten Platz zurück und erkannte in dem Seitengang die Umrisse des Zylinderträgers. Der Mann schritt bis dicht an die Straße vor, kehrte auf den Fußspitzen geräuschlos um und sah gespannt um die Ecke. Das dauerte Minuten, bis er mit heftigem Ruck abermals kehrtmachte, an die Straße eilte und die eiserne Gitterpforte klirrend aufriß.

Hunter trat vorsichtig bis an die Häuserreihe zurück, tat, als ob er eben durch einen der Hausflure auf den breiten Bürgersteig getreten sei, und wandte sich lässig nach der Bülowstraße zu.

»He!« kam es ihm über den Fahrdamm entgegen.

Er blieb stehen.

Der Begleiter der Dame kam auf ihn zu, lüftete den Zylinder und fragte hastig: »Darf ich Sie um etwas bitten?«

»Wenn ich dienen kann, Herr…«

»Ich brauche einen Schutzmann – meine Dame kann nicht ins Haus –, wollen Sie sich nach einem Beamten umsehen und ihn hierher dirigieren? Ich bitte…«

Der Sprecher nestelte den eleganten Überzieher auf und zog seine Visitenkarte.

»Doktor Bruchs«, stellte er sich zugleich vor, und Hunter las im Scheine der Laterne, in deren Nähe sie standen, auf dem Karton: »Dr. med. Max Bruchs – Berlin SW, Neuenburger Straße 14a.«

»Schließt der Schutzmann auf?« fragte der Australier ruhig. »Nicht der Wächter?«

»Der Wächter nützt uns nichts«, entgegnete der Doktor erregt. »Der Schlüssel steckt – es soll nicht geöffnet werden –, der eigene Vater des Mädchens lacht uns von drinnen aus, verhöhnt uns ...«

»Der Herr Wutschow?« fragte Hunter.

»Ja, natürlich – kennen Sie ihn?«

»Nicht näher, Herr ...«

»Er hat seiner Tochter erlaubt, bis ein Uhr ein Vereinsfest mit mir zu besuchen; wir sind pünktlich zurück, aber inzwischen ist es ihm wieder leid geworden, daß er uns eine Freude erlaubt hat, und er sucht sich durch sinnlose Quälerei zu revanchieren.«

Der Blick des Australiers überflog den Mann, dessen ausdrucksvolles Gesicht eine erklärliche Erregung verriet. Die unter dem schwarzen Zylinderrande gerade aufsteigende hohe Stirn konnte auf Intelligenz und Energie deuten, die Weichheit der ebenmäßigen Züge auf Jugend, der nicht starke, aber gepflegte Schnurrbart auf Sinn für Ordnung und Eleganz. Die Kleidung war von modernem, tadellosem Sitz, die Haltung ihres Trägers straff männlich.

»Darf ich wissen, in welcher Beziehung Sie zu der Dame stehen?« forschte Hunter.

»Sie ist meine Braut.«

»Mit Einwilligung der Eltern?«

»Gewiß – aber seit wir verlobt sind, ist's dem wunderlichen Alten wider den Strich, und er treibt gegen uns, wo er es irgend vermag.«

»Hm ...«

»Meine Braut wartet – darf ich Sie um die Gefälligkeit bemühen?«

»Dazu bedürfen wir keines Schutzmannes ... Ich öffne selbst, wenn Sie erlauben.«

»Sind Sie Geheimbeamter?« fragte Bruchs unsicher.

»Kommen Sie.« Er ging dem Arzt voran, als ob ihm in dem dunklen Gang jeder Stein bekannt sei. Er bog, wie vorher das Liebespaar, um die Ecke, zog vor dem schluchzenden jungen Mädchen den Schlapphut und gewahrte hinter den Scheiben einer langgestreckten geschlossenen Veranda im matten Scheine einer Hängelampe den Besitzer des Hauses, der gemütlich seine Pfeife rauchte und belustigt dem sich draußen abspielenden Vorgange zusah.

Hunter stieg die Holztreppe hinauf, klopfte gegen die Scheiben der Tür und rief dem Hausherrn ein barsches »Öffnen Sie!« zu.

Wutschow nahm einen Moment die Pfeife aus dem Munde und starrte auf das neue Gesicht. Dann zog er den Kopf tief zwischen die Schultern, kniff die funkelnden Augen zusammen und paffte ungeniert weiter.

»Wollen Sie aufschließen?« fragte der Australier laut. Wutschow rührte sich nicht.

»Sie erreichen ebensowenig wie wir«, mischte sich von unten die Stimme des Arztes ein. »Bleiben Sie bei meiner Braut, ich hole andere Hilfe.«

»Überflüssig«, gab Hunter zur Antwort, faßte die Messingklinke, drückte mit dem hageren Körper gegen den mittleren Holzrahmen, daß es krachte, und stieß mit einem Ruck die Tür nach innen auf.

Gelassen wandte er sich nach dem Paar um.

»Ich bitte, meine Herrschaften!«

Das Mädchen flüchtete an dem Vater vorüber und verschwand im Halbdunkel auf einer nach dem ersten Stockwerk führenden Treppe, deren Holzstufen selbst unter ihren leichten Schritten knarrten.

Der Vater sah ihr wütend nach, ohne sich von seinem Platze zu erheben.

»Das soll Ihnen teuer zu stehen kommen!« knurrte er dem Fremden aufgebracht zu, der sich einen Augenblick selbstvergessen von der eingedrückten Tür aus umsah.

Hunter nickte nur.

»Ich werde morgen wiederkommen. Name, Adresse – das Nötige steht zu Ihrer Verfügung.«

»Wiederkommen?« spottete Wutschow. »Sie werden sich hüten!«

Der Australier schob die großen Hände in die Taschen des gelben Mantels und sah stumm auf den vor ihm Sitzenden herab. Der ergraute Kinnbart des Mannes war vernachlässigt; unter dem abgetragenen schwarzen Käppi hervor legten sich die Strähnen des Haupthaares unordentlich über den bestaubten Rockkragen. Die wäßrigen Augen lagen tief hinter buschigen Brauen, blauschwarze Ringe zogen sich um das untere Lid und tiefe Furchen von den Nasenflügeln nach dem Kinn. Der Mund war breit, die Haut der Lippen rauh und gesprungen, die leicht gebogene Nase an den Seiten eingefallen, die Stirn niedrig und breitgedrückt. Etwas Verbissenes, Lauerndes lag in dem Vogelgesicht und in dem Verhalten, mit dem der Alte die Musterung des Fremden über sich ergehen ließ.

»Sind Sie bald zu Ende?« fauchte er halb zwischen den Zähnen.

Der Australier zog die Türflügel zu und probierte. »Der Schaden ist nicht erheblich«, warf er flüchtig hin. »Der Riegel oben war nicht geschlossen, die paar Splitter unten sind nicht der Mühe wert.«

Er stieß mit seinem Stock den oberen Riegel in die Sicherung und prüfte das Schloß. Ungeniert drückte er auch den zweiten Flügel von innen zu, drehte den Schlüssel um und vergewisserte sich, daß das Schloß funktionierte.

»Die eine Nacht reicht das«, erklärte er. »Außerdem wird kaum jemand Lust verspüren, Ihnen in Ihrem Nest einen Besuch abzustatten. Ich empfehle mich Ihnen, Herr Wutschow...«

Er grüßte mit ruhiger Höflichkeit, als sei nichts vorgefallen, und wandte sich nach außen.

Erst als er bereits unten angelangt war, schien die Wut den Zurückgebliebenen zu packen. Wutschow sprang auf, griff nach einer Schale, die auf einem Blumentisch stand, und warf sie mit heiserer Verwünschung hinter dem Störenfried her, daß sie an dem Holzgeländer der Treppe klirrend in Stücke zerschellte.

Hunter blieb einen Augenblick stehen.

»Schlecht gezielt«, rief er gedämpft zurück und wiederholte:

»Auf Wiedersehen, morgen.«

Wutschow stampfte mit den Filzschuhen, in denen seine Füße steckten, auf, knirschte mit den Zähnen und drohte mit geballten Fäusten in das Nachtdunkel, als der Bräutigam der Tochter und der Fremde längst wieder die Straße erreicht hatten und in gleicher Richtung davonschritten.

»Wage es – wage es!« keuchte der aufgebrachte Haustyrann.

Der Arzt konnte seine Bedrücktheit nicht ganz verbergen. »Ich bin Ihnen Dank schuldig«, meinte er zögernd, »und wenn er nicht freier herauskommt: Sie werden es meinen Bedenken zugute halten, ob ich recht getan habe, einen Fremden – der sind Sie mir doch – in die Sache hineinzuziehen.«

»Ich glaube, gestern in der Nähe ein Café bemerkt zu haben – darf ich Sie einladen?« fragte der Australier ausweichend.

»Danke, wenn es Ihnen nicht zu spät ist...«

»Ich habe manche Nacht durchwacht. Und Sie als Arzt werden ja auch mit dem Schlaf haushalten müssen...«

»Meine Praxis ist noch nicht sehr groß, Herr...«

Hunter nannte seinen Namen.

»Sind Sie englischer Herkunft?« fragte Dr. Bruchs.

»Nein.«

Hunter schwieg einige Sekunden.

»Deutschaustralier«, ergänzte er flüchtig. »Ich war früher einmal in Berlin und bin nun mit der Absicht hergekommen, meinen Wohnsitz hier ständig zu nehmen. Apropos, ich bin dem Zufall, der mich Ihnen zu Hilfe führte, dankbarer als Sie. Ich fürchte auch keinen Nachteil davon. Im Gegenteil...Den Herrn Schwiegervater zu besänftigen, lassen Sie meine Aufgabe sein. Eine Frage: Könnte ich damit rechnen, das Haus Nummer einhundert käuflich zu erwerben?«

Der Arzt zuckte ungewiß mit den Achseln.

»Wutschow ist unberechenbar«, entgegnete er. »Ich habe nicht gehört, daß er zum Verkauf gegenwärtig geneigter ist als bisher. Aber was er zehnmal abgewiesen hat, nimmt er das elfte Mal in plötzlicher Umstimmung doch an. – Wollen Sie ihn, nach der etwas merkwürdigen Einführung, morgen wirklich aufsuchen?«

»Das Café linker Hand vor uns meinte ich. Es sieht respektabel aus ... Gefällt es Ihnen? Natürlich werde ich Seine Wunderlichkeit beehren, Herr Doktor. Sollte ich Sie den Vorfall allein ausbaden lassen? Ich werde besser mit ihm fertig als Sie, und Punkt elf Uhr morgen mittag bin ich bei ihm. Nach Ihnen, bitte ...«

Er schob den widerstrebenden Arzt in das Café und folgte ihm an einen Ecktisch, dessen Umgebung frei war, während ansonsten der teuer eingerichtete, weite, elektrisch beleuchtete Raum sich als ziemlich besetzt erwies.

Der Australier bestellte Grog, der Arzt Tee.

»Bei Ihnen im Busch dürften Sie einen minderen Luxus gewohnt sein«, warf Dr. Bruchs ein.

Hunter sah sich um. »Kaum«, erwiderte er. »Im Busch selbst sieht es wohl anders aus, in den Städten ziemlich gleich. Nicht überall, aber in den Spielsälen, in den protzigen Villen der Minenkönige. Weiß mit Gold. Die Farbabstimmung herrscht dort wie hier, an den Wänden, den Decken, den Türen. Die Gobelins, die Gemälde sind drüben eher gediegener. Die Beleuchtung, natürlich elektrisch, ist reicher. Ich werde, komme ich mit Wutschow überein, selbst bauen. Sie können dann den ›Busch‹-Geschmack näher kennenlernen.«

»Kaprizieren Sie sich gerade auf das Haus Nummer einhundert?«

»Wieso kaprizieren?«

»Läge es nicht näher, sich da niederzulassen, wo Sie, wenn Sie über reichliche Mittel verfügen, mehr Bewegungsfreiheit finden, zum Beispiel im Grunewald oder – mein Geschmack – am Müggelsee?«

Die Mienen des Australiers blieben undurchsichtig.

»Ich habe – kein tieferes Interesse, aber der Platz hier gefällt mir. Das Idyll der Wald- und Seelandschaft lockt mich nicht; ich liebe das Leben um mich, selbst den Lärm ...«

Ein Kellner brachte die bestellten Getränke, und Hunter schwieg einen Augenblick.

»Den Lärm«, fuhr er dann fort, »das Rollen der Arbeitswagen, der Bahnen, das Stoßen der Menschen. Meine Nerven sind daran gewöhnt und verlangen danach. Die Bäume lärmen nicht, und ein Landsee ist ebenso still. Sie als Arzt kennen das ja: Die Gewohnheit ist dem Menschen Gesetz. Was soll ich mich dagegen in meinen alten Tagen auflehnen? Der alte Fuchsbau von diesem Wutschow sagt mir zu, also werde ich ihn in meinen Besitz zu bringen suchen. Der Abbruch gibt Leben, der Neubau wieder, und habe ich dann noch ein paar Jahre vor mir, lärmt's auf der Straße weiter.«

Hunter zerrührte den Zucker in dem dampfenden Glas und wechselte das Thema.

»Die Nacht hat Ihren Schatz vor meinen Augen behütet, Herr Doktor. Jugend und Schönheit werden ja vereint sein. Lebt – die Mutter noch?«

Bruchs nickte zustimmend.

»Sie steht natürlich auf Ihrer und der Tochter Seite?«

»Ich erlaube mir, darauf nicht zu antworten«, erwiderte der Arzt etwas reserviert.

»Pardon!«

Hunter hob sein Glas. »Ihr Wohl und das der Braut!«

Bruchs dankte.

»Nichts für ungut. Ich bin – ich meine, der Zufall hat uns da verkettet, daß ein Interesse wohl erklärlich erscheint. Wie alt ist Ihr Fräulein Braut?«

Der Doktor lächelte. »Achtzehn.«

»Achtzehn«, wiederholte Hunter in Gedanken. »Sehr jung. Achtzehn und sieben – fünfundzwanzig – hm ...«

»Welche Rechnung beschäftigt Sie da?« fragte Bruchs aufmerksam.

Hunter hob den sekundenlang gesenkten Kopf und begegnete dem Blick des Arztes mit unveränderter Ruhe. »Eine einfache«, gab er zurück. »Die Achtzehn und Ihre Sieben mehr geben die Fünfundzwanzig. Bin ich im Irrtum?«

Bruchs hatte die Empfindung, daß seinen Begleiter die Zahlen in einem anderen Zusammenhang interessiert hatten, er behielt seine Gedanken aber für sich und erklärte nüchtern: »Sie ziehen mir vier Jahre ab.«

»Unter dreißig ein paar mehr oder weniger, darauf kommt es nicht an. Übrigens« – er zwang sich zur Heiterkeit –, »unser Abenteuer heute nacht werde ich nicht vergessen. War der Herr Wutschow immer so – wunderlich?«

»Wohl kaum«, erwiderte Bruchs. »Sie dürfen auch nicht alles glauben, was Sie vielleicht noch über ihn hören werden. Die Fama trägt manches zusammen oder umher, was Phantasie, Unverstand oder übler Wille aus der Luft gegriffen haben.«

»Kann sein«, bestätigte Hunter zerstreut. »Das Fräulein ist in dem Hause Nummer einhundert geboren?«

»Allerdings.«

»Das Haus soll, soviel ich nebenher erfahren habe, ehemals in anderem Besitz gewesen sein, freilich vor langen, langen Jahren. Ist Ihnen etwas von dem früheren Besitzer bekannt?«

Die Miene des Fragestellers war angespannt, wenn er auch sein Interesse zu verstecken suchte.

Bruchs schüttelte den Kopf. »Herr und Frau Wutschow sind nicht mitteilsam, und meine Braut wird nichts wissen. Wir haben niemals darüber gesprochen.«

Hunter lehnte sich wie abgespannt zurück. »Darf ich Sie besuchen?« fragte er. »Vielleicht interessiert es Sie, wie es mir in der Höhle des Löwen ergeht. Ich selbst bin begierig, wie er meinen Vorschlag aufnehmen wird.«

»Sie reflektieren also ernstlich?«

»Im Ernst. Selbst wenn ich teurer kaufen soll als an anderer Stelle.«

»Versuchen können Sie es ja.«

»Einen Erfolg versprechen Sie mir nicht?«

»Nach dem Auftritt vorhin – offen gesagt: nein.«

»Ich brauche nicht zu rechnen, Herr...«

»Wutschow dürfte in derselben Lage sein.«

»Der Streit ist fruchtlos, Herr Doktor. Also darf ich Ihnen Bericht erstatten?«

»Ich kann Ihnen nur dankbar sein.«

»Well. – Zahlen! Gestatten Sie...?«

Dr. Bruchs lehnte die Begleichung seiner Rechnung höflich ab, und der Australier ging flüchtig darüber hinweg.

»Ich habe Sie zwar eingeladen – aber nach Ihrem Belieben. Führt Ihr Weg Sie noch ein Stück in meiner Richtung? Ich wohne im Bayrischen Hofe.«

»Ich muß früh auf dem Posten sein und ziehe es vor, eine Droschke zu nehmen.«

Hunter grübelte. »Neuenburger Straße? Gegend der Lindenstraße?« forschte er.

»Sie sind gut orientiert...«

Hunter erhob sich, und der Arzt folgte sogleich. Vor der Tür schüttelten sie sich die Hände.

»Nochmals meinen Dank«, sagte Bruchs konventionell.

Hunter wehrte ab. »Sagen wir auf Wiedersehen!« schloß er, geleitete den Arzt zu einer in der Nähe haltenden Droschke und ging langsam, zuweilen gestikulierend und unwillkürlich den Schritt verhaltend, dann wieder in abgerissenem Selbstgespräch den Weg fortsetzend, die Potsdamer Straße hinauf nach der Friedrichstadt.

Am Hotel zog er heftig die Klingel.

»Neun Uhr, Tee, Rum, Eier, Roastbeef zum Frühstück«, trug er dem verschlafenen Hausdiener auf, stieg die Treppe empor und riegelte die Zimmertür hinter sich ab.

Er entzündete kein Licht, sondern kleidete sich hastig aus und warf sich aufs Lager. Schlafen konnte er nicht.

Von den Laternen der Friedrichstadt fiel ein unruhiger Schein in das Kabinett, spielte an den hell tapezierten Wänden und traf auf ein Ölbild, dessen Figuren sich im matten Gaslicht zu beleben schienen.

Hunter starrte eine Zeitlang mit geweiteten Augen darauf, glaubte bald die Gestalt des Arztes verschwommen zu erkennen, bald eine üppige Frau mit schönen, kalten Zügen, sah schließlich das Bild sich in die Veranda mit dem grinsenden Gesicht Wutschows verwandeln. Er schlug verärgert die Decke zurück, erhob sich schwerfällig und tastete am Fenster nach einem Vorhang, dessen Rot in starkem Kontrast zu den weißen Tüllgardinen stand.

Der Australier ließ die schon ausgestreckte Hand unentschlossen sinken und starrte auf das Rot. Die dünnen Lippen zuckten ihm.

Er schüttelte sich wie vor Kälte.

Hunter tastete sich zurück, streckte sich abermals hin und träumte mit geschlossenen Augen, bis die erregten Nerven sich beruhigt hatten.

Dann faßte er energisch nach der Schnur und zog.

Der Vorhang ließ kein Licht mehr durch, und das Kabinett lag in schwarzer Nacht.

Erst ein anhaltendes Pochen von der Tür her weckte ihn am Morgen.

»Well«, antwortete er mit trockener Kehle, verharrte regungslos und horchte mit noch dämmernden Sinnen.

Im Nebenzimmer schien ein Stubenmädchen mit dem Aufräumen beschäftigt zu sein.

»Lang, lang ist's her«, sang sie zu ihrer Arbeit.

»Lang ist's her?« wiederholte Hunter halb wach. Long, long ago – long ago, ahmte er unwillkürlich nach.

Drittes Kapitel

Ein Sommertag an der Grenze zwischen Herbst und Winter ist wie ein Sonnenstrahl, wohltuend und ein halbes Hoffen weckend, aber flüchtig und trügerisch. Die rasch ineinanderfliegenden Wolken senden der Erde Regengüsse und Hagelschauer, und dem dürftig nachgeahmten Sommer folgt fast unvermittelt der Winter mit Frostklirren und Schnee.

Hunter fuhr, als er aufstand, hastig in die Kleider.

»Donnerwetter«, brummte er und zog fröstelnd den Vorhang vom Fenster zurück, »ist die Welt wieder mal von gestern zu heute auf den Kopf gestellt worden?«

Er spähte in einen trüb verschleierten Tag. Das Pflaster der Friedrichstraße war grau und trocken, die gegenüberliegende Häuserfront hüllte ein nebliger Dunst ein, und an dem Himmelsausschnitt, der über den Häusern erkennbar war, hingen undurchsichtige grauschwarze Wolken.

Die Passanten der belebten Straße hasteten durcheinander, viele die Hände in den Taschen der festgeschlossenen Überzieher, andere die Kragen hochgeschlagen, die Damen zum Teil mit Muff und Pelzumhang. Die Verdecke der Omnibusse waren nur spärlich besetzt, die Kutscher auf den luftigen, zugigen Sitzen der Wagen trugen Fausthandschuhe und dicke Mäntel, selbst die Schaffner auf ihren geschützten Plätzen hatten dem Umschlag der Temperaturen Rechnung getragen und das Winterzeug hervorgesucht.

Hunter machte eilig Toilette und suchte im Wohnzimmer nach einem Thermometer. Er fand es an einem der Fenster und sah, daß es nur sieben Grad Reaumur anzeigte.

Er klingelte nach dem Hausdiener.

»Heizen«, befahl er lakonisch und wanderte in dem ungastlichen Räume auf und ab, bis das Frühstück gebracht wurde.

Das Stubenmädchen betrachtete den Gast, der ein so opulentes Morgenmahl verzehren wollte, mit einigem Interesse, das aber von Hunter nicht gewürdigt wurde.

»Guten Appetit«, sagte das Mädchen, als es den Tisch geordnet hatte.

»Schern Sie sich!« entgegnete der Australier grob.

Sie ging verblüfft.

»Halt!« kommandierte der Gast, als sie eben die Tür schließen wollte. »Waren Sie das, die vorhin das long, long ago plärrte?«

»Long – was? Nein.«

»Verstehen Sie nicht? ›Lang ist's her‹, meine ich.«

»Das – ja.«

»Lassen Sie das bleiben; ich will morgens schlafen. Was wissen Sie auch von ›Lang ist's her‹, Sie Kiekindiewelt! Bei Ihnen ist noch nichts lang her und nichts von Bedeutung. So, jetzt trollen Sie sich...«

Das Mädchen schloß die Tür, kicherte und drehte übermütig eine lange Nase. »Lang, lang ist's her!« schmetterte sie gleich darauf laut hinaus, flog an die Treppe und horchte gespannt zurück. Aber der Australier ließ nichts von sich hören.

Erst um die elfte Stunde sah sie ihn im Flur des ersten Stockes und hielt es für geraten, ihm mit einiger Vorsicht auszuweichen.

Hunter trug statt des langen gelben Mantels einen bis an die Knöchel reichenden Pelz. Auf dem Kopf saß ihm schief und verbeult der schwarze Schlapphut.

»Eine Droschke!« rief er noch von der Treppe nach unten, und der Wirt, der am Hauseingang weilte, winkte selbst einen leer vorbeifahrenden Taxameter heran.

Hunter würdigte den Hotelier keiner Beachtung. Stumm schritt er an ihm vorbei, warf sich in den Wagen, bedeutete dem Kutscher durch einen Wink, daß er abfahren solle, und gab erst unterwegs die Adresse: »Potsdamer – einhundert!«

Der Kutscher war ein gewandter Fahrer, der selbst das dichteste Gedränge elegant zu passieren wußte. Nach einer knappen Viertelstunde hielt er am Ziel.

Hunter stieß ein kurzes »Warten!« aus und ging langsam um das Haus. An der Rückseite blieb er stehen und musterte angeregt den Hofraum und die Umgebung. Turmhohe Hinterhäuser von Mietskasernen kehrten dem Hofe ihre fensterlosen, ungeputzten Rückmauern zu und ließen ein paar stallartige Bauten so winzig erscheinen, daß sie fast verschwanden. Dennoch haftete der Blick des Australiers bald gefesselt an den schlechten Baracken, die mit zahlreichen, an den Wänden und den Ecken angebrachten Figuren einen ebenso wunderlichen wie ins Auge fallenden Schmuck aufwiesen. Auf dem Rande eines Springbrunnens waren ebenfalls allerlei Figuren angebracht, von denen ein langes, plumpes Ungetüm vielleicht ein Krokodil vorstellen sollte, das den lüstern geöffneten Rachen ein paar puttenartigen Gebilden in der Mitte des Wassers zukehrte und ziemlich gefährlich dreinglotzte.

Hunter trat näher und stieß mit dem Stock an das Ungetüm. Es trug die graue Färbung verwitterten Zinkblechs und war, wie der dumpfe Klang nach dem Stoß erkennen ließ, hohl.

Der Australier schüttelte den Kopf, wandte sich wieder um und gewahrte an dem alten Platze neben der Tür der Veranda den Herrn des Hauses, der mit unverhohlenem Staunen und Ärger auf den ungenierten Besucher blickte. Hunter nickte ihm flüchtig zu, stieg die abgenützte Holztreppe empor und trat ruhig ein.

»Guten Morgen«, sagte er grüßend.

»Müssen Sie mir alles ruinieren?« fauchte Wutschow böse.

Hunter zuckte mit keiner Miene.

»Ist das ein Krokodil da unten?« fragte er und wies mit dem Stocke nach dem ungeschickt imitierten Nilbewohner.

Wutschow blies ein paar Rauchwolken aus seiner kurzen Pfeife in die Luft und erwiderte nervös und bissig: »Vor mir steht eher eins!«

»Well«, quittierte der Australier das Kompliment. »Übrigens – gut gemacht. Und – paßt zu der alten Rumpelkammer. Und – zu Ihnen. Alt, zierlich, hohl – vollkommen ähnlich.« Er fixierte den grauen Backenbart Wutschows, der an den Seiten sich in unordentlichen Büscheln auswuchs und mit dem lange nicht rasierten Kinn durch ein Stoppelfeld verbunden war. »Buschmann«, schätzte er halblaut.

»Wer war nun drüben – Sie oder ich?«

»Ich bin noch in keinem Tollhaus gewesen«, parierte Wutschow gereizt. »Sind Sie schon lange entsprungen?«

»So sagen Sie mir zu«, lobte der Australier höflich. »Besser als gestern nacht! Nicht besonders geruht? Bedaure. Schlecht Gewissen, schlecht Kissen. Apropos, Tollhaus! Um Ihres beneide ich Sie ...«

»Herrrr –!«

»William Hunter. Könnten Sie mir vielleicht einen Stuhl anbieten?«

Der Australier sah sich um.

»Ah, danke – ich bediene mich schon selbst.«

Er holte aus einer Ecke einen Rohrstuhl herbei, knöpfte seinen Pelz auf und ließ sich nieder.

»Ein bißchen verrückt ist gut«, erklärte er freundlich, »und ist wohl ein jeder. Ich auch, Mr. Wutschow. Und weil ich's bin, möchte ich den passenden Käfig haben. Wären Sie geneigt, mir den Ihren zu verkaufen?« fragte er direkt.

Wutschow nahm in der ersten Überraschung die Pfeife in die Hand und öffnete den Mund so weit, daß die defekten, gelben Zähne sichtbar wurden, dann klappte er den Mund wieder zu und legte das graue Gesicht in höhnische Falten.

»Meinen Sie, Ihr Schafpelz imponierte mir?« fragte er höhnend. »Für den ist mir nicht mal das Krokodil feil.«

Der Australier legte beide Hände über die Krücke seines Spazierstockes und erwiderte ernsthaft: »Ich habe für Kunst ein geringes Verständnis, und darum liegt mir auch an dem Ungetüm nichts, und wenn Sie sich nicht davon trennen wollen, nehmen Sie es ruhig mit. Für das Haus allein sind meine Mittel ausreichend. Wieviel verlangen Sie?«

»Eine Million Mark«, forderte Wutschow kichernd.

Der Australier zeigte keine Überraschung.

»Eine runde Summe«, fuhr er fort. »Gerundet allerdings nach oben. Wieviel verdienen Sie dabei?«

»Eine runde Summe«, äffte Wutschow nach.

»Darf ich fragen, wieviel Sie seinerzeit gegeben haben?«

»'n Butterbrot.«

»Nicht zu teuer. Wem hat das Haus – vor Ihnen gehört?«

»Einem Lumpen.«

»Wieso?«

»Der Frau und Kinder im Stiche ließ und verduftete.«

»Ah! – Und aus der Frau und den Kindern, was ist aus denen geworden?«

Wutschow biß sich auf die Lippen. »Sie besitzen ein teilnehmendes Herz«, versetzte er spöttisch ausweichend. »Halten Sie mich für ein Auskunftsbüro?«

»Die Frau, die ein solches Schicksal traf, darf wohl auch ein Fremder bedauern...«

»Sie würden sich Ihre Tränen schenken, wenn Sie sie kennen würden!« entfuhr es den vertrockneten Lippen Wutschows.

»Lebt sie denn noch?« forschte der Australier.

»Ach was, Quatsch!« fuhr Wutschow ärgerlich auf. »So 'ne dumme Fragerei! Lebt sie noch? – Das geht doch Sie den Teufel an!«

Hunter zuckte gelassen die Schultern.

»Ich bin auch nicht weiter begierig, Mr. Wutschow.«

Er trommelte mit den hageren Fingern auf den Krückstock.

»Aber wunderlich, daß mein Fragen Sie aufbringt. Ich wünsche das Grundstück zu erwerben – ist es da so unverzeihlich, daß ich wissen möchte, wer einmal hier zu Hause war? Indes: wie es Ihnen beliebt; wollen Sie schweigen, werden andere reden, falls ich – man langweilt sich ja mitunter – weitere Nachfrage anstellen sollte. – Sie haben genau um die Hälfte überfordert, wieviel lassen Sie ab?«

Wutschow überlegte.

»Ablassen?« fragte er spöttelnd. »Ihre Moneten scheinen also doch nicht zu reichen?«

»Ich bin bereit, Ihnen die Hälfte zu zahlen, und zwar in bar...«

»Bar?«

Die Gier erwachte in Wutschow. Er fuhr sich mit den gespreizten Fingern der Rechten durch den Bart, bog die rechte Ohrmuschel vom Kopfe ab und schien zu horchen.

»Bar?« wiederholte er unschlüssig, ließ den unruhigen Blick durch den Hof gleiten und heftete ihn plötzlich scheu auf den Fremden.

»Muß es«, fragte er stockend, »gerade der alte – Kasten sein? Ich –«, er wurde lebhaft, »mache Ihnen einen Vorschlag: Kommen Sie zwei Häuser weiter mit, und sehen Sie sich ein Haus an, das gut und modern ist Das können Sie haben – bei so viel Anzahlung...«

Hunter schlug nicht gleich ein, stimmte nach längerem Besinnen aber doch zu, weil er neugierig war, wie weit ihm Jeremias Kluckhohn und der Agent ein richtiges Bild von den Palästen Wutschows entworfen hatten.

Er stand auf. »Ich halte mich zur Verfügung.«

Der Hausherr verschwand auf einige Minuten, kehrte, in einen schäbigen Wintermantel gehüllt, ein klirrendes Schlüsselbund in der Hand, zurück und schritt dem Gast wortlos voraus. Er hatte es nicht der Mühe wert gehalten, die abgenutzten Filzschuhe gegen Stiefel auszutauschen, und schlurfte lautlos die Treppe hinab und an der Seite des Fremden über die Straße. Er hielt den mit grauer Mütze bedeckten Kopf nach vorn geneigt, hatte den Rücken gekrümmt und erregte mit den an den Fersen schluppenden Filzschuhen unter den Passanten einiges Aufsehen. Aber die Verwunderung um ihn focht ihn nicht an, und mitten im Gedränge des Bürgersteiges blieb er stehen und zeigte dem Begleiter die Front eines stattlichen Hauses, das am Giebel die Initiale W und darunter die Jahreszahl 1888 trug. Die Fenster waren mit einer dichten Staubschicht überzogen, zwei mächtige Ladenfenster im Parterre durch eiserne Jalousien verschlossen.

Ein eisiger Luftzug und ein lästiger Modergeruch schlugen den Eintretenden im Flur entgegen. Die Wände und der Stuck an der Decke waren mit Spinngeweben überzogen, Diele und Treppe fingerdick bestaubt. In den hohen und geräumigen Läden rechts und links vom Flur das gleiche Bild, die Schnitzereien des Treppengeländers unter der dicken Staubschicht kaum noch andeutungsweise zu erkennen.

Stumm folgte Hunter seinem Führer in die erste Etage, Wutschow schloß auf, und klappernd schlugen innen in der entstandenen Zugluft einige Türen zu. Die Fenster des Küchenraumes standen weit auf, welke Blätter, Strohhalme und Lumpenfetzen waren von draußen hereingeweht und lagen auf den Fliesen, dem Herd und in den Zimmern.

Am Eingang zu einem der größeren Zimmer verharrte Hunter überrascht auf der Schwelle. Mehr als ein Dutzend langer, unförmiger, zum Teil verfallener und von Staub und Moder übel zugerichteter Kästen standen neben- und übereinander, und selbst Wutschow schien einen Moment von dem Anblick verblüfft. Er wollte die offene Tür rasch zuziehen, aber der Australier verwehrte es ihm.

»Was ist denn das?« fragte Hunter zögernd.

Wutschow lachte in sich hinein.

»Särge«, antwortete er lakonisch.

»Sär...«, wiederholte Hunter abgerissen.

»Hat jemand einen der Läden unten gehabt«, erläuterte der Hausherr unwirsch, »keine Miete bezahlt – weggepfändet.«

»Und dann alles verkommen lassen? Eine – seltsame Ausstattung.«

Der Australier wandte sich um. »Noch mehr – Kuriositäten oben?«

Er verzichtete auf die weitere Besichtigung des Hauses und stieg wieder treppab.

Wutschow folgte ihm schleichend wie eine Katze. »Na –?« stieß er lauernd hervor.

»Danke«, entgegnete der Australier kalt, »ich handle nicht um einen Kirchhof. Kann ich ein anderes Ihrer Häuser sehen?«

»Nein.«

Wutschow zischte Unverständliches in den grauen Bart und ließ den Australier vor dem Haus einfach stehen.

Mit einigen Schritten war Hunter wieder an seiner Seite und bot ihm für das Haus Nr. 100 eine Summe, die zwischen Wert und Forderung die Mitte hielt.

»Bar?« erkundigte sich Wutschow nochmals mit verhaltenem Atem.

»Nach Belieben.«

»Wann?«

»Sobald wir abgeschlossen haben.«

»Referenzen –?«

»Deutsche Bank.«

»Ich werde mich erkundigen.«

»Ich gebe Ihnen drei Tage Bedenkzeit.«

»Kann ich das Angebot – schriftlich erhalten?«

»Nach Wunsch.«

»Kommen Sie.«

In der Villa holte Wutschow eilig Schreibzeug und Papier.

»Schreiben Sie«, drängte er. »Hedwig!« rief er die Treppe hinauf.

»Ja –?«

»Ein Glas Wein, gleich.«

Hunter schrieb.

Er war fertig, als das junge Mädchen auf silbernem Tablett eine Flasche Portwein und zwei Gläser brachte, reichte dem hastig zugreifenden Wutschow das Schriftstück und verbeugte sich wohlwollend vor der jungen Dame.

Dann fuhr er leicht zusammen.

Das Mädchen war eine Schönheit Die großen blauen Kinderaugen blickten verschüchtert und zutraulich zugleich, die weiße Stirn umkräuselte ein kurzes blondes Gelock, das übrige Haar war nicht modern in einen Knoten verschlungen, sondern in altmodischen schweren Flechten um den Kopf gelegt.

Hausmütterlich wie die Frisur war die Kleidung, von einfarbigem blauem Wollstoff, ohne Aufputz, aber bei aller Einfachheit doch von elegantem Sitz.

Ihr Hantieren mit den Gläsern war so sicher und graziös wie ihre Haltung. Aber der Australier achtete nicht darauf, sondern forschte in ihren feinen, jugendlichen Zügen.

Er sprach sie etwas förmlich an.

»Wollen Sie mich zum – Überbringer eines Grußes an Ihren Herrn Verlobten machen?« fragte er stockend. »Ich hoffe ihn zu treffen.«

Ihr Blick streifte den Vater. Dann nickte sie freundlich. »Ich bitte Sie darum. Vielen Dank.«

Wutschow unterbrach sie.

»Geh«, forderte er.

Er stieß an das Glas des Gastes, las das Schriftstück nochmals durch, faltete es bedächtig zusammen und steckte es zu sich.

Murmelnd wiederholte er die Ziffer des Angebots.

»Drei Tage –? Nicht nötig. Morgen – kommen Sie morgen?«

»Je eher, um so besser.«

Wutschow zog eine alte, silberne Uhr.

»Zwölf –?« fragte er zweifelnd.

Der Australier sah nach der seinen.

»Genau eins.«

Wutschow zog die Brauen zusammen.

»Die Knolle geht nach. Deutsche Bank – Deutsche Bank bis drei Uhr, die Zeit reicht.«

Er schlurfte ohne Abschied die Treppe hinauf, und der Australier entfernte sich langsam.

Er dachte an das Mädchen und vergaß darüber den Alten. Ihre Gestalt, ihre Augen, der köstliche Hauch der Jugend, der über ihr lag, lockte ein Bild in seine Erinnerung, das ihn nicht loslassen wollte – ein Bild aus ferner Vergangenheit, aus weiter, kalter Fremde, aus unheimlicher, zerklüfteter exotischer Berglandschaft. Über zwei Abhänge, zwischen denen eine tiefe Kluft schwarz heraufgähnte, führte ein vom Sturm gefällter Gummibaum, dessen Krone abgestorben und morsch und dessen Stamm verwittert und von Regen und Sonne zerfressen war. Und aus diesem Stamm ein junger, kräftiger, gerade zum Licht strebender Schoß, die dürftige Nahrung aus den alten, bloßgewaschenen, lose über den Felsen gesponnenen Wurzeln saugend – ein Bild wie das in Lebenshoffnung strahlende Kind im Hause des Geizhalses ... und wie die andere Junge, Blonde in der alten Berghütte neben dem Eukalyptus, zwischen den verwegenen Goldgräbern, entflohenen Strafkolonisten und Buschrangern – sie, die rein blieb unter Räubern und Gottschändern –, bis sie hinsank, tödlich getroffen von der Kugel goldlüsterner Verbrecher ...

Die frische Winterkälte traf im Hof Hunters heiß gewordene Stirn, ohne sie zu kühlen. Er schritt mechanisch weiter, warf sich in den wartenden Wagen, starrte in das drängende Getriebe um sich und konnte sich doch nicht losreißen von den Eindrücken und Erinnerungen, die ihn jäh erfaßt hatten und ihn hielten und ausfüllten bis zur Pein ...

Viertes Kapitel

Der Australier legte am nächsten Tage den Weg vom Hotel nach dem Wutschowschen Heim zu Fuß zurück. Er fühlte sich nicht frei und war unangenehm überrascht, als auf dem Potsdamer Platz der Agent sich zu ihm gesellte und ihn ansprach.

Er zeigte sich recht zurückhaltend, und der Agent merkte es bald.

»Es scheint, ich bin unerwünscht«, bemerkte Fantig etwas pikiert.

Hunter beruhigte ihn widerstrebend.

»Warum unerwünscht?« fragte er. »Zu zweit geht es sich – mitunter – sogar besser.«

»Aufdrängen möchte ich mich nicht«, versetzte Fantig, nur halb überzeugt. »Ich habe übrigens gehört, daß Sie wirklich bei dem Alten gewesen sind ... und ihm eine Summe geboten haben, die viel zu hoch ist.«

»Meinen Sie? Und von wem haben Sie die Neuigkeit?«

»Wutschow selbst hat nicht dichtgehalten. Sie sollen ja fabelhaft reich sein?«

»Ah – haben Sie das auch aus derselben Quelle?«

»Freilich, Wutschow hat sich nach Ihnen erkundigt, auf der Deutschen Bank, und Andeutungen gemacht ...«

»Zu wem?«

»Nebensächlich, Herr Hunter. Zu mir nicht, aber ich habe es wie er erfahren. Das Nest haben Sie so gut wie sicher – Wutschow hat selbst fallenlassen, daß er nun wohl in eines der neuen Häuser übersiedeln müsse.«

Hunter wurde etwas freundlicher. »Das höre ich gern, Mr. Fantig.«

»Ich diene Ihnen gern. Aber«, der Agent schlug einen vertraulichen Ton an, »ein guter Rat könnte Ihnen doch nützlich sein: Seien Sie auf der Hut – Wutschow ist ein Fuchs, und wie ich ihn kenne, wird er mindestens den Versuch machen, noch mehr herauszuschlagen. Wenn Sie da nicht energisch abwehren, kommen Sie nicht mit einem blauen Auge davon. Muß es überhaupt – gerade das alte Nest sein? Sie können sich ja an anderer Stelle zehnmal vorteilhafter ankaufen.«

»Hm ...«

»Ich weiß zum Beispiel ein Grundstück, das einem ehemaligen Lokomotivführer gehört, kaum hundert Schritt weiter nach Schöneberg, auch in der Potsdamer Straße, vortrefflicher Baugrund, die Fläche bedeutend größer – und bei all den Vorzügen doch noch ein gut Teil billiger.«

Der Australier lächelte. »Sehr verbunden«, versicherte er. »Man kann ja auch nicht wissen; wie sich's noch machen wird, und wir können, wird aus dem einen nichts, immer noch auf das zweite zurückkommen. Wer dabei verdient, soll mir gleich sein – Wutschow, Sie ...«

»Auch ich? Ich würde mit einem bescheidenen Gewinn – so einer kleinen Vermittlungsgebühr – zufrieden sein.«

»Geschäft ist Geschäft, Mister Fantig.«

»Gewiß, ich leugne ja auch gar nicht, daß ich einen kleinen Vorteil suche, aber auch nur einen kleinen; die Halsabschneiderei überlasse ich anderen.«

»Also er wird mehr fordern, meinen Sie?«

»Im Vertrauen«, der Agent wurde noch eindringlicher, »er holt sich von einem Schlächter in der Nachbarschaft zuweilen Schinkenknochen – der Geizhals, was? –, und eben da hat er so mancherlei durchblicken lassen ...«

»Was auf erneute Ansprüche schließen läßt?«

»Sie werden das kennen: der Appetit kommt beim Essen ... Bei meinem Vorschlag ist alles fest und reell.«

»Warten wir's ab, Mister Fantig.«

»Das Warten ist mitunter von Übel. Möchten Sie sich nicht einmal die paar Schritte mit mir weiterbemühen, ehe Sie wieder mit Wutschow ...«

»Das geht nicht an. Ich habe ihm mein Gebot schriftlich gegeben.«

»Ah, also doch! Ziehen Sie's zurück, sowie er Schwierigkeiten macht! Fordert er mehr, so gibt er selbst den Vorteil des Schriftlichen aus der Hand, und Sie haben wieder Ihre freie Entscheidung!«

»Das mag zutreffen.«

»Sie sparen mehrere Hunderttausend«, suchte Fantig zu überreden.

»Das lohnt...«

»Nicht wahr? Leider, man hat nicht immer seine Gedanken zusammen, sonst hätte ich Sie auf mein Angebot schon früher aufmerksam machen müssen.«

»Was macht Ihr Freund Jeremias?« fragte Hunter unvermittelt.

»Jeremias? Danke ... Mein Freund ist er nicht gerade, ein Bekannter – nebenbei bemerkt ... Wollen Sie mir einen Gefallen tun? Sprechen Sie mit ihm nicht über meinen Vorschlag. Ich will ihm nichts Schlechtes nachsagen; aber wenn der auch noch seine Finger hineinstecken würde – zu Ihrem Vorteil wäre das nicht.«

»Wissen Sie, woher Wutschows Reichtum stammt?«

»Man munkelt ... Genaues ist schwer zu sagen. Ein großer Teil soll Erbschaft sein, das andere – das heißt, ich will nichts behauptet haben...« Er fuhr sich mit dem Zeigefinger der Rechten über den Hals. »Nicht direkt, bewahre, durch Strohmänner – Jeremias, vielleicht noch andere ... Machen Sie keinen Gebrauch davon, denn wie gesagt, Genaues...«

»Seien Sie ohne Sorge. Soll ich blasen, was mich nicht brennt?«

»Was nicht ist, könnte kommen. Sie – könnten sich doch verbrennen, sich dann an meine Worte erinnern und indiskret darauf verweisen. Ich bin aber vorsichtig, und darum beuge ich vor. – Werden Sie bald einmal wieder unsern Stammtisch beehren? Ich habe noch in der Lützowstraße zu tun und muß rechts abbiegen. Eingeladen wollte ich Sie haben...«

Hunter streckte ihm die Hand hin.

»Meinen Dank, Mister Fantig. Wenn ich kommen darf – auf Wiedersehen.«

»Wird uns ein Vergnügen sein. Heute abend?«

»Heute, morgen – ich muß sehen, wie ich mich einrichte...«

Fantig zog den Hut, während der Australier den seinen nur flüchtig mit dem Finger berührte.

Hunter verfolgte seinen Weg weiter, überdachte mit einiger Belustigung, wie einer dem anderen die Beute abzujagen trachtete, und kam auf den Gedanken, daß vielleicht noch beide ihre Rechnung machen könnten, Wutschow reichlich, der andere nach nüchterner, geschäftlicher Wägung. Vielleicht...

Es überraschte ihn, daß er in der Nähe des Spukhauses auch noch auf Jeremias Kluckhohn stieß und dieser bei seinem Anblick im Gegensatz zu seinem vorherigen trägen Schlendern ziemlich beschleunigt auf ihn zukam.

»Kennen Sie mich noch?« fragte Jeremias.

»Ich denke. Warten Sie auf mich?«

»Ja. Ich komme von Wutschow.«

»Mit einem Auftrag?«

Jeremias nickte und deutete auf eine nahe Bierhalle.

»Ich muß Sie sprechen. Können wir dahinein?«

»Bitte.«

Jeremias drängte sich in dem nach der Straße gelegenen Hauptraum des Restaurants vor seinen Begleiter, schob sich bis an ein geräumiges Hinterzimmer, das durch eine Papptafel als »Billardsalon« bezeichnet war, und nötigte auch den ihm folgenden Australier, dort einzutreten.

Beide ließen sich an einem Fenstertisch nieder und konnten sich, nachdem der Kellner die bestellten Getränke gebracht hatte, ohne lästige Mithörer aussprechen.

Jeremias strich nach seiner Angewohnheit den Bart, schielte zum Fenster hinaus und begann in rauhem, belegtem Tonfall: »Wutschow will sich noch bedenken...«

»Er hat drei Tage Zeit«, erklärte der Australier.

»Ich soll Ihnen, sagen, Sie – möchten das auch tun.«

»Ich überlege zuerst und handle dann.«

»Er will sich – von dem alten Haus nicht trennen. Ein neues ist ja auch bequemer für Sie. Ich soll Ihnen die anderen Häuser, wenn Sie wollen, zeigen.«

»Danke, unnötig. Ich wünsche selbst zu bauen, nach meinem eigenen Geschmack.«

»Dann...«

Jeremias kniff sekundenlang die Augen zu und öffnete sie blinzelnd wie ein Nachtvogel im Tageslicht.

»Dann empfiehlt Ihnen Wutschow ein anderes Grundstück, Sie sind mit den Verhältnissen nicht vertraut – als Fremder. Wutschow will vermitteln – für Sie kaufen, wenn Sie einverstanden sind.«

Der Australier ließ nur ein kurzes Räuspern vernehmen.

»Wutschow weiß Bescheid«, bekräftigte Jeremias empfehlend. »Sie sollten sich nicht bedenken, das Grundstück liegt in der gleichen Gegend, knapp hundert Schritt weiter die Potsdamer hinunter.«

»Aha!«

»Guter Baugrund...«

»Kostenpunkt –?«

»Nicht höher als Nummer einhundert.«

»Hm – woher...«

Hunter mokierte sich, daß die zwei ehrlichen Makler ihre Vermittlung für das gleiche Objekt anboten und daß Wutschow mit abermaliger skrupelloser Überforderung einen Hauptzug zu tun gedachte.

»Ich verzichte«, erklärte er kurz.

»Haben – schon gesehen?« forschte Jeremias lauernd.

»Ich will Nummer einhundert – oder keines. Das werde ich auch Wutschow selbst sagen. Ist er daheim?«

»Ich weiß nicht.«

»Ich werde nachsehen.«

Hunter erhob sich, und Jeremias suchte ihn zurückzuhalten.

»Er will nicht – er hat es mir gesagt...«

»Dann soll er mir das Schriftstück zurückgeben.«

»Warten Sie bis morgen – übermorgen...«

»Das soll er mir selbst sagen.«

»Er ist nicht zu Hause.«

»Davon werde ich mich überzeugen.«

»Da sind – Umstände, Schwierigkeiten...« »So soll er selbst mit der Sprache herausrücken. Noch eine Weiße gefällig? Kellner – eine große. Adieu...«

Er beglich die geringe Zeche, ließ Wutschows nervösen Boten sitzen und suchte den Hausbesitzer selbst auf.

Wahrscheinlich, überlegte er auf dem kurzen Weg, war auch das Zusammentreffen mit Fantig nicht zufällig gewesen. Er vergaß, was ihn am Tage vorher und noch am Morgen beengt hatte, und fühlte an den unvermutet aufgetürmten Hindernissen seine Energie erstarken. Wutschow in seiner angestachelten Habgier suchte auf jeden Fall Gewinn, das schien ihm klar zu sein; aber leicht sollte das Spiel dem Geizhals nicht gemacht werden.

Er hielt sich dicht unter der Veranda, nahm die Treppe mit einigen Sätzen und überraschte Wutschow auf dessen gewohntem Platz.

Der Hausherr war von seinem plötzlichen Auftauchen unangenehm berührt, das stand ihm auf dem langen Gesicht geschrieben.

Hunter grüßte kühl.

»Ich komme selbst«, begann er mit Betonung. »Wollen Sie oder wollen Sie nicht? Entweder – oder!«

Wutschow schnitt eine Grimasse.

»Sind die drei Tage schon um?« stieß er hervor.

»Sie selbst haben mich auf heute herbestellt.«

»Hat Ihnen Jeremias nicht...«

»Jeremias soll sich zum Kuckuck scheren! Mit Ihnen habe ich zu tun.«

»Wollen Sie nicht das neue...«

»Ich will das Grundstück, auf das ich geboten habe, nicht irgendeines, das Sie – oder andere – für mich auszuwählen belieben.«

»Ich – habe mich besonnen...«

»Das ist Ihr Recht. Der Grund?«

»Ich will nicht.«

»Ist Ihnen der Preis noch nicht hoch genug?«

»Der Preis? Sie können noch mehr bieten – ich will nicht.«

»Gut. So geben Sie mir meinen Schein zurück.«

Wutschow lachte verlegen.

»Den Schein? Den – hat meine Frau.«

»Dann werde ich mich an sie wenden!«

Der Hausherr griente.

»Sie will auch mit Ihnen reden...«, erklärte er geduckt.

»Sind Sie ein Pantoffelheld?« fragte der Australier verächtlich.

Wutschow paffte dicke Wolken.

»Eine Treppe...« Er wies nach oben. »Hedwig«, knarrte er. Das Mädchen mochte schon auf den Besuch aufmerksam geworden sein und sich in der Nähe gehalten haben. Sie trat auf den Treppenabsatz.

»Papa –?«

»Melde den Herrn...«

Sie kam bald zurück und verharrte an der Treppe.

»Wenn's gefällig ist...« Wutschow kicherte boshaft.

Der Australier stieg die Treppe hinan, grüßte die junge Dame, warf den Pelz über den Tisch, den Hut auf einen Stuhl und zeigte durch eine Handbewegung an, daß er bereit sei.

Das Zimmer, wo er auf Bitte des Mädchens warten sollte, war ein Raum von nur etwa fünf oder sechs Metern im Geviert, aber von einem Luxus in der Ausstattung, der den Besucher nach all dem Verfall und der Nüchternheit, die er bis dahin beobachtet hatte, lebhaft überraschte.

Den Boden bedeckte ein schwerer Perserteppich, von dessen warmer Kupferfarbe sich die vergoldeten Stühle und Sessel mit ihren leuchtend roten Seidenbezügen harmonisch abhoben. Die Tapete war von zart hellbrauner, golddurchwirkter Seide, die da, wo das volle Tageslicht auf sie traf, warm aufglänzte, ohne deshalb das von reichen Silbermustern unterbrochene Purpurrot der Portieren an Türen und Fenstern oder die gleichfarbigen Möbelbezüge in der Wirkung zu beeinträchtigen. Kostbar gerahmte Ölgemälde trugen Namen, die auch dem Australier bekannt waren, und ein Seestück von Achenbach fesselte ihn derart, daß er eine Bronzebüste unmittelbar unter dem Bilde erst gewahr wurde, als er fast dagegenstieß. »Teufelin«, las er auf dem Sockel und wiederholte den Namen unwillkürlich halblaut, als sein Auge auf den schönen, dämonisch feindseligen Zügen des weiblichen Kopfes ruhte, dessen Haar über der Stirn symbolisch von zwei Hörnern durchbrochen wurde. »Teufelin!« Ein seltsamer Schmuck für ein Frauengemach...

Die Onyxsäule, auf der die Büste stand, störte ihn. Sie war zu lebhaft für den braungoldenen Bronzeton des Bildwerkes und den teuflischen Ernst in den Gesichtszügen.

Aber die Bewohnerin des Gemaches schien für das geäderte grüne Gestein eine Vorliebe zu besitzen, und ihr Reichtum mochte ihr gestatten, auch ihre exzentrischen Launen zu befriedigen. Ein Tischchen auf einem der Fenster trug auf einer Onyxplatte eine hohe Stehlampe mit Seidenschirm, deren schwerer Fuß ebenfalls aus dem wertvollen Stein hergestellt war, und das gleiche Edelmaterial wiederholte sich bei den verschiedensten kleineren Gegenständen: Schalen, Vasen, einer Standuhr, einigen Bilderrahmen, einem Schreibzeug und einer Art Briefbeschwerer.

Alle Gegenstände waren von moderner Arbeit, modern auch die Möbel und die Stores aus goldfarbigem Tüll vor den Fenstern. Nirgends etwas von einem Stil oder auch nur, von dem

Vorherrschen des* Onyx abgesehen, von einer mehr als oberflächlichen Individualität – sauber, neu, kostbar das Einzelne und das Ganze, aber von der Kostbarkeit und Neuheit der großen Ausstellungsbasare.

Der Australier bog den eckigen Kopf in den Nacken, betrachtete die Decke und lachte auf. Bis an die schmutzige Fläche über ihm war die Kunst des Dekorateurs nicht gekommen; die war geblieben, wie sie gewesen war und wie sie zu dem Hause paßte, und die aus graublauen Wolken niederschwebenden Amoretten schienen blöde im Flug zu verhalten und sich mit ihren verstaubten Girlanden nicht niederzutrauen in den blitzneuen Staat da unten und in den Bereich der Teufelin.

»Teufelin!«

Hunter stieß es unvorsichtig aus und drehte sich etwas betreten um, als er gleich darauf aus einem Rauschen und Knistern wie von einem Seidenkleide schloß, daß die Frau des Hauses unbemerkt eingetreten sein und seinen Ruf vernommen haben könnte.

Er hatte sich nicht getäuscht; die Hausherrin stand vor ihm – hochaufgerichtet, den Blick starr, die Lippen zuckend.

William Hunter tastete nach der goldenen Lehne eines Phantasiesessels an seiner Seite und schien plötzlich wie am Boden festgewachsen. Seine Züge zeugten von ungeheurer Erregung. Er öffnete den Mund zum Sprechen und brachte doch kein Wort hervor, er suchte sich aus dem lähmenden Bann aufzurichten und fühlte nur seine Ohnmacht. Er war gekommen, um mit der Frau rauh und energisch zu verhandeln, und der Atem stockte ihm bei ihrem Anblick.

Frau Wutschow trat mechanisch einen Schritt vor, und ihr Blick bohrte sich haßerfüllt in den seinen.

Sie war groß, üppig, ohne auffällige Stärke, herrisch in ihrem Auftreten, das nicht mehr junge Gesicht von ebenmäßiger, harter Schönheit, die auch durch den zarten Teint und das sich weich um den Kopf legende Blondhaar nicht gemildert, durch die Erregung des Augenblicks aber verschärft wurde. »Schuft!« schleuderte sie ihm in halbersticktem Zischton entgegen.

Der Australier stand betäubt.

»Du wagst es –?« fuhr sie keuchend fort und wiederholte, indem die Stimme sich überschlug: »Du – wagst es?«

William Hunter gewann langsam eine festere Haltung zurück und suchte seine Erschütterung zu meistern.

»Ein – freudiges – Wiedersehen«, brachte er kurzatmig hervor.

»William Hunter – Herr Wilhelm Mumm! – Wozu die Maskerade?« fragte sie.

Er zog mit einiger Anstrengung die Schultern hoch.

»Ich habe mich auf ein Terrain zurückgetraut, das mir – nicht sicher erschien. Und dann – Mumm, Mumm –, ich bin lange tot; ich bin Hunter, seit ich – nicht mehr – das Glück hatte, dich mein Weib zu nennen.«

»Willst du die Erniedrigung, die du mir zugefügt hast, noch durch den Spott erhöhen?« fiel sie ihm drohend ins Wort.

Er beruhigte sich ganz allmählich. »Hast du die Erniedrigung empfunden?« fragte er.

»Empfunden?«

»Du hast dich doch bald darüber hinweggesetzt?«

»Ja, Gottlob!« gab sie zornig zu. »Was drängst du dich mir wieder in den Weg?«

»Dränge ich –?« Er verneinte durch Kopfschütteln.

»Nimmst du an, ich habe dich gesucht?«

»Nein?«

»Nein«, bestätigte er mit gekünstelter Schroffheit. »Dich? Nein! Das Haus – vielleicht noch anderes. Vielleicht Unbestimmtes. Dich nicht...«

»So wirst du gehen auf Nimmerwiedersehen?«

»Für einen scheint mir nur Platz zu sein – für dich oder mich...«

»Ich sollte dir weichen? Du verlangst das Ungeheuerliche, und du traust mir zu, ich könnte dir gehorchen...«

»Wir könnten uns auseinandersetzen...«

»Mit meiner Zustimmung niemals! Du hast dich an meinen Mann gewandt, du hast mir das Haus über dem Kopfe fortkaufen wollen – du führst dich so würdig wieder ein, wie du dich empfohlen hast.«

»Ich hatte von deinem Aufenthalt keine Ahnung.«

»Nachfragen konntest du auch nicht?«

»Ich habe – so in einem dunklen Drange – herumgehorcht, nach mir, nach dir, ich traf auf taube Ohren...«

»Schade, denn sonst wäre mir wohl das Vergnügen der Wiederbegegnung erspart geblieben!«

»Vielleicht...«

»Vielleicht! Du bist auf dem gesetzlichen Wege für tot erklärt worden. Unsere Ehe ist null und nichtig, ich habe nichts mehr mit dir zu schaffen!«

Er hatte den Schreck der ersten Überrumpelung nach und nach überwunden und fand mit der Beruhigung auch seine Willenskraft wieder.

»Das ist mir angenehm«, versicherte er, und ein Wetterleuchten der Kampflust blitzte in seinen Augen auf.

Frau Wutschow eilte in ein Nebengemach, kam mit einem Papier in der Hand zurück, zerriß es und warf ihm die Fetzen vor die Füße.

»Das Haus gehört mir und wird meins bleiben. Betrittst du es noch einmal – ich lasse dich mit Hunden hinaushetzen!«

»Damit scheinst du leicht bei der Hand zu sein«, entgegnete er kühl.

»Die Anspielung soll...?«

»Die Welt ist klein. Selbst bis in den Busch dringt die Kunde von mancherlei, was das Tageslicht zu scheuen hat. Ein deutsches Blatt war einmal hinübergeweht. Ein halbes Menschenleben ist vergangen seitdem. Die Ortsbezeichnung in der Titelzeile – Berlin – fiel mir auf. Ich blätterte, ich las. Und ich las von dem Haus, das ich als mein ehemaliges erkannte, und von meinen Nachfolgern, einem Ehepaar Wutschow – wie ich mich jetzt erinnere, obgleich ich den Namen selbst vergessen hatte. Ich witterte dich nicht dahinter. Aber ich bin nicht jenes arme Dienstmädchen, das unter deinen Augen zerrissen wurde. Ihr mußtet flüchten, unstet wie ich – bis die Gnade vom Königsthron euch die Heimkehr gestattete?«

»Das ist begraben und vergessen«, unterbrach sie heftig.

»Oder auch nicht«, fuhr er fort. »Die Laune hat dich beherrscht, solange ich dich kenne – der brutalen Laune, deinem Wahnwitz, ist die Arme zum Opfer gefallen, und ihnen bin ich gewichen. Aber ich wiederhole: Ich bin kein wehrloses Weib, ich bin auch nicht mehr der Knecht, der ich dir einmal war – ich habe mit anderen Feinden zu kämpfen gehabt als mit ein paar armseligen Kötern – und ich lache über deine Drohung!«

»Du willst der Ankläger sein – mir gegenüber? Du siehst den Splitter in meinem Auge, aber nicht den Balken in deinem eigenen! Was du da gelesen hast – ja, es ist wahr. Sie hatte Befehl, in der Küche zu bleiben – was spionierte sie im Hause herum? Sie wurde bestraft, und wenn zu hart – du hast nicht zu richten! Du nicht, du hast Schlimmeres auf deinem Gewissen: du hast Weib und Kinder verraten! Hast du noch ein Gewissen? Ist es dir nicht verlorengegangen wie dein Gedächtnis? Den Treueschwur hast du gebrochen, ein Meineidiger bist du – und ein Dieb und Betrüger, der mit dem Hab und Gut seines Weibes in die weite Welt ging!«

»Ereifere dich nicht. Was habe ich dir genommen? Nicht mehr, als ich bedurfte, um das Joch deiner Launen von mir abzuschütteln – nicht mehr, nein, kaum soviel, als zur Überfahrt in den fremden Erdteil notwendig war, in dem ich frei sein, in dem ich mich aufrichten wollte. Der Preis für deine Freiheit war zu niedrig gewesen – viel zu niedrig –, ich erkannte es zu spät, als ich als verkommener Cowboy gut genug war, die Rinderherden zu hüten, und als ich in den Bergwerken und Goldminen nicht mehr zu verdienen mochte, als zum dürftigsten Unterhalt – ach was, als zum Fortschleppen einer halb schon verbrecherischen Existenz erforderlich war. In jenen Zeiten habe ich an dich gedacht das kann ich dir schwören – nicht in liebender Erinnerung, mit geballten Fäusten, mit Verwünschungen auf den Lippen...Du lachst dazu? Well, ich mag nicht ohne Fehl gewesen sein. Als dumm hatte ich mich aber auch erwiesen. Es ist vorüber, es kann ruhen bleiben...«

»Das möchte dir so passen!« unterbrach sie höhnisch.

Er ließ sich nicht stören. »Die mageren Jahre nahmen für mich ein Ende, die fetten kamen. Was bin ich dir schuldig? Ich will es dir mit Zinsen erstatten!«

»Kannst du auch die Schande mit dem Mammon auslöschen?«

»Dessen bedarf es nicht. Das hat ein anderer für mich besorgt, als er den verrufenen Namen des ersten Mannes von dir nahm und dir den – guten! – zweiten gab...«

Er stellte eine nüchterne Rechnung an.

»Ich ging mit tausend Talern. Sie gehörten dir. Wir wollen sie verzinsen mit – hundert Prozent; ich bin nicht geizig wie andere. Das gibt...«

Er überschlug flüchtig und nannte die Summe. »Sie steht zu deiner Verfügung. Du erlaubst...«

Er ließ sich an einem Tisch nieder, entnahm seinem Portefeuille ein Scheckformular und wollte es ausfüllen.

Sie entriß es ihm heftig.

»Laß die Komödie!«

»Well!«

Er erhob sich wieder.

»Du hast – drei Töchter?« fragte er unvermittelt.

»Ich hatte!« antwortete sie nicht ohne eine gewisse Genugtuung.

»Du – hattest. So. Wie viele leben noch?«

»Eine!«

»Vom zweiten Mann?«

»Vom zweiten!«

»Und meine Töchter?«

Es packte ihn doch, und er biß die Zähne aufeinander, sobald er die Frage gestellt hatte.

»Deine?«

Sie lachte hart.

»Deine?« wiederholte sie.

Keine Falte trübte die hohe, weiße Stirn.

»Erinnerst du dich noch?«

»Antworte mir!« fuhr er zornig auf.

»Ja...«

Sie weidete sich an seiner Pein.

»Hast du Sehnsucht nach ihnen? Wirklich?«

»Wo sind meine Kinder?« drängte er erregt

»Tot.«

Seine Lippen bebten. »Alle beide?« fragte er entsetzt.

»Willst du sie sehen?« stellte sie die rätselhafte Gegenfrage.

Er schien zu schwanken, ob er recht gehört habe.

»Sehen?« wiederholte er zögernd.

»Sie sind da, alle beide«, sagte sie geheimnisvoll. »Dein Vaterherz soll befriedigt werden...«

Er hörte ihr Kleid rauschen und sah sie in dasselbe Gemach verschwinden, aus dem sie gekommen war.

Ihm war schwül, und er ahnte eine Bosheit.

Unwillkürlich drehte er sich nach dem Bildwerk um. Das braune Gesicht schien ihm noch härter als vorher.

Er stieß gegen den Sessel, daß er umfiel, und folgte der Frau in den Nebenraum. Ihr Schlafgemach. Reich, überladen wie das Boudoir.

Eine Tür wurde aufgestoßen.

»Deine Ungeduld – ehrt dich«, höhnte die Frau. »Willst du dich weiterbemühen?«

Sie machte ihm in der Tür, in der sie gestanden hatte, Platz und wies über die Schulter.

Dann rauschte sie davon und überließ ihn sich selbst.

Hunter war nicht furchtsam, aber die Schläfen hämmerten ihm, als er in den großen, fast saalartigen Raum blickte, der so weit in Dunkel gehüllt lag, daß er sich im ersten Moment schwer zurechtzufinden vermochte.

Erst allmählich gewöhnte sich das Auge an den Wechsel und durchdrang die Finsternis.

Mit Befremden erkannte Hunter, daß der Raum, der einst als Speisezimmer gedient hatte, sich in einem Zustand äußerster Vernachlässigung befand und fast leer war. Die Fenster waren durch verstaubte, von langem Gebrauch gelb gewordene Vorhänge dicht geschlossen, das Parkett des Fußbodens war kreuz und quer mit Brettern belegt. Das Haus war alt und morsch – er erriet sofort, daß der Raum der Einsturzgefahr wegen nicht mehr bewohnbar war, daß die Bretter, wenn doch jemand sich hineinwagen mußte, zur Verteilung der Last dienen sollten.

Vorsichtig trat er auf eine der Bohlen.

Zwei Spiegel zwischen den Fenstern schienen völlig erblindet, die braune Ledertapete hatte sich an einigen Stellen von der Wand gelöst und hing in Fetzen herab, der Stuck der Decke war zum Teil abgefallen und bedeckte den Boden, ein paar zerbrochene Stühle lehnten schief in einer Ecke. Von menschlichen Wesen war nichts zu sehen.

Eine Tür am entgegengesetzten Ende des Saales fiel ihm auf. Die war früher nicht gewesen. Vorsichtig näherte er sich ihr, fand die Scheiben sauber, mit weißen Vorhängen, öffnete und blickte in eine Art Kammer, die so niedrig war, daß knapp ein Mensch darin aufrecht stehen konnte. Ein Bett, eine billige Waschtoilette, eine Kommode, ein Stuhl, ein primitiver Wandspiegel bildeten die dürftige Ausstattung, die aber durch anheimelnde Sauberkeit gewann. Vor dem Fenster starrte das Gitterwerk, das ihm bereits aufgefallen war – es gab ihm die Gewißheit, daß er sich in dem kleinen Anbau befand, und eine Fotografie auf der Kommode, das Bildnis des Dr. Bruchs, überzeugte ihn, wer die Bewohnerin des käfigartigen Gelasses war.

Er zog sich zurück und bemerkte einige Bohlen, die sich von der Tür nach dem Ausgang zogen. Sie dienten offenbar dem Mädchen für ihre Wege durch den öden Verfall.

Mitleid stieg in ihm auf. Wie hauste das Kind und wie die Mutter! Eine Bettlerin die eine, eine Fürstin in ihrem blendenden Prunk die andere – und doch die Freundlichkeit in der ärmlichen Kammer und die Kälte in der seelenlosen Pracht.

Er näherte sich einem der Fenster, hob den Vorhang, um Licht hereinzulassen. Er starrte entsetzt auf eine Büste in der Ecke neben dem Fenster, die förmlich zu atmen schien. Sie war aus Wachs, Sockel und Brustansatz mit verschossener blauer Seide bekleidet. Das Gesicht war oberflächlich – vielleicht eben erst durch die Frau des Hauses – von der Staubschicht gereinigt, die den Scheitel noch entstellend bedeckte.

Eine Ähnlichkeit fiel dem Beobachter auf, die ihm das Blut in den Adern stocken ließ.

In seiner Vorstellung lebte ein jüngeres Bild, das Bild eines achtjährigen Mädchens. Das Bildwerk stellte ein Mädchen dar, zwar auch noch ganz jung, aber den Kinderschuhen schon entwachsen.

Es war ein Werk, das nur eine Meisterhand geschaffen haben konnte, ein Kunstwerk voll eigenen, individuellen Lebens, wie es vor seiner Erinnerung stand, der Erinnerung an das jüngste seiner Kinder, das er in der letzten Stunde vor seiner Flucht zärtlich auf dem Schoß gehalten und das wie das ältere sich liebevoll in seine Arme geschmiegt hatte!

Blutenden Herzens hatte er sich von beiden getrennt – niedergeschmettert sah er die eine wieder!

Die eine!

»Sie sind da, alle beide« – waren das nicht die Worte gewesen, die er gehört hatte, die er jetzt erst zu deuten wußte?

Sein Blick wanderte abermals umher und blieb auf einer weiteren Büste haften, die in der Ecke neben dem dritten Fenster in gleicher Weise aufgestellt war wie die erste … Er stürzte hinüber.

Ein schwarzes Postament, verblichen blau die seidene Bluse – das Antlitz des älteren Mädchens fester, herber als bei der Jüngsten und doch das erkennbare, nein, das treue Ebenbild des Kindes von ehedem.

Sein Auge blieb tränenlos, aber mit der Erschütterung, die tief aus dem Innern hervorquoll, kam ihm die betäubende Erkenntnis, daß er um eine große, geheime Hoffnung betrogen, daß die friedlose Wanderfahrt durch die Fremde nun auch daheim ohne Ende war...Er hatte es sich nicht eingestanden, daß die Hoffnung ihn mit tausend Fäden umsponnen, daß er mitten in der Jagd nach dem Glück das Gefallen an dem Glanz des überreich zusammengescharrten gelben Metalls verloren, daß eine unausgesprochene und doch übermächtig treibende Sehnsucht ihn überwältigte und daß er alle seine Rechte auf einen lange nicht erschöpften Reichtum nach einer oberflächlichen, fast leichtsinnigen Bemessung ihres Wertes aufzugeben sich entschlossen hatte...Er hatte vor sich selbst verborgen, daß der Ekel vor dem Milieu von Habsucht und Verbrechen ihm bis an den Hals gestiegen war, daß er das Verlangen gefühlt hatte, mit der Fremde zugleich das kalte, sinnlose Jagen nach dem Golde gegen ein bescheidenes, stilles Glück in der alten, trauten Heimat einzutauschen...Er hatte gutmachen wollen an den beiden, an den Kindern – ihnen Reichtum, wenn möglich die Freude bringen wollen – und vielleicht der einst verlassenen Frau, die in dem langen Vierteljahrhundert gewandelt sein mochte...Er hatte wollen...

Und jetzt!

Die Hoffnung, die er abgewehrt und zugleich gepflegt hatte – sie hatte gelogen, getrogen...

Die Bilder, die er in einem kargen Versteck neben dem kalten Verstände heraufbeschworen hatte – sie waren nichts gewesen als trügerische Spiegelbilder in der Wüste eines verfahrenen, verpfuschten Lebens...

Die einzige Saite in seinem Gemüt, die noch eines warmen Klanges fähig gewesen war, war gesprungen mit schrillem, schneidendem Mißton.

Eine maßlose Erbitterung beherrschte ihn.

»Weib!« keuchte er, wanderte zwischen den Büsten hin und her und erwog, was die Frau veranlaßt haben konnte, die Unglücklichen auch über das Grab hinaus wenigstens in ihren Ebenbildern gegenwärtig zu halten. Schlummerte auch in ihrem Herzen ein Funke von Liebe, hatte ein Schimmer von Reue sie erfaßt – waren die beiden Werke von Künstlerhand unvermutete Zeichen einer wenn auch wunderlichen Pietät?

Pietät!

Er verwarf den Gedanken mit Hohnlachen.

Pietät! Was dem Herzen wert ist, wird aufbewahrt und mit Sorge umgeben und gepflegt, nicht hinausgestoßen in eine Rumpelkammer, nicht dem Verfall geweiht in Staub und Nacht.

Kalter Schweiß trat ihm auf die Stirn.

Liebe – Reue – Pietät – nein, alles andere als das war die Triebfeder für ihr Handeln gewesen: die Bosheit, die Eingebungen des Augenblicks, die Laune...

Die Laune! Ihre Launen hatten ihn schon erschreckt, als sie noch seine Braut war, ihm das Leben zur Hölle gemacht, als sie seine Frau geworden war. Sie hatten ihr grausames Spiel selbst im Angesicht des Todes skrupellos getrieben...

Der Haß würgte ihn, und mit harten Anschuldigungen auf den Lippen verließ er den Saal, trat er in das Prunkgemach.

Er beherrschte sich, als er nur die Tochter am Fenster stehen und sich nach ihm umwenden sah, die Frau des Hauses aber nicht vorfand.

»Mama läßt um Entschuldigung bitten«, klang es weich an sein Ohr.

Er blickte düster an dem Mädchen vorbei und überlegte sekundenlang.

»Auch gut«, brachte er dann rauh hervor und fügte drohend hinzu: »Ich werde wiederkommen – bestellen Sie das!«

Er ging mit verbissenem Schweigen, raffte seine Sachen an sich und polterte die Treppe hinab.

Auch Wutschows Platz war leer.

»Feigling!« knirschte der Australier, riß die Verandatür auf, warf im Hofe den Pelz über und stolperte auf die Straße.

Fünftes Kapitel

Der Portier im Bayrischen Hof stand dienstbereit, als der Wagen mit dem Australier vor dem Hotel vorfuhr, er drückte sich aber beiseite, sobald er das finstere Gesicht des Gastes bemerkte.

Hunter verlor kein Wort, schloß sich bis gegen Abend in sein Zimmer ein und verließ das Hotel stumm, wie er gekommen war. In der Friedrichstraße und Unter den Linden hielt es ihn nicht; er schritt durch das Brandenburger Tor in den Tiergarten und schlug Seitenwege ein, die zwar schlecht beleuchtet, aber auch fast ohne Verkehr waren.

Die Bäume ragten schwarz und kahl in die Nacht, kein Stern erhellte den wolkenverhängten Himmel. Waldeinsamkeit und Waldstille fast mitten in der Großstadt; nur das Klingeln der Straßenbahnen drang zuweilen gedämpft herüber.

Hunter ließ sich auf einer Bank nieder. Er starrte in das Dunkel, und unwirtlich wie in der Natur war es in ihm. Seine Erregung hatte sich gelegt, aber ein dumpfer Druck wich nicht von ihm. Die Finsternis des Waldes glich dem Dunkel seiner unklaren Gedanken und Vorsätze. Aber er war nicht der Mann, der sich von äußeren Eindrücken widerstandslos lähmen ließ. Er erhob sich, stieß mit dem Krückstock auf und schüttelte die Befangenheit mit einem Fluch von sich ab.

»Wir sind noch nicht fertig miteinander«, murmelte er im Weitergehen. »Erst wissen«, überlegte er, »dann handeln!«

Wissen! Aber wer konnte ihm zu Wissen verhelfen? Und wer konnte ein Interesse daran haben, ihn aufzuklären?

Der Agent kam ihm plötzlich in den Sinn.

Fantig!

Er atmete erleichtert auf.

Fantig! Er besaß das Mittel, dem die Zunge zu lösen. Er sollte profitieren dabei, aber er sollte auch herausrücken mit der Sprache, mit der Wahrheit – sollte sie ergründen helfen, wenn er sie selbst nicht kannte –, sollte forschen, horchen, reden um jeden Preis!

Er hatte bis dahin kein Gewicht darauf gelegt, sich die Adresse des Mannes zu notieren. Aber er wußte ihn ja zu finden. Und er wollte keine Zeit verlieren.

Er kehrte zum Brandenburger Tor zurück und benutzte eine Pferdebahn nach dem Nollendorfplatz.

An der Kreuzung der Bülow- und Potsdamer Straße stieg er aus und begab sich direkt in das Restaurant, an dessen Stammtisch er Jeremias Kluckhohn und den Agenten kennengelernt hatte. Es war noch zu früh, als daß er den einen oder den anderen schon anzutreffen hoffen durfte; erfuhr er hier von jemandem die gewünschte Adresse, war sein Zweck auch so erreicht.

»Fantig?« fragte der korpulente Wirt überlegend und wandte sich zugleich an seine Frau, die neben ihm hantierte. »In der Bülowstraße wohnt er, nicht weit von der Lutherkirche. Weißt du nicht die Nummer?«

Die Frau kam seinem Gedächtnis zu Hilfe.

»Ich glaube zweiundsiebzig. Im ersten Stock vorn wohnt ein Buchhändler, und vor dem Hause stehen in dem kleinen Vorgarten zwei Kugelakazien.«

»Ja, richtig – zweiundsiebzig«, bestätigte der Wirt. »Wenn Sie warten wollen, um zehn, mitunter auch eine halbe Stunde früher, kommt er her.«

Hunter verspürte keine Neigung, in dem dumpfen Lokal zu bleiben und womöglich auch mit Jeremias zusammenzutreffen.

»Danke«, sagte er. »Mir ist die Zeit etwas knapp heute, und so eilig mit dem Treffen ist es nicht... Mal bei Gelegenheit genügt auch ... höchstens – na ja, das kann ich machen – ihm ein paar Zeilen schreiben. Dürfte ich um einen Bogen Papier und um einen Umschlag bitten?«

Der Wirt holte das Verlangte und brachte auch Tinte und Feder.

»Nicht nötig«, wehrte Hunter ab, ließ sich an einem der Tische nieder und warf mit Kopierstift die flüchtigen Zeilen hin:

»Bin in der Gegend. Haben Sie eine Stunde für mich übrig, so treffen Sie mich im ›Prinzen Luitpold‹.

Hunter«

Der »Prinz Luitpold« war das Restaurant, in dem er bereits am ersten Abend eingekehrt war. Er sah, bevor er den Namen niederschrieb, über die Bülowstraße und stellte das deutlich an der Front des Hauses angebrachte Firmenschild fest.

»Soll ich einen Dienstmann rufen?« fragte der Wirt höflich.

Der Australier bat darum.

Der Mann mit der roten Mütze wußte Bescheid.

»Zweiundsiebzig – Gartenhaus, drei Treppen. Als es ihm noch besser ging, hat er vorn gewohnt, Beletage… Herrn Fantig kennt hier jedes Kind… Wünschen Sie eine Antwort?«

»Nein!«

Der Mann entfernte sich, und Hunter folgte ihm bald.

Er wandte sich nicht direkt nach dem »Luitpold«, sondern machte einen Umweg, um den Wirt irrezuführen, falls die Neugier diesen gar zu sehr plagen sollte.

Fantig stellte sich früher ein, als der Australier erwartet hatte.

»Guten Tag, Herr Hunter«, sagte der Agent und setzte fragend hinzu: »Gibt es etwas Neues?«

Hunter hielt es nicht für nötig, lange zu palavern. Er hoffte im Gegenteil, den Partner um so gefügiger zu machen, je schneller und deutlicher er dessen materielle Interessen anreizte.

»Ja, für Sie«, gab er zur Antwort.

»Da bin ich gespannt…«

Fantig hing seinen Überzieher an einen Ständer und fuhr, noch ehe er Platz genommen hatte, lakonisch fort: »Angenehmes?«

»Well. Wir können einig werden.«

»Das wäre ausgezeichnet!« entfuhr es dem Agenten in freudiger Überraschung.

»Unter bestimmten Bedingungen«, schränkte der Australier ein.

»Die erste, daß Sie preiswert kaufen – weiß ich, weiß ich!« entgegnete Fantig voll Eifer. »Diesmal habe ich mich auch vorbereitet und einen Grundriß eingesteckt – bitte, Herr Hunter…«

Hunter vertiefte sich in den Plan und folgte geduldig Fantigs Erläuterungen. Dann griff er in den Wortschwall des Vermittlers ein und faltete das Papier ohne Umstände zusammen.

»Ich danke – und mein Entschluß steht nahezu fest: Unter Ihrer Führung werde ich morgen vormittag den Platz besichtigen, und gefällt mir die Umgebung…«

»Oh, es gibt nichts auszusetzen!«

»Well, dann machen wir kurzen Prozeß. Bis dahin halten Sie reinen Mund – Wutschows wegen…«

»Wegen Wutschow? Der will wohl nicht mehr? Oder stellt sich so? Habe ich Ihnen das nicht gleich gesagt?«

Fantig war voll Zuversicht, aber der Australier störte sein Frohlocken ziemlich unsanft.

»Wutschow ist Ihr Konkurrent«, erklärte Hunter trocken. »Er hat mir Ihren Vorschlag ebenfalls unterbreitet.«

Fantig war aufgebracht.

»Meinen –? So ein Schuft! Und Sie? Sie haben doch abgelehnt? Mit dem darf man sich nicht einlassen… bloß mit dem nicht, ich rate Ihnen gut… Der dreht Ihnen den Strick, ohne daß Sie's merken!« sprudelte er hervor.

Hunter hob beschwichtigend die Hand. »Hätte ich Sie herbestellt, wenn ich Sie nicht mehr brauchte?« fragte er trocken.

»Nein … hoffentlich…«

»In geschäftlichen Dingen bemüht man niemand umsonst, ich am allerwenigsten. Aber damit Sie klarsehen: Den Kauf des Hauses Nummer einhundert habe ich ebenfalls nicht aufgegeben, und ich behalte mir einstweilen noch die Wahl vor. Bitte, lassen Sie mich aussprechen; wir kommen so am ehesten zum Ziel. Ich bin eine zähe Natur, und wenn ich mir mal was in den

Kopf gesetzt habe, lasse ich so leicht nicht davon ab. So geht es mir mit Wutschows Fuchsbau. Ich bin – wenn es auch Zufall ist – zuerst daraufgestoßen, und deshalb halte ich noch daran fest.«

»Ja, aber erlauben Sie…«

Fantig rückte unbehaglich auf seinem Stuhl.

Die Miene des Australiers zeigte einigen Unwillen.

»Ich habe Sie schon einmal gebeten, mich nicht zu unterbrechen«, fiel er bestimmt ein. »Ich wiederhole nicht gern. Also der Plan, der ursprüngliche, besteht noch – bis jetzt. Wutschow habe ich auch, sozusagen, halb in der Tasche, und ich hätte schon abschließen können, wenn, na, wenn eben kein Wenn wäre. Da ist aber eins, ja, und deshalb bin ich stutzig geworden. Ich bin viel in der Welt herumgekommen, und es ist im Grunde lächerlich, wenn man da nicht alle kleinen Verrücktheiten, Torheiten, Vorurteile – oder wie Sie wollen – als überflüssigen Ballast von sich geworfen hat; ich habe das aber nicht ganz fertiggebracht und werde es wohl auch nie zustande bringen. Ich bin nicht furchtsam, bewahre, aber, was soll ich erst viel Worte machen, ich bin ein wenig abergläubisch. Und sehen Sie, jeder Mensch hat wohl seine schwache Seite. Das dumme Kindergruseln macht mir altem Kerl auch in diesem Falle zu schaffen. Man hat dem baufälligen Kasten einen Namen gegeben … einen Namen…«

»Aha – das Spukhaus!«

»Jawohl, Herr Fantig, und der – der stört mich. Nicht zu glauben, aber leider auch nicht zu leugnen. Dumm, ich sage es mir selbst; aber ich kann mich nicht dagegen auflehnen, und ich muß – muß! – der Sache auf den Grund kommen. Herumgehört habe ich schon – viel erfahren indes nicht. Nur soviel scheint mit festzustehen, daß da – mit zwei Kindern – was nicht ganz in Ordnung gewesen ist…«

Fantig nickte lebhaft.

»Stimmt es?« fragte Hunter.

»Und ob!«

Aus den Mienen des Agenten strahlte die Genugtuung, daß er unterrichtet war, und die Überzeugung, daß er dem Kauflustigen das störende Projekt gründlich verleiden könne.

»Das kann ich Ihnen genau erzählen«, nahm er eifrig das Wort, »und der Jeremias müßte es Ihnen bestätigen, wenn der nicht so unzuverlässig wäre und immer auf Wutschows Seite stände. Ich bin nicht gerade abergläubisch, aber das mit den beiden Kindern, zwei Mädchen, das war zu arg, und das lastet auf dem Hause – und auf dem Flecken Erde, möchte ich sagen – für immer als ein Fluch. Auch dann noch, wenn der alte Kasten abgerissen wird. Der Boden ist entweiht…«

Er unterbrach sich, führte sein Bierglas an den Mund und trank in hastigen Zügen.

»Also passen Sie auf. Das Ehepaar Wutschow hat jetzt noch ein Kind, ein Mädchen, das Ihnen vielleicht nur deshalb im Hause nicht begegnet, weil die Alten sie förmlich wie eine Gefangene halten. Das Kind ist von Wutschow. Früher waren noch zwei Mädchen da, von dem ersten Mann der Frau. Der Mann, der erste, soll an der Frau nicht ganz recht gehandelt haben, ins Ausland gegangen sein; das kann ich nicht entscheiden. Und geht uns den Teufel an. Jedenfalls heiratete die Frau nach Jahren zum zweiten Mal und behandelte ihre ersten Töchter wie eine Rabenmutter, als ihr das dritte Mädchen geschenkt worden war. Gut war sie niemals zu ihnen gewesen – ich glaube, dazu ist sie überhaupt nicht fähig. Wutschows Lieblinge waren die beiden auch nicht, und was sie unter diesen Umständen für Tage verlebten, das kann man sich vorstellen. Es gibt aber Pflanzen, die auch im Schatten groß werden, und so ging es den beiden Mädeln auch. Notabene: Ich habe sie beide gekannt, wenn auch flüchtig, weil sie eingekerkert waren, wie jetzt die dritte. Blaß und verschüchtert waren die jungen Dinger, aber durchaus nicht häßlich – im Gegenteil, hübsch, sage ich –, und zwei junge Leutchen, Söhne guter Familien, fanden sie sogar verteufelt hübsch. Wie sie sich getroffen, gesprochen und verliebt haben, das weiß der Himmel – Gott Amor hat ja seine besonderen Schleichwege. Aber die Tatsache war nicht aus der Welt zu schaffen, trotz Papa und Mama Wutschow, und eines schönen Tages kam sogar heraus, daß die beiden verliebten Paare bei Nacht und Nebel davongegangen waren. Die Wut von dem Drachen, das Schimpfen des Obertyrannen! Aber die Alte blieb nicht bei Reden, sondern ging zum Handeln über – hetzte die Polizei auf, machte Lärm in allen Zeitungen und sandte für ihr Geld Spürhunde nach allen Seiten aus. Die Jünglinge kamen zurück und wurden von der Polizei ins Gebet genommen – aus ihnen war nicht mehr herauszupressen, als daß sie die Mädchen hätten in Sicherheit bringen wollen. Wäre die Zeit gekommen, so würden sie sie holen und heiraten. Damit war die Dame Wutschow nicht zufrieden, und – leider! – sie hatte Erfolg. Die Ausreißer wurden in Wien gefunden. In Wien! Als Dienstmädchen hatten sie sich vermietet – sie, deren Stiefvater ein Millionär war!«

»Konnten die jungen Männer nicht besser für sie sorgen?« fiel Hunter fragend ein.

»Die?« überlegte Fantig. »Nein, wohl nicht. Deren Eltern waren wohl nicht arm, aber die Jungen selbst hatten nichts als die Zukunft und ihre Hoffnungen.«

»Dann hätten sie sie doch lieber daheim lassen sollen!«

Fantig lächelte. »Meinen Sie?« fragte er überlegen. »Ich nicht. Die Mädchen jedenfalls auch nicht. Nein, nein! Zwar: sie sind zurückgekommen, mit Gewalt zurückgeholt. Bereut haben sie aber nicht. Nur sich todunglücklicher gefühlt als jemals und dann dem jungen Leben, ihrem Lieben und ihrem Leiden ein Ende gemacht. Mit Gift, wenn Sie es wissen wollen. Vielleicht … man munkelt … die Alte konnte auch … einige sprachen von vergiftetem Kuchen, den sie gereicht haben soll. Man kann das glauben oder den Kopf schütteln, seine Gedanken sind jedem unbenommen … Ich will nichts gesagt haben. Die Ärzte konstatierten Vergiftung. Die Polizei stellte Selbstmord fest – das Genaue wird Sankt Petrus in seinem Hauptbuch verzeichnet haben. Der Volksmund schiebt alle Schuld der Alten zu und läßt die armen Opfer zur Strafe der unnatürlichen Mutter klagend in dem Hause umgehen. Davon hat das Spukhaus seinen Namen, und davon haben Sie munkeln hören.«

»Das ist nicht einladend«, versetzte der Australier rauh.

»Nicht wahr?« fragte Fantig befriedigt und führte noch weiter aus: »Ich glaube zwar nicht an Gespenster und an diese beiden auch nicht. Aber es gehören Nerven dazu, an Stätten, die durch Unglück und Verbrechen gezeichnet sind, sich heimisch und wohl zu fühlen. Ich könnte das nicht. Ich müßte immer an die armen Geschöpfe denken, denen da das Herz gebrochen ist. Übrigens, was mir da plötzlich einfällt …«, Fantig beugte sich zu dem Australier hinüber, »haben Sie das ganze Haus gesehen?«

Der Befragte mußte dies verneinen.

»Wenn Sie wieder mal hineinkommen und es bietet sich Ihnen Gelegenheit, holen Sie das Versäumte nach. Die Sage behauptet, die beiden Mädchen seien in Wachs nachgebildet und noch in einem der Räume vorhanden. Vielleicht können Sie sogar ihre Bekanntschaft machen!«

»In Wachs?« wiederholte der Australier. »Etwa – Totenmasken?«

»Nein, nein, nach dem Leben. Allerdings zeitlich nach dem Tode. Nach Fotografien, sagt man, die während der kurzen Freiheit in Wien aufgenommen und von den Mädchen mit in die Heimat gebracht worden waren. Diese Fotografien sind ja auch nicht unwahrscheinlich. Ich denke mir, die Verliebten haben sich für ihre Liebsten aufnehmen lassen und ein oder ein paar Bilder auch für sich behalten.«

Hunter war erstaunt, wie viel von den Rätseln des Hauses bekannt war und wie an manchen Stellen die Kombination, nicht unwahrscheinlich ergänzend, einsetzte. Aber er hatte genug gehört und suchte das Thema abzubrechen.

»Vielleicht – ja«, gab er widerwillig zu. »Das hat Zeit. Wichtiger ist unsere Sache. Haben Sie morgen eine Stunde für mich frei – zur Besichtigung des Grundstücks?«

»Für den ganzen Tag – bestimmen Sie!«

Hunter überlegte einen Augenblick. »Am Nachmittag? So um vier herum?«

»Wie Sie wünschen!«

»Also abgemacht. Haben Sie Vollmacht zur Verhandlung?«

»Schwarz auf weiß, Herr Hunter! Darf ich sie Ihnen zeigen?«

Er langte schon in die Tasche, aber Hunter winkte ab.

»Ihr Wort genügt mir.«

»Soll ich den Besitzer auch hinbestellen?«

»Nach Ihrem Belieben. Wollen Sie fünftausend extra verdienen?«

»Wieviel – was?« Fantig fuhr sich mit der Hand durch die Haare.

»Extra«, wiederholte der Australier. »Welches ist der niedrigste Preis?«

Fantig wischte sich den Schweiß von der Stirn.

Hunter reichte ihm mit stummer Zusicherung die Rechte.

»Vierhundertsechzig Mille – statt fünfhundert...«, flüsterte der Agent.

Hunter nickte dankend. »Ich erwarte Sie hier.«

»Ich werde pünktlich sein.«

»Suchen Sie noch Ihr Stammlokal auf?«

Fantig verneinte. »Wenn Sie gestatten, begleite ich Sie ein Stück.«

Hunter lehnte ab. »In dieser vorgerückten Stunde kann ich das nicht annehmen, ich fahre.«

Sie brachen bald auf, und Hunter bestieg vor dem Haus die Straßenbahn.

Fantig verfolgte den Weg nach seiner Wohnung, kehrte kurz vorher um und suchte doch noch den Stammtisch auf.

Der Wirt trat ihm lebhaft entgegen. »Nanu, was hast du denn mit dem Herrn vor?« forschte er neugierig.

»Ich?« fragte Fantig unschuldig, »'n Abend, Jeremias. Was soll ich weiter vorhaben! Nichts Besonderes. Der Mann ist fremd hier, sucht Anschluß, wendet sich an mich, soll ich ihm den Gefallen abschlagen?«

»Wo seid Ihr denn gewesen?« warf Jeremias dazwischen.

»An der Quelle – sei nicht so neugierig.«

Jeremias seufzte. »Freigehalten?« forschte er weiter.

»Geraten, alter Schluckspecht. Tut dir wohl leid, daß du nicht dabei warst?«

Jeremias schwieg grollend.

Fantig schwamm in Zufriedenheit und bestellte sogar für Jeremias ein Glas mit.

»Für mich auch?« fragte der Wirt vom Büfett her.

»I wo, dem Wirt was schenken, ist eine Sünde.«

»Erzähl doch«, drängte Jeremias Kluckhohn, und der Wirt schloß sich an.

»Ja!« Fantig lachte. »Er hat mir eine Geschichte erzählt, famos, prachtvoll. Eine Entengeschichte. War da mal ein Bauer, der einen guten Hof und ein gutes Herz hatte. Der fand im Moor ein Nest wilder Enten, nahm die Eier – sieben an der Zahl – heraus und mit nach Haus. Die will ich mir ausbrüten lassen, dachte er, legte sie einer Henne unter und sah nach Wochen sieben graugelbe Dinger herauskriechen, die von der alten Henne mit sehr mißtrauischen Augen betrachtet wurden. ›Schad't nichts‹, sagte der Bauer für sich, ›wenn sie auch nicht so schön dottergelb aussehen wie die anderen, wenn sie nur zahm werden; und dafür will ich schon sorgen.‹ Und er hatte seine Freude daran, wie sie wuchsen und viel lebhafter waren als die dummen Zahmen. ›Kiek‹, sagte er einmal abends, als es eben schummrig wurde und die Entenschar um einen Teich herum im Gras watschelte, ›kiek, Mutter, die sind doch leicht auseinanderzuhalten, die zahmen und die wilden: die ersten tragen den Hals gradaus, so waagerecht, und die mal wild waren, strecken ihn empor und tragen den Kopf ordentlich stolz.‹ Und wie er noch über seine Schützlinge lachte, ging's hoch oben in der Luft plötzlich los: ›Kräk – kräk – kräk‹, die Zahmen duckten sich ins Gras, die Wilden reckten die Hälse, schrien ›kräk – kräk‹ mit, schlugen mit den Flügeln, erhoben sich plötzlich – und zogen mit den Blutsverwandten eilig davon. Grad so mach ich's auch...«

Er warf lachend zwei Nickelstücke auf den Tisch und eilte aus der Tür.

»Bist du auch wild geworden?« rief ihm der Wirt nach. Aber Fantig antwortete nicht mehr. Morgen ist auch ein Tag, und ein wichtiger dazu, dachte er bei sich und ließ sich vom Nachhauseweg nicht mehr abbringen.

Er kam früher nach Hause als Hunter, der noch nach Mitternacht in einem Cafe der Friedrichstraße saß und finster das ihn umbrandende Treiben der Lebewelt beobachtete. »Das schwatzt und lacht nun«, knurrte er für sich, »in den Tag oder vielmehr in die Nacht hinein, als wenn das Leben nichts anderes wäre als eine Skatpartie. Aber selbst im Skat bringen die da, wenn's hoch kommt, es nur zur Schellenfarbe.«

Er wandte sich durch die Menge zum Ausgang.

Auf dem Heimweg fiel ihm das Versprechen ein, das er am ersten Abend dem jungen Arzt gegeben hatte. Er lachte bitter. Der mochte warten. Was sollte er ihm berichten? Von den Unglücklichen, deren Tod ihn nicht berühren konnte? Der Mann war nicht mehr von Interesse für ihn. Ihm stellte das Leben nur noch, die eine Aufgabe, zu rächen, zu strafen – und die wollte er zu lösen suchen.

Noch eine Stunde lang lag er angekleidet auf der Chaiselongue und zermarterte das schmerzende Hirn.

Plötzlich ging ein Ruck durch seinen Körper, er hob sich auf die Ellenbogen und schnellte hastig vollends empor. »Ich hab's!« keuchte er, starrte mit brennenden Augen um sich und ballte die Fäuste. »Ich hab's – ich hab's! Muß ich kaufen, wo ich...« Ein unterdrücktes, wildes Lachen schüttelte ihn, »Ich hab's, Madame, und du wirst große Augen machen!«

Der Fußboden dröhnte unter seinen Schritten, und das Lager krachte, als er sich endlich zur notwendigen Ruhe hinwarf.

Der nächste Mittag fand ihn wieder in der Wutschowschen Villa. Auf der Holztreppe zur Veranda traf er auf einen jüngeren Herrn, der ihn nach dem Hausherrn fragte.

»Treten Sie nur ein; er wird nicht weit sein.«

Wutschow saß auf einem Treppenabsatz, hielt eine zerknüllte Zeitung in der geballten Faust und fluchte laut.

»Bagage, Lumpenpack – geht das jemand was an? Ich tu', was ich will, die sollen sich an die eigene Nase fassen!«

Wütend warf er die Zeitung auf den Boden und zerstampfte sie mit den unförmigen Filzschuhen.

Hunter machte ihn auf den Begleiter aufmerksam.

»Der Herr wünscht Sie zu sprechen.«

»Was wollen Sie?« fuhr ihn Wutschow laut an.

»Kann ich den Laden sehen, der hier zu vermieten ist?« fragte der Unbekannte etwas unsicher.

Der Zettel mochte wer weiß wie lange hängen – bis dahin hatte sich niemand darauf gemeldet, da es sich sichtlich nur um ein einfaches, zweifenstriges Eckzimmer im Hochparterre handelte, das erst bei Nachfrage für Ladenzwecke eingerichtet werden sollte.

»Laden hin – Laden her!« schrie Wutschow. »Nein! Ich habe keine Zeit.«

»Wann kann ich wiederkommen?«

»Wenn's hinter Ihren Ohren trocken geworden ist.«

Der Mann war verblüfft.

»Was – was – soll er kosten?« stotterte er verlegen.

»Das können Sie gar nicht bezahlen, junger Mann!«

»Das fragt sich doch!«

»So? Zweitausend Mark!«

»Wer ...werden Sie da die Wand durchbrechen lassen, für Schaufenster?«

»Bei Ihnen rappelt's wohl! Nichts werde ich machen lassen! Noch was? Sonst drücken Sie sich.«

Das ließ sich der Besucher nicht zweimal sagen.

»Und Sie?« wandte sich Wutschow fauchend an den Australier. »Haben wir noch was miteinander zu tun?«

Hunter lächelte eisig. »Wir? Ich möchte auch Ihren Laden mieten.«

Wutschow blies die Backen auf und rannte wütend umher.

Der Australier bückte sich nach der mißhandelten Zeitung und stopfte sie zerknüllt in die Tasche. Dann stieg er die Treppe hinan.

»Wohin?« zischte Wutschow hinterher.

Hunter ließ sich nicht zurückhalten und gab auch keine Antwort. Ohne abzulegen und ohne anzuklopfen, trat er in das Zimmer der Hausfrau. Eine eiserne Härte lag auf seinen Zügen.

Frau Wutschow saß am Fenster. Sie erhob sich und trat dem Eindringling entgegen.

»Frechheit!« stieß sie hervor.

»Man lernt dazu«, parierte er. Er stand energisch da und fixierte sie kalt. »Ich bin gekommen, Madame, um Ihnen zu erklären, daß ich zu Ihnen ins Haus ziehe...«

»Bist du wahnsinnig geworden?«

»Das Parterre steht leer. Ich miete es und richte es mir ein.«

»Niemals!«

»Das können Sie nicht verhindern.« Er trat so dicht vor sie hin, daß sein Atem sie streifte. »Fürchtest du mich?«

Sie lachte nur verächtlich.

»Well. In einer Woche – oder zwei – ziehe ich ein. Bis dahin lasse ich herrichten – tapezieren, möblieren. Ob Wilhelm Mumm, ob William Hunter ... eingeweiht bist nur du – und dein Schweigen erkaufe ich!«

Er riß ein dickes Portefeuille aus seiner Tasche und warf es mitten ins Zimmer. »Gift und Gold sind die besten Schweigegelder. Deine Hand mag ich nicht berühren; heb es auf.«

»Ich werde es hinauskehren lassen!«

»Das wirst du, wie ich dich kenne, nicht tun.«

Sie stieß mit dem Fuße danach. »Ich brauche deinen Mammon nicht!«

Ein Zucken umspielte seine Lippen. »Ich bin zu höflich gewesen, scheint es. Muß ich Ihnen ins Gedächtnis rufen, Madame, wem dies Haus einst gehört, wer es mit in die Ehe gebracht hat?«

»Den Kasten?«

»Du scheinst sagen zu wollen: der Kasten war nicht allzuviel wert – damals. Ich muß dir recht geben. Dein Vermögen war größer. Aber, das war damals! Das war vor einem Vierteljahrhundert. Jetzt liegen die Verhältnisse anders. Der Kasten hat an Wert gewonnen, und der Kasten gehört nach wie vor mir!«

Sie lachte höhnisch.

»Dir? Du hast deine Rechte längst aufgegeben!«

»Darf ich fragen, wo das geschrieben steht?«

»Deine Frage ist lächerlich!«

»Nicht so ganz. Kannst du beweisen, daß ich es dir geschenkt habe?«

»Du hast durch deine Flucht selbst darauf verzichtet!«

»Das hast du angenommen. Ich – *verneine* das!«

Er fuhr mit starker Betonung fort: »Wir haben nie in Gütergemeinschaft gelebt, und das Haus ist nie dein Eigentum gewesen. Es ist es auch heute nicht. Dennoch – ich will nicht überstürzen; ich will es nicht als mein Eigentum zurückfordern, ich will es neu erwerben, will mieten – wenn es gütlich geschehen kann. Im Guten alles, mit Gewalt nichts. Das merke dir. Besprich dich mit deinem Mr. Wutschow, lege mir kein Hindernis in den Weg, wenn ich einziehe, rede ihm zum Verkauf zu – zu deinem eigenen Vorteil. Bei Gott, nein – ich bin nicht sentimental; aber an der Stelle, wo meine Kinder – hingemordet sind, soll niemand anders den Fuß aufsetzen als ich! Das schwöre ich dir! Und nun erwäge und beschließe nach deinem Belieben. Den kleinsten Widerstand deinerseits betrachte ich als Kriegserklärung, und was dann folgt, hast du zu tragen...«

Er wartete keine Entgegnung von ihr ab, und die Frau suchte ihn nicht zurückzuhalten. Erst als die Tür hinter ihm zuschlug, schien sie das Übergewicht seiner Drohungen zu fassen. Abermals stieß ihr Fuß nach der auf dem Teppich liegenden Tasche, daß diese im Bogen gegen ein Tischbein flog und Banknoten sich rund herum verstreuten. Ihr Auge hing starr an den Scheinen, die schon die Farbe als Tausendmarknoten kennzeichnete. Sie trat vor, bückte sich, raffte die Scheine zusammen, breitete sie auf ihrem Schreibtisch aus und zählte, zählte...

Die kostbar beringten Finger zitterten ihr.

Sie strich sich über die Stirn, als sie zu Ende gezählt hatte, setzte sich und starrte auf die Scheine.

Als von draußen gegen die Zimmertüre gepocht wurde, stellte sie sich, den Schatz versteckend, breit vor den Schreibtisch.

Hedwig trat schüchtern ein. »Mama, darf ich dir den Tisch decken?«

»Jetzt nicht, ich habe Kopfschmerzen. In einer Stunde.«

»Ja, Mama.«

Das Mädchen ging wieder, brachte dem Vater das Mittagsmahl auf den Verandaplatz und aß selbst in der Küche.

Frau Wutschow legte die Scheine zusammen, zählte sie nochmals durch und schob sie langsam in ein mit Stahlplatten gepanzertes Fach des Schreibtisches, in dem sie ihre Schmucksachen aufzubewahren pflegte. Sie weidete sich an dem Anblick – der Australier hatte sie richtig eingeschätzt.

Sechstes Kapitel

Hunter begab sich in das verabredete Restaurant, dinierte und wartete auf den Agenten.

Fantig stellte sich pünktlich ein, und auf dem Grundstück war auch der Besitzer zur Stelle. Der Handel vollzog sich nach kurzem Feilschen glatt, und der Vertrag wurde sofort bei einem Notar in aller Form abgeschlossen.

Fantig hatte ein Prozent des Kaufpreises als Vermittlungsgebühr von dem Verkäufer und fünftausend Mark unterderhand von dem Käufer verdient – seine Miene war sonnig wie seit Jahren nicht. Er rieb sich die Hände, tänzelte, lachte und schwatzte, daß es dem Australier unwillkürlich die Bemerkung entlockte: »Ihnen muß es aber auch schon höllisch schlecht ergangen sein, daß Sie so aus dem Häuschen geraten können!«

»Ist mir's auch – ist mir's auch«, bestätigte Fantig eifrig, »ganz höllenmiserabel. Aber noch ein paarmal so'n Schnitt, und wupp – bin ich wieder oben!«

Er beruhigte sich erst, als er im Hotel den Betrag von Hunter ausgezahlt erhielt, und ein feierlicher Ernst kam über ihn.

»Schulden, gottlob, sind nicht da«, reflektierte er und fügte halb humoristisch hinzu: »Man hätte ja auch schwerlich Kredit gefunden. Aber nu wollen wir sehen: mit der Handvoll läßt sich wieder was anfangen!«

Der Besitz stachelte sein Selbstbewußtsein auf, und er ging wie ausgewechselt.

Gegen Abend setzte leichter Schneefall ein, und Hunter sah vom Fenster aus zerstreut in das Flockenwirbeln. Ein Zeitungsverkäufer, der den Passanten unten die Abendblätter anbot, rief ihm das zerknüllte Blatt ins Gedächtnis, das er bei Wutschow an sich genommen hatte. Er holte es aus einer Seitentasche des Pelzes hervor, glättete es auf dem Tisch und begann zu suchen, was Wutschow so erregt haben konnte. Ein längerer Schriftsatz auf der dritten Seite war mit Blaustift derb angestrichen, und wenn auch das fettgedruckte Stichwort »Ein renitenter Steuerzahler« ihm noch keine Gewißheit gab, daß damit Wutschow gemeint war, so folgerte er dies doch schon bestimmt aus den nächsten Sätzen.

»Ein renitenter Steuerzahler«, las er, »und ein Original ist der im Westen ansässige Rentier W., der, obgleich mehrfacher Millionär, seine Steuer nie freiwillig, sondern stets erst dann entrichtet, wenn die Behörde mit Zwangsmaßregeln gegen ihn eingeschritten ist. Der Steuerbote darf ebensowenig wie zum Beispiel der Briefträger das Haus des Kauzes betreten, und W. öffnet ihm auch dann nicht, wenn er wie gewöhnlich auf der Veranda hockt und der Bote ihm durch die Glastür den Zweck seines Kommens mimisch klarmacht. W. winkt gelassen ab, und der Beamte muß sich unverrichtetersache entfernen. Den Mahnzettel schiebt er, wie die Stephansjünger die Briefe, zur gegebenen Zeit unter der Tür durch ins Innere, und selbst die Tochter des wunderlichen alten Herrn darf weder öffnen noch eine Bestellung entgegennehmen. Die Zwangsvollstreckung würde regelmäßig die Hilfe eines Schlossers erfordern, wenn der Vollzugsbeamte sich nicht auf andere, minder gewaltsame Art zu helfen wüßte; der Mann ist durch die Erfahrung gewitzt und paßt seine Maßregeln den originellen Verhältnissen an. W. besitzt eine elegante Equipage mit zwei ausgesucht schönen Berberschimmeln, und er liebt es, in bestimmter Morgenstunde seine Ausfahrten zu machen. Damit rechnet der Beamte, hält sich in der Nähe und dringt in den Hof vor, sobald die Schimmel bereitstehen. W. weiß Bescheid, steht und flucht in den grauen Bart, läßt es aber notgedrungen geschehen, daß der Beamte seine Pflicht erfüllt und – Wagen und Pferde mit Beschlag belegt. Die blauen Siegel prangen am Wagen und an den Geschirren der Pferde. W. fährt aus wie gewöhnlich! Nicht einen Tag schenkt er von der Frist bis zum Versteigerungstermin, selbst die Verkaufsannoncen erscheinen regelmäßig, dann erst zahlt der wunderliche Alte ebenso regelmäßig und ist knurrend und murrend Zeuge, wenn der Beamte die ominösen Siegel wieder entfernt...«

Hunter schüttelte den Kopf und merkte erst nach einer Weile, daß der Artikel an dem Absatz noch nicht zu Ende war. »Wir können«, las er weiter, »bei dieser Gelegenheit ins Gedächtnis rufen, daß der wunderliche Herr seinen Launen auch schon in früheren Jahren freien Lauf gelassen und die Geduld auch der Polizeibehörde in einem Maße in Anspruch genommen hat, wie es heute nicht mehr möglich sein dürfte. Damals wie heute haben die Hausbesitzer die Pflicht, in strengem Winter bei allzu reichlichem Schneefall die Bürgersteige vor ihren Grundstücken von dem verkehrshindernden Schnee zu säubern. Alle kommen dieser Pflicht nach, wenn auch nicht jeder gern; nur W. nicht. Mochte der Schnee sich fußhoch oder zu kleinen Bergen aufhäufen – W. rührte zu seiner Entfernung keine Hand. Er beachtete auch die Aufforderungen der Polizei nicht und lachte sich ins Fäustchen, wenn diese endlich die Geduld verlor und zur Wegräumung einfach – die Feuerwehr einsetzte. Die dadurch entstehende Rechnung – man spricht von jeweils fünfundzwanzig Talern – beglich er jedesmal ohne Zögern. Er hatte eben seinen Kopf durchgesetzt, und das Vergnügen war ihm nicht zu teuer. Autoritäten gab es für ihn nicht, und er erkennt auch heute, wie Eingeweihte verständnisvoll erzählen, nur eine solche an – seine Frau.«

Der Artikel war amüsant, für Wutschow allerdings nicht besonders angenehm, und namentlich die ironische Schlußbemerkung mochte ihn gereizt haben. Daß die eine Autorität für den alten Herrn aber wirklich vorhanden und allein maßgebend war, davon war der Australier ebenso überzeugt wie von den anderen Absonderlichkeiten des alten Pantoffelhelden.

Hunter schnitt den Artikel aus, versuchte ihn noch weiter zu glätten und legte ihn sorglich in einen der Koffer. Ein halb boshaftes, halb belustigtes Lächeln umspielte dabei für einen Augenblick seinen Mund.

Er verbrachte den Abend in einem Varieté, war früh am Morgen wieder auf den Beinen, nahm mit einer gewissen Hast das Frühstück zu sich und eilte in die Potsdamer Straße.

Die Nacht hatte starken Schneefall gebracht und den Straßen ein verändertes Aussehen gegeben. Auf den Fahrdämmen tat das Streusalz der Straßenbahnen seine Wirkung und verwandelte das Schneeweiß rasch in ein häßliches, schmutziges Grau; aber die Trottoirs und die besonders in der Potsdamer Straße reichlich vorhandenen Vorgärten lagen in der frühen Stunde im noch unentstellten weißen Winterschmuck, und die Mauervorsprünge an den Häusern, die Balkons, die Dächer grüßten unter blendend weißer Schneekappe hervor.

Selbst das Haus Nr. 100 sah freundlicher in den frostklaren Morgen, und das Gitter vor dem Fenster des Mädchenstübchens wirkte in dem jungfräulichen Schneeschmuck fast anheimelnd.

Nur die putzlosen roten Wandflächen, die sich in der Nacht vergrößert zu haben schienen, paßten nicht in die gesunde, klare Winterschönheit und Wutschow nicht in den glänzend sauberen, eleganten Wagen, der, mit zwei feurigen Schimmeln bespannt und zur Abfahrt bereit, auf der weißen Hoffläche hielt. Wutschow trug die unvermeidlichen Filzschuhe, hatte sich in einen jahrzehntealten Schafpelz gehüllt, eine Wollmütze tief in die Stirn und über die Ohren gezogen und war eben im Begriff, eine ihm vom Kutscher gereichte Pferdedecke über die Knie zu breiten.

Hunter lachte über die Burleskfigur so ungeniert laut auf, daß auch Wutschow aufmerksam wurde.

»Mit dem Affen will ich nichts zu tun haben – los!« rief er dem Kutscher zu, und im gleichen Augenblick zogen die Schimmel auch schon an.

Hunter blickte eine Weile hinter dem federnden Gefährt her; dann stieg er langsam die Verandatreppe hinan, stieß sich an dem Geländer den Schnee von den Füßen und wollte eintreten.

Die Tür war indessen verschlossen, und erst auf sein energisches Klopfen eilte die Tochter des Hauses herbei und öffnete ihm.

»Guten Morgen, Herr Hunter«, grüßte sie befangen.

»'n Morgen«, knurrte er. »Müssen Sie immer hinter Schloß und Riegel sitzen?«

»Papa will es so«, entgegnete das Mädchen einfach.

»Der ist...« Der Australier brach ab. »Ich ersuche um die Schlüssel zum Parterre«, fuhr er kurz fort.

»Ich soll Sie führen«, gab Hedwig Wutschow zurück.

Hunter blickte auf. So einfach hatte er sich seinen Einzug ins Wutschowsche Haus doch nicht vorgestellt. Geld und Drohung hatten also die erwartete Wirkung getan.

Das Mädchen nahm die bereitliegenden Schlüssel von einem Tisch, schritt ihm voran und schloß auf. Bei jeder einzelnen Tür übergab sie den dazugehörigen Schlüssel dem Mieter und zuletzt auch den für die von beiden Parteien zu benutzende Veranda.

»Alles werden Sie nicht bewohnen können«, meinte Hedwig, und ihre Wangen färbten sich trotz der eisigen Kälte in den dumpfen, vernachlässigten Räumen.

Er sah sie prüfend an.

Ein Gesicht wie Milch und Blut, dachte er und stellte rasch Vergleiche mit der Mutter an. Die Ähnlichkeit zwischen beiden war nicht zu verkennen, aber bei der Tochter waren alle Formen ins Weiche, Jugendliche übersetzt und der Ausdruck in den feinen Zügen des Kindes ein weitaus anderer als in den stolzen, harten der Mutter.

»Ist auch nicht nötig«, gab er zur Antwort. »Ich will Sie nicht länger bemühen...«

Sie zögerte.

»Wenn Sie noch Wünsche haben...«

»Danke.«

Er war nicht unhöflich, aber auch nicht verbindlich; sie fühlte es und zog sich zurück.

Hunter beschränkte seine Auswahl auf zwei Zimmer, deren Herrichtung ihm möglich schien, wenn auch von Grund auf alles erneuert werden mußte.

»Ich werde die Decke nicht vergessen, Madame«, rief er unwillkürlich halblaut.

In der Veranda traf er noch einmal auf das Mädchen. Sie hantierte mit Eimer und grobem Scheuertuch, und Hunter sprach sie unwillig an: »Ist denn kein Dienstmädchen, kein Diener da, daß Sie das alles machen müssen?«

Sie schüttelte den blonden Kopf. »Seit ich erwachsen bin, nein. Es ... ist auch nicht zuviel«, schloß sie versichernd.

»Nicht zuviel«, wiederholte er heftig, »das sehe ich, denn gesund geblieben sind Sie dabei. Aber hart, barbarisch ist es...«

»Papa – mag keine fremden Leute um sich haben«, suchte sie zu entschuldigen.

»Er hat doch den Kutscher«, hielt ihr Hunter entgegen.

»Der wohnt nicht bei uns...«

»Und jetzt mich!« betonte er schroff.

»Sie – Sie sind ja auch Mieter.«

»Jawohl, und an mich wird er sich gewöhnen müssen, und diese verfluchte Sklaverei – Ihre Sklaverei –, die soll ein Ende finden. Ist Madame zu sprechen?«

Sie war ganz scheu geworden.

»Mama schläft noch.«

Er ließ die Schlüssel rasselnd in die Tasche gleiten.

»Well. Erst muß ich da auch eingezogen sein.«

Er verabschiedete sich kühl, bog an der Bülowstraße um die Ecke und begab sich nach Fantigs Wohnung.

Fantigs Frau öffnete, und der Agent stand, zum Ausgehen gerüstet, in zufriedener Selbstbetrachtung vor einem Spiegel. Er hatte sich neu ausstaffiert und machte in dem modernen Überrock und unter dem tadellosen Zylinder einen stattlichen Eindruck.

»Ah!« Er fuhr bei Hunters Eintritt lebhaft herum, legte den spiegelblanken »Seidenen« mit raschem Griff beiseite und war ganz Freundlichkeit.

»Ehrt mich, Herr Hunter, ehrt mich. Womit kann ich dienen?«

»Ich brauche Handwerker: einen Tischler, einen Maler. Empfehlen Sie mir!«

»Mit Vergnügen ...Tüchtige Leute...« Er nannte zwei Adressen. »Soll ich Sie hinbegleiten?«

Hunter verneinte.

»Wohnung gemietet?« forschte Fantig.

»Ich kann doch nicht im Hotel bleiben...«

»Nein, ungemütlich. Haben Sie in der Nähe gemietet?« horchte der Agent weiter.

Hunter überhörte die Frage. »Ich sah vorhin Wutschow ausfahren ...Gentleman auf dem Bock – Esel im Fond.«

Das war Wasser auf Fantigs Mühle. »Ja, der! Der ist nun mal der Spott des ganzen Westens. Aber die Alte, die macht's nobler. Seide, Samt, Diamanten.«

»Für die Tochter scheint weniger übrig zu sein.«

»Die! Modernes Aschenbrödel... Übrigens die Alte – noch verflixt schneidig...«

»Unkraut vergeht nicht!« knurrte Hunter. »Sie wollten ausgehen – ich will Sie nicht stören.«

Er empfahl sich, obwohl Fantig in ehrlicher Lebhaftigkeit protestierte, suchte die ihm genannten Handwerker auf und verabredete sich mit ihnen.

Als sie nach einigen Stunden in der Villa erschienen, räumte Wutschow fluchend seinen Platz und ließ sich nicht mehr blicken.

Auch Hedwig schien nach der Begegnung am Morgen dem Mieter aus dem Wege zu gehen. Das Haus lag wie ausgestorben.

Aber es war dem Australier recht so. Er untersuchte mit den Handwerkern die einzelnen Räume und beriet sich eingehend. Das Betreten des vielbesprochenen Hauses war den Leuten offenbar interessant; über die im Innern herrschende Vernachlässigung waren sie aber einigermaßen perplex. So hatten sie sich das Heim des reichen Wutschow doch nicht vorgestellt.

Hunter knauserte nicht. Er verlangte schnelle und gründliche Arbeit und hatte für die Kostenanschläge der Meister nur ein zustimmendes Nicken.

Der Tischler sollte zuerst an die Reihe kommen, der Maler ihm auf dem Fuß folgen.

Als eine Einigung erzielt war und die Meister gingen, hielten sie untereinander nicht mit dem Befremden zurück, daß ihr Auftraggeber sich gerade Wutschows alte Bude ausgesucht habe, und kamen schließlich mit verständnisvollem Lächeln dahin überein, daß wohl auch der Mieter seine Wunderlichkeiten haben müsse.

Hunter blieb noch, stellte Messungen an und war nicht wenig überrascht, als bald nach Weggang der Handwerker die Frau des Hauses bei ihm eintrat. Sie hatte ein Pelzcape über die Schultern gehängt und hielt mit der Linken das graue Seidenkleid vorsichtig gerafft. Ihr Blick glitt sekundenlang umher und blieb auf dem Australier haften.

Hunter tippte an den Schlapphut und verbeugte sich ironisch.

»Große Ehre, meine Gnädige...«

Sie wandte sich um und zog die Tür fest hinter sich zu.

»Frau Königin im Reich der Schwaben und Spinnen!« spottete er.

»Ich habe deinem Wunsche nachgegeben – freiwillig«, begann sie, und ihre Stimme vibrierte nur leicht.

»Der Herr Gemahl – auch freiwillig?« gab Hunter höhnisch zur Antwort.

»Das ist meine Sache ... Wir können – nebeneinander leben, ohne viel in Berührung zu kommen.«

»Meinst du, ich könnte Anspruch auf deine Person erheben?«

»Dazu gehören zwei« erwiderte sie kurz. »Ich – teile das Dach mit dir, aber ich will weder dich noch deine Reichtümer, die du – offen genug – zur Schau trägst. Zu offen ... Muß etwas betont werden, wenn man daran glauben soll?«

Er vermeinte etwas Lauerndes aus ihren Worten herauszuhören.

»Ach so«, entgegnete er, »du beliebst anzunehmen, ich übertreibe, um zu – verdecken ... Auch gut, Madame. Ganz wie du willst...«

»Es – interessiert mich nicht«, versetzte sie abweisend. »Es imponiert mir auch nicht. Mehr als wir hast du auch nicht, und ob so viel – ist die Frage.«

»Ganz recht, die Frage, die dich beschäftigt...«

»Nein, die mir gleichgültig ist.« Sie brauste auf. »Bildest du dir ein, ich überschätze dich?«

»Überschätzen?« Er überlegte ein paar Sekunden. »Hm, wer ein Krösus werden will, muß Anlagen dazu haben, und die hatte ich nicht, wolltest du das nicht zum Ausdruck bringen?«

»So etwas Ähnliches«, gab sie zu.

Er trat dicht vor sie hin. »Weib, ich durchschaue dich bis auf den Grund deiner Seele! Heuchle, lüge – mich täuschst du nicht, und ich weiß, welches brennende Interesse dich zu mir treibt und dich schauspielern und horchen läßt. Die Habgier – die elende Habgier ist gereizt worden in dir, und sie läßt dich lungern und hungern nach mehr. Du bemühst dich umsonst! Laß es dir gesagt sein!«

»Geht dir der Atem aus? Oder ist's mit deinen Phantasien zu Ende? Du übersiehst eine Kleinigkeit: das Nächstliegende. Unsere Mietsverhandlungen waren etwas – sonderbarer Natur, und der Abschluß bedarf einiger Ergänzungen. Ich habe – mich – gefügt, weil deine Anwesenheit mich schließlich nicht zu stören braucht. Ich betone: nicht zu stören *braucht*. So lange nicht, als – außer uns beiden – niemand weiß, welche Beziehungen uns – einst – miteinander verbunden haben. Darum komme ich zu dir. Aus keinem anderen Grunde. Um deine Diskretion wollte ich dich ersuchen...«

»Ich habe sie dir längst zugestanden!«

»...und dir die meine ebenfalls zusichern...«

Wieder eine ironische Verbeugung Hunters. »Freundlich, sehr freundlich...«

»Schwätzen war auch früher nicht deine Art – dein Wort wirst du zu achten wissen. Und damit bin ich ja wohl mit Herrn William Hunter zu Ende.«

»Wenn es sein kann...«

Der stattliche Frauenkopf hob sich mit einem kleinen, energischen Ruck, und ihre Erwiderung klang hochmütig: »Ich – wüßte nicht, wieso...«

Er winkte ungeduldig ab.

»Ich bin kein Prophet und lasse kommen, was da will. Brauche ich dich nicht, ist es mir angenehm. Ergibt sich ein Grund zum Verkehr mit der geehrten Nachbarschaft, so ist mir der Weg nicht zu weit. Und man kann nicht voraussehen...«

Er dachte an Hedwig und was er dem Mädchen gesagt hatte. Und einen Augenblick kam ihm der Gedanke, der Frau da vor ihm sogleich in das Gewissensdunkel zu leuchten. Aber auch nur einen Augenblick. Dann verschloß er sich der Regung, wandte sich wieder seiner durch den Eintritt der Frau unterbrochenen Beschäftigung zu und zischte über die Schulter: »Ich will die Gnädige nicht länger zurückhalten!«

Um den Mund der Frau zuckte es. Aber sie beherrschte sich und entfernte sich mit gemessener Würde.

Bald hielt es ihn nicht mehr.

Beim Fortgehen traf er unvermutet auf Hedwig, und es schien ihm, als suche sie ihn abermals zu meiden.

Er lehnte sich nicht dagegen auf. Ging ihn das Mädchen überhaupt etwas an? fragte er sich gereizt. War sie sein Kind? Er brauchte sie wahrhaftig nicht, und wenn auch sie ohne ihn auszukommen wünschte – um so besser. Ach was, sie paßte am Ende auch in das Tollhaus. Und seinetwegen der Doktor nicht minder...

Siebentes Kapitel

Fantig hatte den gewohnten Stammtisch mehrere Abende nicht besucht, sondern sich in Begleitung seiner Frau in gewählterer Umgebung heimisch gefühlt. Nach einigen Tagen stellte er sich wieder einmal ein und erregte mit seiner neuen Kleidung nicht geringes Aufsehen. Er war jedoch im Grunde eine bescheidene Natur, und es lag ihm fern, den alten Bekannten gegenüber den Großspurigen herauszukehren. Er hängte den Zylinder an einen Haken, wickelte sich aus dem warmen Überzieher und ließ sich grüßend bei den andern nieder.

»Nanu«, näselte Jeremias und zupfte nervös den Spitzbart, »Großes Los gewonnen?«

»Oder geerbt?« riet ein anderer.

»Oder Kommerzienrat geworden?« gesellte sich vom Büfett her der Wirt zu den Fragern.

»Ein Sümmchen verdient«, entgegnete Fantig gelassen, »das ist alles.«

»So? Wen hast du denn gerupft?« tuschelte Jeremias Kluckhohn.

Die Frage verdroß Fantig, und da er ohnehin auf den Fragesteller, der ihm als Helfershelfer Wutschows möglicherweise in das Geschäft hätte pfuschen können, nicht besonders gut zu sprechen war, beschloß er trotz seiner Gutmütigkeit eine kleine Zurechtweisung.

»Jeremias sucht jeden da, wo er selbst gestanden hat!« sagte er. »Was, alter Fuchser? Mit dem Rupfen kenn’ ich mich nicht aus – ich betrüge ehrlich, das wird mir Herr Hunter bezeugen können.«

Daß der Wagen, der so gut gelaufen, zweimal geschmiert war, beunruhigte ihn nicht.

»Wer?« fragte Jeremias unangenehm überrascht.

»Herr Hunter«, wiederholte Fantig mit Genugtuung. »Du weißt doch, Jeremias – und den anderen ist es wohl auch kein Geheimnis gewesen –, daß das Grundstück von dem pensionierten Lokomotivenreiter zu verkaufen war, und da habe ich den Vermittler gemacht und ein paar gute Lappen eingeheimst.«

»Das ... das hat ... der gekauft?« stotterte Jeremias.

»Wenn du mit dem ›der‹ Hunter meinst – allerdings.«

Fantig weidete sich an Jeremias’ Unbehagen und fügte noch hinzu: »Andere hatten sich ja auch an ihn herangedrängt; aber der sieht sich seine Leute an, ehe er sich mit ihnen einläßt.«

Jeremias ging auf die Herausforderung nicht ein; er trank hastig, wischte sich den Mund und stieß ruckweise aus: »Der hat bei Wutschow gemietet.«

Jetzt war die Überraschung auf Fantigs Seite; er faßte sich aber schnell und tat, als ob er selbstverständlich eingeweiht sei. »Allerdings. – Ich begreife das nicht ganz, aber am Ende ist es ja seine Sache. Und wenn er gehörig ändern läßt – er war bei mir und hat sich Tischler und Maler empfehlen lassen –, na, mit Geld ist ja schließlich manches herzurichten.«

»Sind schon an der Arbeit«, verriet Jeremias.

»Ja, die Nähe vom Bauplatz – selbstverständlich will er bauen lassen –, die ist wohl maßgebend gewesen für ihn. Vielleicht auch die Hoffnung, mit Wutschow doch noch einig zu werden – vielleicht –, ja, sein Herrgott bin ich nicht, daß ich gerade alles wissen sollte, und sein Beichtvater natürlich auch nicht, bin nicht mal«, Fantig suchte einen Witz zu machen, »nicht mal katholisch.«

»Wieviel – hast’ denn verdient?« fragte Jeremias nüchtern.

»Wieviel –?« Über Fantigs Mienen huschte ein Zug der Überlegenheit. »Du...«, er beugte sich dicht an Jeremias’ Ohr und raunte: »Wenn er so viel bezahlt hätte, wie dein Freund Wutschow gefordert hat, dann hätt’ ich – noch ’n paar Lappen mehr bekommen.«

Jeremias zog die Oberlippe ein und kaute den Schnurrbart. »Nu bin ich so klug wie vorher...«

»Ja, da kann ich dir nicht helfen. Hab’ ich schon mal gefragt, wieviel Prozentchen du ...? Na also...«

Der Wirt kam.

»Wieviel Runden gibst du?«

Fantig wehrte ab.

»Ist nicht. Hast du was, halt’s zusammen – heißt mein Wahlspruch.«

»Eine Lage, Fantig«, handelte der dicknackige Gärtner Rinke.

»Zwei – vier – fünf Glas zu zehn, wenn's denn sein muß.«

Zu mehr ließ er sich nicht bewegen, sosehr auch die Gesellschaft ihn zu drängen suchte.

Noch vor Mitternacht nahm er Abschied und ließ sich dann wieder Wochen hindurch nicht blicken, weil er vielfach von dem Australier in Anspruch genommen wurde oder mit seiner Frau, die nach langem, geduldig ertragenem Gram sich förmlich verjüngte, Erholung in besseren Lokalen suchte. Sie aßen zu Hause, weil die Restaurantkost ihnen immer noch zu teuer war; aber die paar Glas Bier, zu denen es früher oft nicht hatte reichen wollen, versagten sie sich nicht mehr.

Mitunter gesellte sich auch Hunter zu ihnen, der an der kleinen, schlichten Dulderin Gefallen fand und mehr um ihretwillen den Gatten häufig zu seinem Vertrauensmann machte. War er mit Fantig allein, so beglich er die Zeche für diesen ohne Umstände mit; war die kleine Frau zugegen, so schonte er deren Zartgefühl und beobachtete mit Vergnügen, daß sie eine Genugtuung darin fand, ihren Mann ohne Knauserei und ohne auffälligen Unterschied es dem Gönner gleichtun zu sehen.

Nur einmal machte er eine Ausnahme: bei seinem Einzug in das Haus Nr. 100.

»Junge Frau«, sagte er bei einem Besuche um die Mittagsstunde, »die Einladung zu heute abend dürfen Sie mir nicht abschlagen. Zwei, drei Wochen habe ich mich mit Meistern von Hobel und Farbentopf, mit Möbel- und Dekorationsmenschen, Fuhrleuten, Dienstleuten und anderen Gentlemen herumgeschlagen – ja, einmal muß ich auch wieder aufatmen und ein Glas Wein mit Behagen trinken können. Brrr – das waren Wochen; dem Himmel sei Dank, daß sie vorüber sind. Schön, junge Frau, daß Sie mir keinen Korb geben ... Also um neun Uhr, wenn ich bitten darf ... Huth und Sohn in der Potsdamer – die Nummer wird Ihr Herr Fantig schon herausfinden.«

»Oh, kenne ich, kenne ich«, bestätigte Fantig lebhaft.

Die Frau dankte in ihrer stillen und freundlichen Art. »Haben Sie nun wirklich Ordnung?« fragte sie.

»Bis auf den letzten Nagel, junge Frau – grad seit einer Stunde. Sogar die Frau ist schon engagiert, die für die Ordnung sorgen soll – all right. Übrigens: meinen Dank für Ihre Bemühung – die Frau scheint wirklich die Rechte zu sein...«

Sie freute sich, daß sie ihm mit ihrer Empfehlung hatte gefällig sein können.

Auch Fantig war angenehm berührt. »Redlich sollte sie sein, und das ist sie«, versicherte er. »Dabei sauber, rührig. Die kennen wir bald ein Dutzend Jahre, für die können wir gutsagen...«

Hunter schied mit Handschlag. »Ich werd' mir den Nachmittag über meinen neuen Staat ansehen«, scherzte er, »so mal in aller Muße, wozu ich bisher nicht gekommen bin. Byebye. This evening...«

Daheim bot sich ihm eine kleine Überraschung: seinen Schreibtisch schmückte ein Strauß frischer, italienischer Rosen.

Sein Gesicht verfinsterte sich. Natürlich von dem Fräulein Wutschow, sagte er sich, und es war ihm unangenehm, daß die Aufmerksamkeit ihn zu einer Dankbarkeit verpflichtete, die er nicht wollte.

Er ließ sich, als er Hut und Pelz abgelegt hatte, ziemlich unwirsch in den bequemen Sessel fallen, der vor dem eichenen, reichgeschnitzten Diplomatenschreibtisch stand. »Unnötig, dear Miss«, murmelte er, faßte aber doch nach der zierlichen Glasvase und schnupperte nach dem matten Duft.

»Je schöner die Federn, um so schlechter der Gesang«, murrte er und schob die Vase gleichgültig zurück.

Ein Klopfen an der Tür ließ ihn aufhorchen.

»Was, Besuch? Herein!«

Hunter erhob sich langsam, als er Doktor Bruchs erkannte.

Der junge Arzt war korrekt wie immer, hatte den Überrock draußen abgelegt und hielt den Zylinder in der behandschuhten Linken.

Der Australier suchte nach einem Wort freundlicher Begrüßung, ohne mehr als eine oberflächliche, fast unbeholfene Entschuldigung finden zu können.

»Mein Gedächtnis, Herr Doktor, Sie müssen schon ein Auge zudrücken...«

»Beide, Herr Hunter. Ich habe Ihren Besuch erwartet, es aber verständlich gefunden, daß Sie über Wichtigerem nicht mehr daran dachten.«

»Gedacht schon, Herr Doktor; leider die Zeit, die Zeit...«

Hunter nötigte den Besuch in einen bequemen Sessel, nahm selbst wieder am Schreibtisch Platz und beobachtete den jungen Arzt.

Bruchs beschrieb mit der Hand einen Bogen und zeigte auf die Einrichtung.

»Wer aus dem vollen schöpfen kann...«, meinte er anerkennend. »Gediegen, geschmackvoll...«

Der Australier winkte ab. »Kleinigkeiten, Herr, dem alten Neste angemessen ... Die Praxis – zugenommen in den letzten Wochen?«

»Ich bin zufrieden, danke.«

»Ja, ja, ich kenne das. Das geht wie beim Bau, ein Stein will auf den anderen getragen werden. Geht aber noch gut, wenn nichts dazwischenkommt – Frost, Unglück, Versehen. Der Baumeister muß eben tüchtig sein, und das traue ich Ihnen zu.«

Er sagte es obenhin und wurde sich erst nachträglich bewußt, daß der Schlußsatz ihm entglitten war, ohne etwas mit seiner Überzeugung zu tun zu haben.

Der Arzt fühlte die Kühle, die zwischen ihnen lag, und suchte darüber hinwegzukommen.

»Ich bewundere Ihre Energie«, sagte er, »und wünschte mir einen Teil davon. Offen, Herr Hunter: Ich hätte nicht geglaubt, daß Sie in den Kampf mit meinem verehrten Schwiegervater in spe der Sieger bleiben würden.«

»Den störrischen Gaul muß man die Kandare fühlen lassen«, entgegnete Hunter trocken. »Nehmen Sie sich ein Beispiel daran.«

»Ja, wenn das ginge. Es gibt Gelegenheiten, bei denen ich meinen Zorn nur schwer zügeln kann. Nur die Rücksicht auf Hedwig läßt mich wieder einlenken, nachgeben, vergessen. Sie hätte, käme es zu einem Zerwürfnis, darunter am meisten zu leiden. Und ihr Pfad ist ohnehin nicht mit Rosen bestreut. Sie ist eine rechte Märtyrerin in dieser verrückten Umgebung. Und weiß Gott, ob sie nicht doch noch körperlich und seelisch Schaden nimmt, ehe ich sie einmal zu mir führen kann. Sie müßte sich ja wie im Himmel fühlen, wenn sie aus ihrem Sklavenlos herausgerissen werden könnte. Verzeihung, daß ich meiner Bitterkeit Worte gebe; aber das Verhalten dieser beiden Alten ihrem Kinde gegenüber kommt mir wie eine Parodie vor auf alles, was Vater- und Mutterliebe heißt...«

Der Australier blickte zur Seite. »Das Mädchen ist auf einem ungesunden Boden aufgewachsen«, knurrte er. »Sind Sie sicher, daß nicht auch in ihr einmal das eingesogene Gift zum Durchbruch kommt, daß sie – der Mutter nachartet?«

»Hedwig? Niemals!« Bruchs Antwort kam rasch und fest.

»Das ist der Glaube der Liebe.« Der Australier blieb gleichmäßig kühl. »Sollten Sie nicht auch den Arzt mitsprechen lassen?«

»Den Arzt?« Doktor Bruchs fand ein frohes Lächeln. »Den lasse ich daheim, wenn ich zu Hedwig gehe. Was ich mit meinen gesunden Augen, mit meiner Liebe nicht sehe, das kann mir auch ein Arzt mit all seinen Instrumenten nicht verraten.« Er wurde ernst. »Ich gehe in meinem Beruf auf, und deshalb brauche ich nicht zu betonen, daß ich ihn hochhalte. Aber tausendmal mehr als der Arzt mit seinen Spiegeln sieht das Auge des Menschen da, wo ihm ein Wesen teuer ist. Sieht der Arzt die Liebe? Nein, aber ich! Und Hedwig einmal wie ihre Mutter? Niemals, wiederhole ich. In diesem ›Niemals‹ liegt die Kraft meiner Überzeugung und zugleich die Kraft des Bewußtseins, daß auch meine Liebe sie schützen wird! Bin ich ein Wutschow? Ich bin es nicht und werde es nicht.«

Hunter saß gebückt und hing dem Gedanken nach, ob nicht auch er dazu beigetragen habe, die verhärtete Frau im ersten Stockwerk zu dem zu machen, was sie geworden war, statt sie mit der Kraft der Liebe, wie sie den jungen Arzt beseelte, über sich hinauszuheben, zu bessern, zu veredeln. Eine Art von Schuldbewußtsein kam über ihn, das die Frau in milderem Lichte erscheinen, seine eigene Verantwortlichkeit aber verschärft hervortreten ließ. Er wehrte sich dagegen. »Was krumm werden will, wird es auch«, widersprach er. »0 nein!« entgegnete Bruchs überzeugt. »Der Gärtner, der da rechtzeitig achtgibt, kann das verhindern!« »Dann bricht der dünne Stamm.«

»Nein, auch das nicht. Der Mann faßt behutsam zu, stützt und schient den dünnen Stamm: hilft ihm nur, stört ihn aber nicht.«

»Theoretiker und Verliebte tragen beide Brillen, mit ihnen ist nicht zu streiten. Der eine sieht alles grau und der andere alles rosa. Nimmt ihnen das Leben aber die zerbrechlichen Scherben fort, stehen sie beide blöde und verdutzt...Hm, die Unkenrolle liegt mir nicht...Ein Glas Portwein gefällig? Der saure Rotspon schmeckt mir nicht.«

Er hatte sich schon erhoben, holte aus einem Eckschrank Flasche und Gläser und schenkte ein.

Er stieß an, goß sich ein zweites Glas ein und stürzte es in einem Zuge hinunter.

»Auch eine Medizin, Herr. Und ein steifer Grog...Hedwig – Pardon: Fräulein Hedwig. Der Gruß aus Italien – eine Aufmerksamkeit von ihr? Ich lasse ihr danken...«

»Wollen Sie ihr das nicht selbst sagen?«

»Wenn ich sie sehe...Bedienen Sie sich, Herr Doktor. Eine gute Bock ist auch da. Oder eine Lopez gefällig?« Er holte zwei Kistchen und stellte sie geöffnet auf den Schreibtisch. »Wenn ich bitten darf.« Er langte selbst zu, biß die Spitze ab und warf sie auf den Teppich, um sich gleich darauf danach zu bücken. »Ach so, noch Buschmanieren. Entschuldigung ...Das Willkommen mag übrigens das einzige sein. Mr. Wutschow hat sich noch nicht sehen lassen, Madame gnädigst – auch nicht. Hm – natürlich.« Er wies wieder auf die Blumen. »Natürlich auf Ihre Kosten, Herr Doktor...«

»Sie irren sich.«

Hunter schlenkerte die langen Arme. »Auch gut. Darum kein Kopfzerbrechen ...die dummen Sprichwörter lügen. Halb gewonnen, heißt es, ist halb verloren. Nonsens. Den Herrn Wutschow habe ich halb in der Tasche, und ganz kommt er hinein. Samt seiner besseren Hälfte. Übrigens auch Nonsens. Die und besser...Kennen Sie Huth und Sohn?«

»Allerdings.«

»Bitte, heute abend neun Uhr. Ein kleines Souper. Angenehm?«

»Ich nehme gern an.«

»Well. Ich sehe, daß Sie nicht nachtragen. Wenn Sie Hochzeit machen, nehme ich die Einladung an. Wenn Sie mich haben wollen, selbstredend, und wenn ich bis dahin nicht an übergelaufener Galle krepiert bin. Manchmal denke ich, daß es so kommen muß. Und manchmal wieder, daß Unkraut sobald nicht vergeht. Wenn Senf unter dem Weizen ist, da können Sie jäten, soviel Sie wollen, der bleibt; und wenn Sie die Disteln wegstechen, die kommen doch wieder ...Ihr Besuch hat mich gefreut, Herr Doktor; lassen Sie ihn nicht den einzigen bleiben.«

Dr. Bruchs verbeugte sich förmlich. »Sollte ich wider Erwarten Ihrer Einladung heute abend nicht folgen können – ich könnte ja durch Patienten oder sonstwie abgehalten werden –, so wollen Sie eine nachträgliche Entschuldigung gelten lassen.«

Er fühlte sich verletzt, daß der Australier den Besuch mit deutlichen Worten abbrach, und nahm sich vor, die Unhöflichkeit durch Fernbleiben am Abend zu quittieren. Eine zweite steife Verbeugung, und er ging.

Der Australier trommelte mit den Knöcheln der dürren Finger auf den Schreibtisch.

»Verschnupft, der gute Junge«, murmelte er gereizt, »daß ich die Audienz in so 'ner souveränen Anwandlung abkürzte. Ja, solche Grillen muß man schon in Kauf nehmen, Herr Doktor. Und wenn Sie mir heute abend die Ehre versagen wollen – es ist vorgesorgt: meine Haare sind schon lange grau.«

Er entnahm einem Fach des Schreibtisches einen Bauplan und vertiefte sich stundenlang in Berechnungen. Die lärmende Stimme Wutschows und ein Türenschlagen drangen ein paarmal zu ihm in die Stille und ließen ihn ärgerlich auffahren, ohne ihn indes dauernd von seiner Arbeit abzulenken. Erst als es dunkel wurde, brach er ab, ordnete die Papiere in den Schreibtisch zurück und verließ bald darauf die Wohnung.

In einer Ecke der Veranda gewahrte er Hedwig, die vor einem Stuhl in die Knie gesunken war und das Gesicht in den Händen barg. Im ersten Impuls wollte er auf sie zutreten, besann sich aber und entfernte sich, als ob er nichts bemerkt hätte.

Auf dem Hof verfing sich der schneidend kalte Wind wie in einem Kessel, blähte den Pelz des Australiers und umblies ihn eisig. Hunter hüllte sich vorsichtig in das wärmende Fell, vergrub die Hände in den Taschen und wartete auf der Straße auf eine Fahrgelegenheit.

Ein Omnibus nahm ihn mit und brachte ihn nach der Friedrichstadt, in deren weihnachtlich ausgestatteten Läden er eine Reihe von Einkäufen besorgte. Es fehlte in der Wohnung noch an hundert Kleinigkeiten, die alle entbehrlich sind, ein Heim aber doch erst recht behaglich machen. Ihnen galt sein Suchen, und für sie war ihm kein Preis zu hoch.

In einer Nähmaschinenhandlung gab er Frau Fantigs Adresse auf. Die »junge Frau« plagte sich mit einer kleinen Handmaschine ab, die unpraktisch und verbraucht war, die durch eine gute, neue zu ersetzen sie aber aus Sparsamkeitsgründen nicht zu bewegen war. Hunter billigte ihre Enthaltsamkeit und nahm sich zugleich das Recht, großmütig abzuhelfen.

»Sofort hinsenden«, ordnete er an.

Am Abend bei Huth dankte die Frau in ihrer herzlichen Weise.

»Nichts als Selbstsucht von mir«, entgegnete ihr Hunter aufgeräumt. »Ich werde Sie noch um so viele Gefälligkeiten bitten, daß Sie die Annahme der dummen Tretmaschine am Ende noch bereuen werden. So, und damit Punktum... Herr Fantig, junge Frau – genötigt wird nicht.«

Das Mahl war delikat, der Wein rein und voll. Die Gläser mit dem kostbaren Rebensaft des Rheinlandes klangen zusammen, bis ihr heiteres Läuten durch das Klirren der Kelche mit Schaumwein verdrängt wurde.

Der Doktor kam nicht, und Hunter erwähnte ihn mit keinem Wort.

Fantig schwätzte von seiner Vergangenheit und sprach von seiner Frau mit einer Wärme, daß ihr der Wein und die Genugtuung das Blut in die Wangen trieben.

Hunter lauschte beifällig und meinte: »Ja, ja, die deutschen Frauen! Freilich, wer den Wert zu bemessen weiß, findet ihresgleichen nicht bloß bei den deutschen Stämmen, und wer das Pech haben soll, sucht sie auch da vergebens. Manche Indianersquaw ist mir lieber als die gerühmte... Verzeihung. Junge Frau, Ihren Mann könnte ich wohl beneiden... Der französische Sekt ist doch besser als der deutsche – meinen Sie nicht auch? Er ist edler, feuriger, duftiger. Prosit!«

Mitternacht war lange vorüber, als der Australier vor dem Hause Nr. 100 die Droschke verließ und den Kutscher die Freunde nach der Bülowstraße weiterfahren hieß. Der nächtliche Himmel war wolkenlos, ein Sternenmeer schimmerte am graublauen Dom, und der Mond goß ein fahlsilbernes Licht über die ruhende Erde. Selbst die Großstadt lag im tiefen Schlaf, den keine Straßenbahn, kaum hin und wieder ein leichter Wagen störte.

Die Holztreppe zur Veranda knarrte unter dem angefrorenen Schnee, an den Fensterscheiben glitzerten Eisblumen im Mondlicht. Geräuschvoll öffnete Hunter die Tür, mit klirrendem Schlüsselbund hantierte er von innen.

Ein Lichtschein fiel auf ihn, ehe er noch die Tür abgeschlossen hatte. Er ließ den Schlüssel stecken, sah über die Schulter die Treppe hinauf und horchte.

Kein Geräusch drang von oben zu ihm herunter; aber der Lichtschein wanderte unruhig, schwächte sich ab, verschwand und kam verstärkt abermals wieder. Plötzlich zuckte der Australier zusammen. Aus dem Dunkel des oberen Stockwerks löste sich eine schlanke, weiße Gestalt, näherte sich der abwärts führenden Treppe und kam schwebenden Schritts die Stufen herab.

Hunter lehnte sich gegen die Tür und blickte gefesselt auf das seltsame Bild. Brausend schoß es ihm durch den Sinn, daß seine Töchter nächtlich das Haus beleben sollten; die Schläfen hämmerten ihm zum Zerspringen. Der hellen Gestalt folgte eine dunkelumrissene, die eine Kerze in der Hand hielt, sie hochhob und prüfend die Treppe hinableuchtete.

Die Nachtwandlerin hatte die letzten Stufen erreicht, und Hunter starrte in das wachsbleiche Gesicht Hedwigs, ohne sich zu rühren. Sie war im Nachtgewand und blieb erschauernd stehen, als die nackten Füße die kalten Fliesen der Veranda berührten. Die Arme hingen ihr schlaff herab, die Augen waren geschlossen, das aufgelöste blonde Haar floß über die Schultern. Sie wandte sich unschlüssig einen Schritt seitwärts und trat tastend auf den Treppenläufer zurück, der die Füße vor der eisigen Kälte der Fliesen notdürftig schützte. Lautlos, Stufe um Stufe, schritt sie dann rückwärts nach oben, stutzte vor dem Licht, das sie selbst durch die geschlossenen Lider empfinden mochte, und wandte sich fluchtartig ins Dunkel.

Wutschow, in Filzschuhen und Schlafrock, leuchtete ihr nach und folgte ihr schleichend. Das Licht verschwand, eine Tür wurde knallend zugeschleudert, das Licht kam wieder, und Wutschow schlurfte fluchend an der Treppe vorüber nach seinem Schlafzimmer.

»Hexe, Dirne, Frauenzimmer!« hörte Hunter die Stimme des Schimpfenden. »Den Kerl werfe ich zum Haus hinaus, die Blödsinnige dazu. Heiraten … Pack … Irrenhaus …«

Die Stimme erstickte in der Ferne. Still und dunkel lag wieder die Treppe. Matt spielte das Mondlicht auf den Fliesen.

Hunter zog den Schlüssel leise ab und begab sich still in seine behaglich warmen Räume. Der leichte Weinrausch, den er mitgebracht hatte, war verflogen wie der künstlich großgezogene Groll gegen das bedauernswerte Mädchen.

Er saß lange grübelnd, sog von Zeit zu Zeit an einer Zigarre und merkte nicht einmal, daß sie nicht brannte. Mechanisch legte er endlich den Stummel in einen Aschenbecher, mechanisch entkleidete er sich, und lange wollten sich die starren, weitgeöffneten Augenlider nicht schließen … Der Traumgott führte ihn über Länder und Meere in eine wilde Ferne. Ein Berg erhob sich vor seinen Blicken, und eine Mädchengestalt stieg über Schroffen und Klippen langsam abwärts. Er wunderte sich, daß sie die Augen geschlossen hatte und mit den nackten Füßen kaum den Boden zu berühren schien; er wollte rufen, sie warnen und brachte keinen Laut hervor. Erst erkannte er sie nicht, dann glaubte er, daß es Hedwig Wutschow war. Und dann war sie es wieder nicht, sondern eine märchenhafte Königin mit blitzender Goldkrone – und dann die Königin plötzlich sein Liebling, seine jüngste Tochter, blond, weich und zart, die im Traum gekommen war, den Vater in der Ferne zu suchen und ihn in die Heimat zu holen. Und wieder wollte er warnend rufen und fühlte die Kehle von der Angst zugeschnürt; er wollte hineilen zu ihr, sie stützen, sie auffangen und war wie an den Boden festgewurzelt. Plötzlich ein scharfer, widerhallender Knall, die Gestalt schwankte, die leuchtende Stirn färbte sich purpurn – sein Einziges, sein Liebling, versank zwischen den kahlen braunen Felsen …

Mit unterdrücktem Schrei fuhr der Träumer empor und starrte in den grauenden Morgen. Der Schweiß stand ihm auf der Stirn, das Herz schlug ihm wild. Er tastete mit der Hand über die weiche Decke, sah um sich und suchte seine Umgebung zu erkennen.

Schwer sank er in die Kissen zurück.

Ein Traum, gottlob ein Traum … wie schon einmal …

Achtes Kapitel

Die Besuchszeit war noch nicht gekommen, als William Hunter der Neuenburger Straße zustrebte, um dem Doktor seinen Gegenbesuch zu machen. Aber mußte er diese abwarten, oder war der Arzt nicht jederzeit und für jedermann zu sprechen? fragte er sich. Gerade bei dem Arzt wollte er sich einer Ablehnung nicht aussetzen.

Die Uhr in einem Zigarrenladen am Halleschen Tor zeigte auf die neunte Stunde, als Hunter vorüberschritt. Er bog über den Belle-Alliance-Platz in die Lindenstraße ein, erreichte bald die Neuenburger Straße und stand nach wenigen Minuten vor dem Haus 14a. Ein Messingschild mit dem Namen des jungen Arztes zeigte dem Australier an, daß er die Nummer richtig behalten hatte. Im Parterre eine Verlagsbuchhandlung, im ersten Stock Wohnung und Büro eines Rechtsanwaltes, im zweiten Stock an der breiten Doppeltür wieder das Schild des Arztes, mit dem Zusatz: Sprechstunden 8-10, 3-5.

Eine ältere Frau öffnete ihm.

»Melden Sie mich dem Herrn Doktor.«

Er gab ihr seine Karte und folgte ihr in ein kleines Wartezimmer, in dem einer der schlichten Rohrstühle von einer ärmlich bekleideten Frau besetzt war, deren leidender Gesichtsausdruck deutlich genug die Kranke verriet

Dr. Bruchs trat sofort ein, verbeugte sich vor dem Australier, gab der Frau die Hand und wies sie in sein Arbeitszimmer.

»Ich bitte um Entschuldigung«, wandte er sich an Hunter. »Die Frau hat Mann und Kinder zu Hause und kann nicht lange fortbleiben. In einer Viertelstunde stehe ich zu Ihrer Verfügung.«

Der Australier nickte nur, trat ans Fenster und beobachtete das Treiben auf der Straße, bis Dr. Bruchs zurückkam und ihn zu sich bat.

Das Arbeitszimmer war einfach wie der Warteraum, wenn auch durch eine Chaiselongue und einige gute Bilder um ein weniges wohnlicher. Hunter warf nur einen flüchtigen Blick auf den eisernen, verstellbaren Operationsstuhl, dann setzte er sich und nahm sofort das Wort.

»Ich habe es eilig mit meinem Gegenbesuch, wie Sie sehen«, begann er. »Darf ich fragen, warum ich gestern abend nicht die Ehre Ihres Besuchs hatte?«

»Ich war zu meinem Bedauern verhindert.«

»Wodurch?«

»Gestatten Sie meine Entschuldigung...«

»Wodurch waren Sie verhindert?« wiederholte der Australier ruhig.

Der junge Arzt lehnte sich gegen die eindringliche Frage auf. »Wollen Sie meine Entschuldigung nicht gelten lassen?« fragte er kühl.

»Nein«, erklärte Hunter energisch. »Im Hause Ihrer Braut ist gestern etwas vorgegangen, um das ich wissen muß. Haben Sie sich mit der jungen Dame entzweit?«

»Wie kommen Sie darauf?«

»Davon später. Antworten Sie mir.«

Bruchs schüttelte den Kopf. »Ein Streit mit Hedwig wäre undenkbar.«

»Aber das Mädchen leidet. Warum?«

»Sie leidet?«

»Ja, das sehe ich – wenn nicht Sie als Arzt...«

»Sie war gestern gesund«, erwiderte Bruchs leise.

»War – war! Was ist vorgefallen?«

In dem männlichen Antlitz des Arztes zeigte sich eine plötzliche Spannung. »Ist Hedwig krank?« fragte er langsam und suchte in den Zügen des Besuchers zu lesen.

»Ihre Braut leidet«, antwortete Hunter. »Noch nicht gefährlich, soviel ich davon verstehe. Aber Sie müssen sich kümmern um sie, heute noch, um Leib und Seele...«

Der Doktor rang nach Atem. »Ich werde sogleich einen Kollegen bitten...«

»Was – wen? Sie kommen nicht selbst?«

»Wutschow hat mir das Haus verboten!«

Hunter fuhr auf. »Ach so! Warum?«

Bruchs zögerte mit der Antwort..

»Ich will es Ihnen sagen!« setzte Hunter wieder ein. »Weil Sie mich besucht haben. Ja oder nein?«

»Wenn Sie es denn wissen...«

Hunter stand auf und stieß den Stuhl zurück.

»Sie sind nicht der Mann mit der eisernen Stirn, den Wutschow braucht. Aber ich! Und ich stehe jetzt auf Ihrer Seite! Ich habe es schon einmal getan; ich werde ihn die Faust zum zweiten Male fühlen lassen. Um Mittag sind Sie bei mir und stellen fest, was dem Mädchen fehlt. Gestern nacht...« Er erzählte zusammenhängend. »Auch eine Menschenblüte ist bald geknickt. Das versteht der dümmste Laie.«

Dr. Bruchs reckte sich auf. »Ich werde kommen«, erklärte er.

Hunter hielt sich nicht länger auf. In der Lindenstraße rief er eine Droschke an und fuhr heim.

In der Veranda stieß er auf Wutschow, der auf dem gewohnten Platz hockte, sich in Decken eingehüllt hatte, und ihm griesgrämig entgegensah.

Der Australier blieb dicht vor ihm stehen und grüßte ihn herausfordernd.

»Ergebenster Diener, mein werter Herr. Haben der Herr gut geruht?«

»Das geht Sie nichts an!«

»Aufrichtige Teilnahme«, versicherte Hunter. »Haben Sie nicht bedacht, wie leicht Sie bei Ihrer Gespensterjagd zu Schaden kommen könnten?«

Wutschow kniff die schmalen Lippen aufeinander und fixierte sein Gegenüber mit unsicherem Lauern.

»Gespenster?« wiederholte er.

»Haben Sie Watte in den Ohren?« fragte der Australier liebenswürdig. »In der Nacht haben Sie mich nicht gehört, weil Ihr schlechtes Gewissen lauter war als mein Lärm an der Tür – hat es sich immer noch nicht beruhigt? Zum Spukhaus gehören Gespenster – oder wollen Sie ableugnen, was ich mit meinen eigenen Augen gesehen habe?«

»Waschlappen«, krähte er. »Nicht ganz richtig bei Ihnen.«

Er hob die magere Hand halbwegs gegen die Stirn und schob sie wieder unter die wärmende Decke.

»Wo ist Ihre Tochter?« herrschte der Australier.

»Geht Sie nichts an.«

»Wollen Sie Antwort geben?«

»Ich pfeife Ihnen was!«

Hunter packte ihn derb an den Schultern. »Bewahren Sie mich davor, daß ich mich an Ihnen vergreife! Ein Ruck, und Sie vergessen das Aufstehen. Wo ist Ihre Tochter?«

»Scheren Sie sich zum Teufel!«

Hunter hob den zappelnden Alten wie ein Spielzeug empor und schüttelte ihn, daß der morsche Anzug Wutschows in allen Nähten krachte.

»Wo ist Ihr Kind?« wiederholte er hart.

»Oben«, stieß Wutschow durch die gelben Zähne.

Der Australier drückte ihn auf seinen Sitz zurück.

»Endlich! Liegt sie?«

»Ich habe nicht nachgesehen.«

»Ist sie krank?«

»Ich bin kein Doktor...«

»Sie sind ein...« Er nannte ein derbes Schimpfwort. »Was ist vorgefallen gestern?«

»Den Kerl hab' ich rausgeschmissen!«

»Den Doktor?«

»Den Kerl!«

»Den Bräutigam Ihrer Tochter?«

»Das ist er gewesen!«

»Darum ist Ihr Kind krank?«

»Verrückt ist sie!«

»Was hat Ihnen der Mann getan?«

»Nichts, bewahre, ein Spion ist er!«

»Warum?«

»Fragen Sie ihn doch selbst!«

»Ich komme von ihm. Aber von Ihnen will ich die Antwort. Warum?«

»Er maust in fremden Revieren...«

»Ich verstehe. Bei mir. Das kümmert Sie nicht!«

»Was mich kümmert, muß ich allein wissen.«

»Ein Verrückter weiß nicht, was er tut.«

»Verrückt sind andere.«

»Sie werden die Ausweisung zurücknehmen!«

»Werde ich nicht!«

»Ich sage: Sie werden!«

»Ich werde den Teufel!«

»Er kommt heute mittag...«

»Ich werfe ihn die Treppe hinunter!«

»Erst mich, wenn ich bitten darf. Ich führe ihn!«

»Sind Sie der Herr im Hause?« keuchte er.

»Vielleicht mehr, als Sie denken! Oder sind Sie's?«

»Sie sind ein Maulheld!«

»Aber keine Memme. Krümmen Sie Ihrer Tochter ein Haar, und Sie bekommen es mit mir zu tun. Treten Sie dem Doktor einen Schritt entgegen, und Sie fliegen zehn zurück. Soweit mit Ihnen. Jetzt gehe ich zu Madame.«

Hunter warf den Pelz achtlos auf einen Stuhl und stieg die Treppe hinan.

»Madame ist doch oben?« fragte er über die Schulter zurück.

»Soll sie auf dem Dach hausen?« lautete die giftige Gegenfrage. »Wenn es nach Ihren Wünschen geht, wird es ja wohl noch soweit kommen!«

Hunter klopfte am Boudoir der Hausfrau und trat ein, ohne den Hereinruf abzuwarten.

»Ich habe die Ehre...«

Frau Wutschow trug ein elegantes, rotsamtenes Morgenkleid und saß am Fenster, die Zeitung lesend, in einem Sessel.

Hunters Kommen schien sie nicht gerade zu überraschen.

»Was steht zu Diensten, Herr William Hunter?« fragte sie kampfbereit.

Er suchte nach einer spöttischen Höflichkeit. »Ich wollte Madame gehorsamst um eine Unterredung bitten, falls ich nicht zu ungelegener Stunde kommen sollte.«

»Die Erlaubnis setzen Sie natürlich voraus?«

»Ich bin untröstlich, aber Sie haben recht.«

»Legen Sie sich keinen Zwang auf«, forderte sie.

»Sehr gnädig. Daß Sie sich des besten Wohlbefindens erfreuen, sehe ich. Darf ich mich erkundigen, wie es Ihrem Fräulein Tochter geht?«

»Wie kommen Sie dazu?«

»Ich habe so menschenfreundliche Anwandlungen, Madame.«

»Das ist mir neu.«

»Sehr richtig. Mir auch. Sie sind aber auch wirklich noch nicht sehr alt. Einige wenige Stunden erst. Eine Taube hat sich in einen Geierhorst verirrt, und das arme Ding hat mein Mitleid geweckt.«

»Zählen Sie sich auch zu den Geiern?« fragte sie ironisch.

»Ich hätte Sie eher für eine Eule oder Krähe gehalten.«

»Sehr viel Ehre für mich, Madame; denn wo die Geier wirtschaften, soll man ja selbst die Eulen und Krähen noch für vortreffliche Vögel halten.«

»Haben Sie das irgendwo gelesen?«

»Kann sein, wenn auch sonst das Schnüffeln in Büchern nicht meine Art ist und das Nachbeten auch nicht. Für die Taube interessiert sich übrigens noch jemand, und der läßt Ihnen seine Empfehlung bestellen.«

»Durch Sie, Herr William Hunter?«

»Durch mich, Madame.«

»Er war bei Ihnen? Er hat sich unter Ihren bewährten Schutz gestellt?«

»Ich habe den Herrn Doktor aufgesucht, gerade eben, und notdürftig erfahren, was ich zu wissen wünschte.«

»Und das ist?«

»Daß Wutschow ihm das Haus verboten hat.«

»Ja, und die Verlobung aufgehoben.«

»Ah, ich sehe, daß Sie unterrichtet sind und daß ich eine Dummheit begangen habe. Ich habe dem Doktor geraten, über den Kopf Ihres Herrn Gemahls hinweg sich an Sie zu wenden. Frauen sind einsichtiger, habe ich ihm gesagt, und Mrs. Wutschow gehört zu den ganz einsichtigen.«

»Sie sind der Wahrheit einmal nahegekommen – unabsichtlich natürlich.«

»Ganz meine Ansicht. Mrs. Wutschow wird den eigenmächtigen Schritt des Herrn Gemahls nicht billigen, habe ich...«

»Mein Mann handelte in meinem Sinne.«

»Wirklich? Wie man sich täuschen kann! Ich hatte wahrhaftig immer noch geglaubt Sie mehr zu den Pfauen als zu den Geiern zählen zu müssen, wenn ich das zoologische Bild noch einmal anwenden darf. Selbstredend nehmen Sie die etwas harte Verfügung zurück?«

»Handelt es sich um Ihre Tochter?«

»Leider nicht!«

»Was haben Sie denn da mitzusprechen?«

»Oh, nicht viel, Madame. Sie haben mich aber leider selbst hineingezogen. Der Herr Doktor hat mich besucht, hat bei mir ›spioniert‹, wie Ihre minderwertige Hälfte sich auszudrücken beliebte. Ich kann Ihre Frage wiederholen: Was haben *Sie* da mitzusprechen? Belieben *Sie mir* meinen Umgang vorzuschreiben? Wollen *Sie mir* Vorschriften machen?«

»Ihnen, Herr Mumm-Hunter? Es lohnt für mich nicht die Mühe, mich mit Ihnen überhaupt zu beschäftigen. Ich will von Ihnen weder hören noch sehen. Und am wenigsten soll mein Schwiegersohn den Zwischenträger machen. Das habe ich ihm gesagt, und danach hatte er sich zu richten, hatte er zwischen Ihnen und uns zu wählen.«

»So! Und die Entscheidung ist ihm schwergefallen?«

»Er ist ein eingebildeter Habenichts.«

»Aha, ich verstehe! Das Karnickel ist widerspenstig, will nicht parieren. So, so! Ich hätte ihn fast für zu glatt gehalten, um ihm so viel Rückgrat zuzutrauen. Wie man sich täuschen kann. Na, und weiter?«

»Die Partie ist nie nach meinem Sinn gewesen; ich habe ein rasches Ende gemacht.«

»Sehr richtig, Madame. Und Ihre Tochter?«

»Die hat sich zu fügen.«

»Liebt sie den Mann?«

»Mit Kindereien rechne ich nicht.«

»Nein, ist auch nicht zu verlangen. Ich würde an Ihrer Stelle ebenfalls so’n schmutzigen Geldsack und Geizdrachen, wie Ihre zweite Hälfte, dem Habenichts von Doktor entschieden vorziehen. Sein bißchen Latein nährt ihn nicht, und wenn er seinen besten Rock in die Speisekammer hängt, ist auch noch nichts Eßbares drin. Hat der Kerl am Ende gar auf die Mitgift spekuliert?«

»Wir geben unserer Tochter nichts mit!«

»Sehr vernünftig, Madame. Der Mammon ist doch nicht dazu da, um Menschen glücklich zu machen! Und Sie wollen doch keine Wohltaten säen, um Dank zu ernten. I wo, nisten Sie auf Ihrem Geldsack ruhig weiter. Das Bewußtsein muß ja beseligend sein, daß Ihr Nest erst ausgenommen werden kann, wenn Sie mal unter die Erde gescharrt sind. Glück, Liebe, Dankbarkeit – Hirngespinste!«

»Beliebst du mir endlich zu sagen, was du von mir wünschst?«

»Gleich, Madame. Nur nicht überstürzen. Mit Ihrem Herrn Gemahl war ich rascher fertig; mit Ihnen kommt man langsamer, aber endlich auch zum Ziel. Du wirst beachtet haben, daß ich bisher höflich war...«

»Außerordentlich!«

»Ich kann andere Saiten aufziehen.«

»Weiß ich aus Erfahrung!«

»Ich will mich kurz und sachlich zu fassen suchen. Was ich fordere, ist erstens: die Verlobung bleibt bestehen...«

»Nein!«

»Zweitens: Doktor Bruchs besucht heute nachmittag seine Braut und nimmt sie, wenn sie erkrankt ist, in Behandlung.«

»Niemals!«

»Ich bürge dafür! Ich! Verstehst du?«

»Ich bin nicht taub, aber auch kein willenloses Kind! Es bleibt bei meinem Nein!«

»Bei meinem Ja, Madame. Sie haben zwei Kinder unter die Erde gebracht, das dritte schütze ich.«

»Ein schöner Schutz.«

»Mag sein. Ich will mich nicht besser machen, als ich bin. Besser als du zu sein wäre ein schlechter Ruhm. Hast du überhaupt noch menschliche Seiten?«

»Ja, wenn du den Haß dazurechnest!«

»Allerdings, und den Geiz. Das sind deine Tugenden. Reizende! Aber keine von beiden stört mich. Deine Habsucht ist mir gleichgültig, deinen Haß breche ich. Willst du dem Doktor den Weg zur Kranken verlegen, so werde ich ihn frei machen.«

»Über mich hinweg?«

»Wenn es sein muß.«

»Unser Gespräch ist beendet?«

»Nur fürs erste. Auf Wiedersehen in einer Stunde.«

Sie lachte schrill.

»Vortrefflich, Herr Mumm! Sie – sollen Ihre Freude haben! Ihre Freude, Herr Mumm!«

Ihr Lachen schlug noch an sein Ohr, als er die Tür bereits hinter sich geschlossen hatte.

Bald hinter dem Australier huschte Frau Wutschow über den Flur, riß die Tür zu dem öden Saal auf und stürmte über die Schutzbretter hinweg in Hedwigs Zimmer.

»Steh auf!« herrschte sie die bleich in den Kissen ruhende Tochter an. »Auf der Stelle! Hier, ich helfe dir...«

Kein Wort kam über die Lippen Hedwigs. An allen Gliedern zitternd, erhob sie sich, legte mit den zitternden Fingern die Kleidungsstücke an und ließ sich willenlos von der Mutter helfen.

»So, jetzt den Mantel über. Warte auf mich.«

Sie stürmte zurück.

»Den Wagen, sofort!« raunte sie Wutschow von der halben Treppe herab zu.

William Hunter stand am Fenster, von dem er den Store zurückgezogen hatte, und wartete auf den Arzt. Mit Verwunderung sah er an der Seite des Hauses den Schimmel und bald die geschlossene Kutsche auftauchen. Die Schimmel tänzelten durch das Ausfahrtstor, die Passanten auf dem Trottoir blieben stehen, mit federndem Ruck setzte der Wagen auf den Straßendamm – und für ein paar Sekunden zeigte sich hinter der blinkenden Türscheibe das stolze Antlitz der Hausfrau.

»Ah, sie gibt Fersengeld!«

Hunter lachte grimmig und verächtlich.

Kaum eine halbe Stunde später erschien Dr. Bruchs und wurde von dem Australier auf der Veranda empfangen.

»Wie geht es Hedwig?« fragte der Arzt drängend.

Wutschow rieb sich in seinem Stuhl die Hände. »Gut, gut!« krächzte er.

»Kommen Sie, Doktor«, Hunter ging voran. »Die Gelegenheit ist günstig: Der Drache ist ausgeflogen«, suchte er zu scherzen. »Bitte, über die Bretter...«

Bruchs klopfte und öffnete sogleich. Mit einem freudigen Gruß trat er über die Schwelle, und mit einem Schreckenslaut blieb er stehen.

Das Nest war leer.

Der Ausruf lockte den Australier, der diskret zurückgeblieben war, in die Nähe.

»Was gibt's?« fragte er gespannt.

»Hedwig...«, stotterte der Arzt.

Hunter hatte die Situation mit einem Blick überschaut.

»Überlistet! Dummkopf ich, daß ich darauf nicht gleich gekommen bin! Daß der Argwohn mich nicht gepackt hat, als ...Doktor, der Drache hat sein Opfer entführt. Ich habe ihn selbst gewarnt, als ich ihm Ihren Besuch anzeigte. Die Frau ist noch schlauer und energischer, als selbst ich ihr zugetraut habe. Und brutaler. Was gilt ihr die Kranke, was das Leben des eigenen Kindes! Aber Ruhe! Jetzt heißt es erst recht, kaltes Blut bewahren. Kommen Sie.«

Wutschows Augen funkelten in ungeheurem Vergnügen, als er die beiden unverrichtetersache zurückkehren sah.

Der junge Arzt trat bleich vor ihn hin.

»Wo ist Hedwig?« fragte er. »Um Gottes willen, sagen Sie es mir!«

Wutschows Lachen klang wie ein Wiehern.

»Hi – hi – hi – hi – fährt spazieren, Herr Bruchs, hihihi...«

Hunter nahm den Arm des Arztes.

»Lassen Sie den Idioten«, redete er ihm zu. »Ihr Fräulein Braut finden wir alleine wieder.«

»Polizei, hihihi«, spottete Wutschow hinter den beiden her, und das Lachen schüttelte ihn.

»Können wir uns wirklich nicht an die Polizei wenden?« fragte Bruchs aufgeregt.

»Nicht doch«, erwiderte Hunter entschieden. »Die würde eine Einmischung in Familienangelegenheiten höflichst ablehnen. Und etwas anderes liegt nicht vor. Die Mutter hat ihre Tochter aus dem Haus gebracht – nichts weiter. Die Spazierfahrt ist natürlich Unsinn. Zu Leide tun wird sie ihr auch nichts, sondern sie irgendwo in Pflege geben. In eine Pension vielleicht, vielleicht bei einem Arzt. Das ergründen wir im Augenblick beide nicht. Aber verschwinden lassen kann sie sie nicht, das mag Ihnen ein Trost sein. Wollen Sie ruhig nach Hause gehen und mir das Weitere überlassen, Doktor? Ich bin ein alter, harter Kerl und ein Egoist, der sich nach der ersten Begegnung mit Ihnen gleichgültig gegen Sie gezeigt und auch nicht die Kraft gefunden hat, eine Hand für das Mädchen zu rühren. Ich bin ein Kerl, der zuviel im Leben durchgemacht hat und abgestumpft ist. Aber ich bin noch nicht ganz ausgebrannt, und wenn ich warm werde, stehe ich noch immer meinen Mann. Kopf hoch! Ich setze mein Wort zum Pfand: Wir bleiben die Sieger! Und nun gehen Sie. Und kein Wort, keinen Blick für den Idioten! Ich wette, daß der selbst nichts weiß. Ein Mensch ist keine Sternschnuppe: ssst – weg, der Mensch klebt an der Erde, und da kriegen wir ihn. Wie – das ist in diesem Falle meine Sache. Selbstredend: Denken Sie ebenfalls nach, es ist Ihr Recht, und vielleicht schaffen ausnahmsweise auch mal zwei Köche was Brauchbares. Good bye, Sir!«

Dr. Bruchs zögerte und wollte die Rückkehr des Wagens abwarten.

»Nichts da!« wehrte der Australier ab. »Ich bleibe auf der Lauer und werde, kommt die Zeit, auch schon Rat schaffen.«

»Ob ich nicht doch versuchen soll, mit der Mutter zu sprechen?« fragte Bruchs zaudernd.

Hunter klopfte ihm auf die Schulter. »Wollen Sie sehen, wie sie Ihnen hochmütig davonrauscht? Nein, lassen Sie's gut sein, die packe ich besser an. Fort mit allen Ihren Bedenken, Doktor! Ich bin Ihr Bundesgenosse geworden, und Sie werden mit mir zufrieden sein. Good bye!«

Der Arzt ging endlich. Es war ihm nicht recht klar, was den Australier bewog, sich so sehr für ihn einzusetzen; aber er fügte sich.

Neuntes Kapitel

Der Australier schob sich einen Sessel ans Fenster, wartete und überlegte. Einstweilen hatte die Frau einen Vorteil zu verzeichnen, das vermochte er nicht zu leugnen. Aber auch nur einstweilen und vielleicht nur scheinbar. War Hedwigs Aufenthalt erst ermittelt, so mochte es dem Doktor leichter werden, sich ihr in dem fremden Hause zu nähern als daheim. Und wenn das junge Mädchen sich nicht einschüchtern ließ, sondern zu ihrem Verlobten hielt, so mochte sie sich vielleicht sogar ein Beispiel an ihren Stiefschwestern nehmen, sich der Gefangenschaft mit kühnem Entschluß gewaltsam entziehen und auf der Flucht mehr Glück haben als die beiden anderen, die den Frieden nicht gefunden hatten.

Hunter biß die Zähne aufeinander, und mit dem Gedanken an die Toten kam ihm die Erkenntnis, daß das Geschick seiner Kinder die Triebfeder aller seiner Handlungen war, das ihn auf des Doktors und des Mädchens Seite stellte und ihm die Rache als letztes und höchstes Ziel seines Lebens vorschrieb.

Er war sich dessen bis dahin nicht so deutlich bewußt geworden und empfand im Augenblick wieder nicht, daß in seinem dürren Herzen ein gut Teil rein menschlicher Anteilnahme auch für das mißhandelte Mädchen wach geworden war; der Haß hatte die Oberhand in ihm und drückte die weichere Empfindung in den Hintergrund; der Haß ließ ihn gegen die unnatürliche Mutter die Fäuste ballen und das Mitleid ihn – ganz leise – um das Mädchen sorgen, dessen Anblick in dem weißen Nachtgewand ihm immer wieder vor Augen trat.

Wo mochte sie sein? Wie mochte es ihr gehen? Die Fragen drängten sich ihm mitten in die Erwägungen, wie er Härte gegen Härte zu setzen und die Frau bis ins Herz zu treffen vermöge. Sein Blick streifte die Blumen auf dem Schreibtisch und glitt verdüstert in das Straßentreiben; er horchte angestrengt nach dem Rollen des heimkehrenden Wagens und malte sich mit peinigendem Grübeln aus, wie die Frau voll Genugtuung heimkehren und die Kranke fiebernd unter fremdem Dach sich ängstigen würde...

Ein Geräusch störte ihn auf. Der Wagen mit den dampfenden Schimmeln bog in die Einfahrt, und der Kutscher schien zu tun zu haben, die erregten Tiere zu halten. Oder er hatte die Zügel zu lang gefaßt und mußte sich zurücklehnen, um den Fehler auszugleichen. Dabei bauschte sich ihm der Pelzüberwurf seines Mantels und verdeckte völlig den Einblick in den Wagen, obwohl dessen Dach zurückgeschlagen war. Hunter eilte auf die Veranda und beobachtete alsbald, daß er recht vermutet hatte: Frau Wutschow entstieg dem Gefährt allein.

Er zog sich sogleich zurück, wanderte auf und ab und hing einem Gedanken nach, der ihm beim Anblick des Kutschers gekommen war. Der Mann war von der Herrin sicher nicht eingeweiht worden, mußte aber dennoch Auskunft geben können! Das war ein erster Schritt vorwärts. War er aber zum Reden zu bewegen? Sollte der Mann, als alleinige Ausnahme in ganz Berlin, dieser wunderlichen Herrschaft anhänglich und verschwiegen zugetan sein? Hunter lachte laut auf. Die Möglichkeit war gegeben, die Wahrscheinlichkeit fehlte ganz und gar. War er schlau, so nutzte er die Gelegenheit aus und suchte seinen Vorteil; in jedem Falle aber würde er zum Reden zu bringen sein.

Hunter zögerte nicht, den einstweilen möglichen Weg einzuschlagen. Er begab sich zunächst zu Wutschow, den er trotz der herrschenden Kälte auf dem üblichen Platze bemerkt hatte, und fuhr diesen an: »Wenn Sie die Gäule öfter so hetzen lassen, werden sie bald zum Kuckuck gehen! 's ist ja eine Schande!«

Er kümmerte sich nicht um Wutschows Fauchen, stolperte die Treppe hinab, trat zu dem Kutscher, strich den Schimmeln über die bereiften Mähnen und klopfte ihnen auf die dampfende Kruppe.

»Schade um die schönen Tiere! Haben Sie denn ein Rennen gefahren?«

Der Kutscher schielte nach der Veranda. »Die Alte ist wieder mal wild«, gab er entrüstet zurück.

Hunter half beim Ausschirren, trat mit in den Stall und sah dem Kutscher zu, wie er die Tiere abrieb und in Decken hüllte. Er lobte die Umsicht des Mannes.

»Ohne Ihre Pflege – na, die möchte ich sehen! So’n Pflichtmensch wie Sie, der müßte doch eine ganz andere Stellung bekommen können als bei diesem Wutschow...«

»Nee, nee, von die Schimmels gehe ich nicht...«

»Das ist sehr schön, Herr – Herr ... Wie heißen Sie gleich?«

»Fritz Müller.«

»...Herr Müller. Ich würde aber aus der Haut fahren, wenn ich die Tiere so abtreiben müßte. Mensch, Sie müssen ja mindestens bis Potsdam gejagt sein!«

»I nee, bloß bis nach die Altonaer Straße.«

»Altonaer Straße? Na, ich kann mir schon denken, was Sie da gemacht haben: das arme Fräulein fortgebracht. Ja, ja, der Mensch ist ein hinfälliges Geschöpf: heute rot, morgen tot – wenn’s auch mit dem Fräulein Hedwig so weit noch nicht ist...«

Der Kutscher hielt in seiner Arbeit inne und sah aufmerksam auf seinen Besucher.

»Was?« fragte er. »Ist das Fräulein krank?«

»Haben Sie denn keine Augen im Kopf?«

»Ja, aufgefallen ist mir wohl was...« Der Mann nickte trübe.

»Na, und daß Sie sie zum Doktor gefahren haben, hat Ihnen das nicht zu denken gegeben?«

»Zum Doktor? Ich habe mir schon gedacht, daß da was von ’n Doktor aufstand auf dem Messingschild. So ’ne Schilder haben die immer. Der Herr Doktor Bruchs auch.«

»Nicht grad alle, aber die meisten. Der in der Altonaer Straße aber gewiß auch. Das ist ’ne feine Gegend, mein lieber Müller. Welche Hausnummer war’s denn?«

Fritz Müller sann nach. Er kraulte sich hinter den Ohren.

»Die – hab’ ich wahrhaftig wieder vergessen.«

»Na, ist ja auch gleichgültig. Ich hätte mich nur gern mal nach dem Fräulein erkundigt, so in den nächsten Tagen, wie’s ihr geht...«

Fritz Müller schien etwas einzufallen.

»Die Alte«, er wies nach der Villa, »hat was von Maulhalten gesagt. Wenn Sie aber nach dem Fräulein fragen wollen, da ist doch nichts dabei. Wenn Sie hinkommen: linke Seite, so’n Dutzend oder ’n paar Kasten mehr ’rauf, und an’s Haus ist ein Kerl mit ’ner Forke, den werden Sie schon sehen. Und das Messingschild auch.«

»Schönen Dank, Herr Müller. Na, hoffentlich ist das Fräulein bald wieder gesund und macht Hochzeit, was?«

»Das wäre schon etwas...«

»Alter Knabe«, Hunter schlug einen neckenden Ton an, »hat die Fee es Ihnen angetan? Mir vom ersten Tage an. Der Doktor hat einen guten Geschmack, und ’n hübschen Batzen kriegt sie auch mit...«

Der Kutscher machte eine ungläubige Gebärde und warf im Zweifelston hin: »So, glauben Sie?«

»Sie nicht?«

»Nee«, erklärte Müller trocken.

»Sie können recht haben«, pflichtete Hunter bei. »Die Alten plagt der Geldteufel, und wo der Geiz anfängt, hört der Verstand auf. Die beiden alten Drachen – na, ich will nichts weiter gesagt haben. Adieu, Müller!«

»Adjöh, Herr Hunter.«

Der Australier frohlockte. Er bezweifelte nicht, daß er wichtige Fingerzeige erhalten hatte, und so leicht lösbar hatte selbst er sich seine Aufgabe nicht vorgestellt.

Er machte sich sogleich auf den Weg nach der Altonaer Straße und entdeckte bald an einer der villenartigen Bauten die Gestalt des Neptuns mit dem Dreizack, den Müller respektwidrig als »Kerl mit ’ner Forke« bezeichnet hatte. Und am linken Pfeiler des Vorgartens, dicht neben der schmiedeeisernen Pforte, war auch das von Müller beschriebene Messingschild angebracht und darauf der Name »Dr. A. Jendrowski« mit dem Zusatz »Rechtsanwalt« eingraviert.

»Rechtsanwalt?« fragte sich Hunter zweifelnd, meinte aber gleich darauf, daß Hedwig sich ja nicht unbedingt bei diesem befinden müsse, sondern ebensogut bei einer anderen Partei im Erdgeschoß oder den beiden anderen Etagen untergebracht sein könne.

Er überlegte, ob er ins Haus gehen und den Portier, falls ein solcher vorhanden, um Auskunft ersuchen solle, zog es dann aber vor, zunächst eine Orientierung durch das Adreßbuch zu versuchen.

In einem Restaurant schlug er nach.

»Jendrowski, A., Dr. jur., Rechtsanwalt, Altonaer Straße 14, I. Etage.«

Der zweite Teil des Buchkolosses nannte als weitere Bewohner des Hauses:

»Parterre: E. v. Wilkens, Geh. Regierungsrat, Hauseigentümer. – II. Etage: Alice Gräfin Regendank geb. Gräfin Dubsky.«

Hunter schlug das Adreßbuch zu und kam nach kurzer Erwägung zu dem Ergebnis, daß seine ehemalige Gattin kaum gräfliche Bekanntschaften und ebensowenig Beziehungen zu dem Herrn Geheimen Rat oder seiner Familie haben dürfte, dann aber der Herr Dr. Jendrowski allein noch in Betracht kam, falls nicht durch einen Irrtum Müllers alle Schlußfolgerungen hinfällig wurden.

Er begab sich sofort zu Bruchs und fragte schon von der Tür aus: »Kennen Sie einen Doktor Jendrowski?«

Der Doktor antwortete zustimmend.

»Allerdings. Rechtsanwalt. Auch für Wutschow.«

»Für den? Doktor, wir haben sie!«

»Hedwig?«

»Ihre Braut! Nirgendwo anders als bei diesem Anwalt ist sie…«

»Warum vermuten Sie das?«

»Ich vermute es nicht mehr, ich weiß!«

Bruchs wollte es noch nicht glauben. »Der Mann steht in keinem guten Rufe«, wandte er ein.

»Gerade das paßt. Können Sie sich eine gute Familie im Verkehr mit diesen Wutschows denken? – Selbstverständlich: Sie machen eine Ausnahme, Sie wollen ja auch nicht die Alten, sondern die Tochter…«

»Jendrowski gilt als Anwalt für – sagen wir: für nicht ganz saubere Sachen…«

»Vortrefflich …Ehrenwerter Rechtsbeistand für Krawattenmacher. Natürlich, da gehört auch Mr. Wutschow zu ihm. Wahrhaftig, die Madame ist weniger vorsichtig gewesen, als ich von ihr erwartet habe…«

»Ja, woher wissen Sie das alles denn?«

»Von einem Augenzeugen, vom Kutscher Fritz Müller. Beste Quelle. Die ehrliche Haut hat's Maul halten sollen. Jetzt weiter: Was fangen wir an? Sollte dem Kerl nicht mit Geld beizukommen sein?«

Bruchs nickte.

»Das steht wohl kaum in Frage …Darf ich aber aussprechen, was mich zunächst bedrückt?«

»Fragen Sie nicht lange. Heraus damit!«

»Die Sorge um Hedwigs Wohl. Ihre gestrige Erschütterung, der nächtliche Vorfall – ich fürchte, sie kann ernstlich erkrankt sein. Und da ist ein Arzt zu allererst nötig…«

»Well. Weiter!«

Bruchs zeigte sich überlegt und entschlossen. »Die wohlhabenden Familien pflegen ihren Hausarzt zu haben; ich setze es auch bei Jendrowski voraus und werde zu ermitteln suchen, welcher von den Kollegen die Ehre hat. Erlauben Sie einen Augenblick…«

Er blätterte in einem Notizbuch und fuhr nach kurzer Pause fort: »Das trifft sich. Nicht in der Altonaer Straße, aber in unmittelbarer Nähe praktiziert ein Studienfreund meines Vaters, der in der Gegend genau Bescheid weiß. Ich müßte mich sehr irren, wenn er uns nicht prompt sollte Aufschluß geben können.«

»Dann vorwärts, Doktor.«

Bruchs entfernte sich für eine Minute und kam im Mantel zurück.

»Kann ich Sie am Abend sehen?« fragte er.

»Bestimmen Sie …«

Der Arzt nannte ein bekanntes Restaurant am Potsdamer Platz.

»Bitte, erwarten Sie mich dort, und verlieren Sie die Geduld nicht, auch wenn es später werden sollte. Ich komme auf jeden Fall.«

»Ich bin einverstanden. Gehen Sie gründlich vor; Ihre Patienten werden Sie einmal einen halben Tag entbehren können.«

Sie gingen eine Strecke zusammen, bis eine leere Droschke sie überholte, die von dem Arzt angerufen wurde und ihn rasch aus Hunters Gesichtskreis entführte.

Am frühen Abend stellte sich der Australier in dem verabredeten Restaurant ein und beobachtete interessiert das lebhafte Treiben und die vielen Liebespaare um sich her. Unter den Damen meist junge, frische Gesichter, unter den Herren neben jugendlichen solche mit faltiger Stirn und bereits mehr oder minder mondumglänztem Schädel. An allen Tischen aber die gleiche angeregte Unterhaltung bei Bier und Wein und von dem Kellner massenhaft herangeschleppten Speisen.

Auch Hunter ließ sich die Abendkarte reichen, wählte und fand die ihm vorgesetzten Gerichte schmackhaft, wenn auch nicht gerade für verwöhnte Gaumen.

Dr. Bruchs kam um die zehnte Stunde. Der hochgewachsene elegante Mann fand bei den Damen augenfällige Beachtung, für die er jedoch kein Interesse zeigte. Er übersah das langgestreckte Lokal mit raschem Blick und steuerte geradewegs auf den Australier zu, der des Beobachtens müde geworden war und sich eben ein Abendblatt hatte bringen lassen.

Bruchs begnügte sich, ehe er zu sprechen begann, mit einem bejahenden Kopfnicken.

Der Australier war befriedigt.

»Ja, Sie waren auf der rechten Fährte. Ich weiß nicht, wie ich Ihnen danken soll …«

»Erzählen Sie lieber …«

»Sie werden sofort alles hören. Ein Pilsener, Kellner … Also sie ist da. Sie ist auch, um das vorwegzunehmen, in ärztlicher Behandlung, und es geht ihr den Umständen nach gut, wenn sie auch das Bett hüten muß. Sie ist, wie wohl erklärlich, in hohem Grade erregt, flüstert, wenn sie sich unbeobachtet glaubt, Unverständliches vor sich hin und wendet sofort den Kopf der Wand zu, sowie jemand an ihr Lager tritt.«

»Sie sind ja vorzüglich unterrichtet«

»Mit Hilfe meines alten Gönners. Der Herr Rechtsanwalt Jendrowski ist ihm auch persönlich bekannt. Ich hatte kaum den Namen genannt, als der alte Herr auch schon ernst bemerkte: Ich will nicht hoffen, daß Sie mit *dem* zu tun haben. Ich beruhigte ihn und weihte ihn ein. Er ist mit dem Hausarzt Jendrowskis intim befreundet und kennt diesen als einen tüchtigen und gewissenhaften Kollegen, den er selbst nicht nur in schwierigen Fällen oft mit zu Rate zieht, sondern dem er auch seine eigene Familie bedingungslos anvertrauen würde. Wir suchten den Mann – sein Name ist Großheim – alsbald auf. Er teilte uns mit daß er der jungen Dame wegen bereits konsultiert worden sei. Ich konnte ihm wichtige Einzelheiten zur Krankheit Hedwigs schildern, das wird die fachgemäße Behandlung wesentlich erleichtern. Hedwig selbst war nicht zum Sprechen zu bringen gewesen; er hatte allerdings auch nicht in sie dringen wollen, um ihre Erregung nicht noch zu steigern. Ich bat ihn dringend, sie nochmals zu besuchen. Einen kurzen schriftlichen Gruß gab ich ihm mit: Sei beruhigt, mein Lieb, wir wissen, wo du bist, und wachen über dich – schrieb ich nieder, ohne Namen, für alle Fälle. Dann ging Doktor Großheim, und wir warteten seine Rückkehr ab.

Er kam nach einer Stunde und drückte mir die Hand. »Das war die beste Medizin«, versicherte er herzlich. Er hatte ersucht, ihn mit der Kranken allein zu lassen, und ihr dann wortlos den unscheinbaren Zettel in die Hand geschoben. Ein Blick darauf hatte ihr genügt. Sie hatte die Augen ihm vertrauend zugewandt, nach seiner Hand gefaßt und geflüstert, nun sei sie ruhig. Lieber Herr Hunter, eine riesengroße Sorge ist von mir genommen!«

Der Australier war dem Bericht mit Spannung gefolgt. Er hob seinen Schoppen und stieß mit dem Doktor an. »Auf das Wohl Ihres Kollegen …«

»Beider«, ergänzte Bruchs. »Ohne meinen alten Freund hätte ich Großheims Vertrauen wohl nicht so leicht gewonnen.«

»Haben Sie Näheres über Jendrowski erfahren? Der Doktor Großheim müßte doch die beste Quelle sein.«

»Kollege Großheim war reserviert, wie es nicht anders zu erwarten war. Er legte auf die Praxis gerade in dem Haus ersichtlich keinen besonderen Wert, möchte sie, wie ich nach seiner geraden Natur vermute, wohl gar am liebsten aufgeben, hüllt sich aber darüber und über alles, was ihn nicht als Arzt angeht, in begreifliches Schweigen.«

»Und Ihr alter Freund?«

»Der macht aus dem, was er weiß, keinen Hehl. Außerdem ist Jendrowski in der ganzen Gegend ziemlich bekannt. Viel Rühmenswertes wird ihm nicht nachgesagt. Sein Büro befindet sich in der Charlottenstraße, indes hat er auch in der Privatwohnung täglich Sprechstunden, die namentlich von den vornehmen Klienten und verschiedenen, die Öffentlichkeit scheuenden Geldmännern besucht werden sollen. Zu seiner Kundschaft gehören auch die eigenen Hausgenossen, vermutlich nicht zu deren Vorteil. Wenigstens erzählt man sich ziemlich offenherzig, daß eine Gräfin, die im zweiten Stocke wohnt, durch ihn um den Besitz des Hauses gekommen sein soll und der jetzige Besitzer des Grundstückes, ein Regierungsrat, ebenfalls bald mit leeren Händen dastehen dürfte. Ich berichte ohne Gewähr, selbstverständlich; aber der Herr scheint mir jemand zu sein, vor dem man auf der Hut sein muß...«

»Mit dem man aber auch reden kann!« fiel der Australier ein. »Mein lieber Doktor, man kann niemand an den Ohren fassen, der nicht in Armeslänge steht – an den Patron werden wir aber schon nahe genug herankommen. Der Halunke gefällt mir sogar...«

»Mir nicht. Der wird aus Hedwigs Aufenthalt Kapital zu schlagen versuchen und sie mit Argusaugen überwachen.«

»Ach was! Der wird einfach sehen, auf welcher Seite ihm der beste Weizen blüht, und sich danach richten.«

»Da dürfte Frau Wutschow die Überlegene sein...«

»Meinen Sie? Ich nicht.«

»Meine Mittel sind leider beschränkt.«

»Meine nicht...«

»Die kann ich nicht annehmen.«

»Dazu werden Sie sich entschließen müssen. Lassen Sie alle Kleinlichkeiten beiseite, und gönnen Sie mir, einem Menschen mit meinem Mammon zu nützen. Ich habe sogar ein Recht dazu, wenn nicht Ihnen, so doch Ihrer Braut gegenüber...«

»Recht?« fragte Bruchs kurz.

»Lassen wir das!« Hunter suchte die unvorsichtige Äußerung zu bemänteln. »Ich habe die Mißhandlung des Mädchens lange genug beobachtet und bin gleichgültig daran vorübergegangen. Das muß ich gutmachen, und wo das Gutmachen eine Pflicht ist, da muß es selbstverständlich auch ein Recht sein. Aber wir diskutieren über Nebensächlichkeiten. Die Hauptsache ist, daß wir die Entführte entdeckt haben und daß durch den prächtigen Doktor Großheim eine zuverlässige Verbindung mit ihr hergestellt ist. Nun müssen wir warten, bis die Kranke genesen ist, und dann die Situation energisch ausnutzen. Die Madame hat unklug gehandelt, als sie das Mädchen weggab; jetzt soll es, geht es nach meinem Willen, nicht in ihre Gewalt zurückkehren.«

»Würde ich damit etwas gewinnen?«

Hunter sah den Fragesteller groß an. »Pardon, nein. Zunächst gewänne Ihre Braut. Die aber viel: die Freiheit. Würden Sie es über sich bringen können, sie in das alte Joch zurückzuführen? Soll sie da von neuem herumgehetzt werden, bis sie einmal dauernd Schaden davonträgt?«

»Mißverstehen Sie mich nicht«, bat Dr. Bruchs. »Meine Liebe zu Hedwig schützt mich vor allen selbstsüchtigen Wünschen...«

»Weiß ich, weiß ich. Wer die Schwiegereltern mit in Kauf nimmt!«

»Ich rechne aber mit den gegebenen Verhältnissen und stelle mir einen Fluchtversuch als bedenklich vor. Einmal: sie wird in ihrem Asyl überwacht...«

»Den Rechtsanwalt überlassen Sie mir!«

»Ja, gut. Aber dann weiter. Selbst angenommen, sie entkommt: Wohin soll sie sich wenden? Wir leben doch in Deutschland, und wohin sie sich auch flüchten mag, überall muß sie ihren Aufenthalt bekanntgeben, muß sie sich bei den Behörden ausweisen, abmelden und anmelden. Das ist dann doch kein Verstecken mehr, und Frau Wutschow kann mit behördlicher Hilfe ihren Aufenthalt jederzeit feststellen.«

»Muß sie denn unbedingt in Deutschland bleiben?« unterbrach der Australier ruhig. »Lieber Freund, nicht überall in der Welt gilt ein Stück Papier mehr als der Mensch, und nicht überall muß man die Behörden gehorsamst um Genehmigung ersuchen, wenn man, mit Verlaub zu sagen, von einem Zimmer ins andere schielen will. Ich habe mit den Engländern nicht nur gute Erfahrungen gemacht. Aber die Einrichtung ist bei ihnen doch vernünftig, daß sie die, die nichts auf dem Kerbholz haben, auch unbehelligt leben lassen. Dorthin bringen Sie sie, in ein Pfarrhaus, in eine Gelehrtenfamilie, in ... die Wahl ist ja unerschöpflich. Und dort bleibt sie, bis sie mündig ist und ohne Gefahr zurückkehren darf. Punktum – basta!«

»Wenn sie einwilligt.«

»Sie wird sich nicht bedenken.«

»Kann sein. Vorläufig verkaufen wir aber doch das Fell des Bären...«

»... und haben den Bären noch nicht. Ganz richtig. Bringen Sie mir die Nachricht, daß sie gesund ist, dann sprechen wir uns weiter ... Noch eins: Vorsicht, wenn Sie Briefe wechseln! Kennen Sie den Rotfuchs uns vis-à-vis?«

Bruchs sah zum ersten Mal nach den Nebentischen.

»Die Dame neben dem Kahlkopf? Nein!«

»Sie scheinen es ihr angetan zu haben...«

»Ich habe nicht das geringste Interesse.«

»Ich auch nicht. Kommen Sie, lassen Sie uns ein Haus weiter gehen. Ich bin ohnehin abgespannt...«

Zehntes Kapitel

Tauwetter!

Nach reichlichem Schneefall und andauernder Kälte klatschte ein strömender Regen auf die Dächer und wusch die schmutzigen Straßen. Ein rauher Sturmwind blies sein eintöniges Konzert, peitschte die strömende Flut gegen die Fenster, fuhr den Passanten fauchend unter die triefenden Schirme und trieb mit den Kleidern der Frauen ein übellauniges Spiel.

Hunter horchte, als er am vorgerückten Vormittag erwachte, auf das Trommeln und Klatschen an den Fensterscheiben, reckte sich faul und bequemte sich nur widerwillig zum Aufstehen.

Im Wohnzimmer fand er die Aufwartefrau vor, die eben damit beschäftigt war, die welk gewordenen alten Rosen durch neue zu ersetzen. Sie hatte den verblühten Schmuck achtlos beiseite geschafft.

Der Australier fuhr sie an. »Halt! Was machen Sie denn da?«

Sie ließ sich nicht stören. »Die alten taugten ja doch nichts mehr, Herr Hunter...«

»Himmeldonner! Wo sind sie –?«

»Die hab' ich natürlich weggeworfen. Sollte ich das nicht?«

»Dann holen Sie sie gefälligst wieder! Die neuen ... Wo haben Sie denn die her?«

»Das wissen Sie nicht? Sie hat mir doch die anderen auch gegeben.«

»Wer – Hedwig, das Fräulein?«

»Das Fräulein? Nein, die nicht.«

»Die nicht?«

»Nein. Die Frau Wutschow.«

»Die Frau Wu...«

Hunter lachte, daß es ihn schüttelte. Dann kam die Wut über ihn.

»'raus mit dem Zeug!« brüllte er, faßte Vase und Inhalt, stürzte ans Fenster, riß es auf und warf die schuldlosen Opfer im Bogen hinaus. Die Vase zerschellte an dem Eisengitter, die Rosen fielen verstreut in den tauenden Schnee.

»Aber Herr Hunter!« stotterte die Frau.

»Da brauchen Sie wenigstens nicht gegossen zu werden!« gab er erbost zurück.

»Die schönen, teuren Rosen...«

Hunter stellte sich breitbeinig vor die überraschte Frau.

»Wenn die Gnädige von oben Ihnen noch mal was anvertrauen will«, herrschte er, »dann werfen Sie es ihr gefälligst an den Kopf! Verstanden?«

»Ich konnte doch nicht wissen, Herr Hunter...«

»Nein«, er zwang sich zu einem ruhigeren Ton, »Sie konnten nicht ... Aber jetzt – jetzt wissen Sie! Ich kann Ihnen den Mund nicht verbieten, und wenn die Madame die Gnade hat, Sie anzusprechen, dann mögen Sie ihr antworten, wie Ihnen der Schnabel gewachsen ist. Nur mich lassen Sie aus dem Spiel – und gar reingeschleppt wird ein für allemal nichts! So, das wäre abgetan ... So'n kleiner Ärger regt den Appetit an...«

Er ließ sich am Frühstückstisch nieder und schenkte der verblüfften Frau keine Beachtung mehr. Erst als sie nach geraumer Zeit mit ihrer Arbeit fertig war und sich geräuschlos entfernen wollte, fand er ein versöhnendes Wort für sie.

»Na, ich bin etwas hitzig gewesen. Grüßen Sie Frau Fantig. Und darum keine Feindschaft...«

»Nee, ich werde mich in Zukunft aber vorsehen, Herr Hunter.«

»Schön, schön.«

Er schlug die Beine übereinander, griff nach der Zeitung und vertiefte sich anscheinend in die Tagesneuigkeiten.

Kaum hatte die Frau das Zimmer verlassen, als das Blatt wieder auf den Tisch flog und der Australier aufsprang.

»So eine Frechheit! Na ja, geradezu blind ist man gewesen. Die und so'ne Rosen! Die mit dem mageren Taschengeld – wenn's überhaupt eines gibt – und so eine Ausgabe. Dummkopf ich! – Nun sage mir aber einer, was der Satan von mir will!«

Sein Lachen schlug in ein Fluchen um. »Laß du dich nur sehen!« wiederholte er. »Ich war schon in Stimmung – das hat noch nachgeholfen!«

Er setzte sich wieder, streckte sich halb liegend aus, nahm abermals die Zeitung und überflog die Stichworte. »Zur Lohnbewegung – Eine Dampferkollision auf der Havel – Der Bahnhof Stralau-Rummelsburg – Verhaftung eines ungetreuen Postbeamten – Scham über einen Fehltritt – Die Besitzer von Zughunden – Die Hauptpumpstation...«

»Quatsch, Quatsch!« knurrte er und starrte, durch ein Geräusch abgelenkt, nach der Tür, die eben ohne Klopfen von Frau Wutschow geöffnet worden war.

Hunter verharrte mit absichtlicher Nachlässigkeit in seiner bequemen Lage.

»Morgen!« schnarrte er dem Besuch entgegen. »Wenn man den Wolf nennt, kommt er gerennt. Hier: ›Ein Sprung aus dem Fenster‹ – nee – ›Eine Rabenmutter‹. – Schon gelesen? ›Ihr eigenes Kind schwer mißhandelt zu haben wird eine Frau Franziska S. in der Usedomstraße beschuldigt.‹ – Ach so! Das sind Sie ja nicht mal. Schade! Na, vielleicht kommt's noch.«

Er las die Stichworte laut weiter und verirrte sich auch in die Kunstrubrik. »›Bluthochzeit – Maria Magdalena – Schnitzlers Grüner Kakadu – Der Gewissenswurm...‹ Weiß vielleicht die Madame, was ein Gewissenswurm ist?«

»Ich bin zu Possen nicht aufgelegt.«

»Nicht?« fragte er höhnisch. »Na, dann blättern wir etwas weiter. ›Wiener Herbstmoden‹. – Aha, das ist was.« Und er las eintönig: »Die ehedem beliebte Kapotte scheint ganz aus der Mode zu kommen. Wer hielte sich auch für alt genug, solch einen simplen Hut aufzusetzen! Selbst die Großmütter...«

Sie riß ihm das Blatt aus der Hand.

»Erlaube mal!« fuhr er auf.

»Ich will deine Zeit nicht lange in Anspruch nehmen, du kannst nachher von der Großmutter weiterlesen. Was mich zu dir führt...«

Sie rang in der Erregung nach Atem.

»Ich bin gespannt!« höhnte er.

»Ich habe meine Tochter vor dir – und anderen! – in Sicherheit gebracht. Ich darf mir ausbitten, daß ich ebenfalls von jetzt ab unbelästigt bleibe...«

»Und deshalb fällst du *mir* ins Haus?«

»Ich wollte nur noch ein ›Wenn‹ hinzufügen.«

»Ah? Du zeigst dich großmütig? Was für ein Wenn ist denn das? Ich bin total dumm.«

»Ich will einen letzten Versuch machen. Ich habe dir bewiesen, daß ich mir meine Rechte nicht einschränken lasse und daß ich der Gewalt mit Gewalt zu begegnen weiß!«

»Jawohl, Madame!«

»Ich bin aber verständigen und friedlichen Erwägungen nicht unzugänglich...«

»Hört, hört!«

»Und ich habe nach einer Basis gesucht, auf der...«

»Sehr gütig! Auch schon gefunden?«

»Willst du mich wenigstens reden lassen? Und bist denn du in einer friedfertigen Stimmung? Nach dem Schicksal, das du meinen armen Rosen bereitet hast, kann ich das nicht gerade annehmen.«

Er richtete sich etwas auf, ließ sich aber gleich wieder lässig zurückfallen und knurrte: »Die Ehre war unverdient...«

»Deine Selbsterkenntnis wundert mich.«

»Darf ich fragen, wie du zu *der* Liebenswürdigkeit gekommen bist?«

Sie schwieg einen Augenblick und schien auf das Regenklatschen zu horchen.

»Wolltest du das Kriegsbeil begraben?« fragte er.

Die Spitzen ihrer Finger spielten nervös. »Ja, etwas Ähnliches«, versetzte sie zögernd. »Ich habe an die Vergangenheit gedacht und daran, daß es doch einmal Tage gegeben hat, die Besseres versprachen, als nachher eingetroffen ist. Meine Überzeugung, wem der Hauptteil der Schuld zuzuschreiben war, ist nicht schwankend geworden und – mein Groll gegen dich nicht erloschen. Du hast selbst dafür gesorgt, daß das nicht möglich war. Die stillen Stunden der Erinnerung stimmten mich aber – weicher...« Sie sprach stockend, als ob sie die ungewohnten Laute aus einer fremden Tiefe heraufholen müsse.

»Die Verstellung wird dir verdammt sauer!« warf Hunter derb ein.

Sie schüttelte den Kopf und fuhr beherzt fort: »Sie brachten mich dahin, daß ich deinem Einzug unter das Dach, das uns ehemals gemeinsam gehörte, ruhig, fast – versöhnt zusehen konnte. Es drängte mich dann, dir ein Zeichen zu geben.«

»Von deiner Bekehrung!«

»Du nahmst den Gruß an...«

Er schnellte auf. »Jawohl, weil ich glaubte, er käme von Hedwig!«

Sie warf den schönen Kopf zurück und ließ ihn gleich darauf wieder sinken.

»Ich habe mich noch weiter gedemütigt, den Friedensgruß erneuert, nachdem du gestern den Streit abermals begonnen...«

Er lachte dröhnend, unterdrückte dann aber den Wutausbruch, der ihm auf den Lippen lag, und wartete in schweigender Neugier, worauf sie wohl hinauswollte.

»Fahre fort!« forderte er nur.

»Deine Antwort liegt draußen im Schnee«, hielt sie ihm entgegen. »Wenn es deine letzte sein sollte, könnte ich mir jede fernere Mühe ja sparen.«

»Nicht doch! Ich bin wirklich begierig...«

»Ich glaube, wir Frauen sind doch aus anderem Holze als ihr Männer und können den Haß nicht so konsequent herumtragen wie... Ich wollte dich fragen: Muß – muß es bleiben zwischen uns, wie es ist?«

Sie hielt den Kopf gesenkt, und er suchte vergeblich in ihren Zügen zu lesen. Aber alles in ihm bäumte sich gegen den Glauben an ihre Wahrhaftigkeit auf; er sah in ihr nichts als die heuchlerische Komödiantin, die irgendeinen eigensüchtigen Zweck unter der Maske scheinbarer Nachgiebigkeit zu erreichen suchte. Es kochte in ihm, und nur das drängende Verlangen, sie ganz zu durchschauen, zwang ihn zu äußerlicher Ruhe.

»Das kommt nicht auf mich an«, erwiderte er ausweichend.

»Doch«, beharrte sie.

»Wieso?«

»Ich habe meine Bedingungen – du kannst sie annehmen.«

»Aha! Willst du sie hören lassen?«

»Ja. Zuerst: du glaubst mir, daß unsere Kinder – unsere – nicht durch meine Schuld so früh entschlafen sind.«

Er funkelte erregt zu ihr hinüber, ohne sie zu unterbrechen.

»Sie waren nie die Stärksten. Und als du gegangen warst, ich muß das berühren, kränkelten sie.«

»Und flohen, um gesund zu werden! Sehr richtig. In welches Bad waren sie doch gleich gegangen?«

»Ich hatte sie streng häuslich erzogen. Es war mir unbegreiflich, daß sie sich von zwei halben Kindern betören lassen konnten ... Ich tat nur meine Pflicht, als ich sie zurückholte.«

Hunters derb aufeinandergepreßte Lippen zuckten. »Deine zweite Bedingung?« zischte er.

»Hedwigs Heirat mit dem Doktor unterbleibt.«

»Bist du zu Ende? Oder hast du noch ein Drittes und Viertes? Soll ich Hedwig heiraten? Oder willst du dich von deinem schmutzigen Kummergreis scheiden lassen und mich zum zweiten Mal beglücken? Ich danke für die Ehre...«

Sie bezwang sich noch immer.

»Darf ich erfahren«, entgegnete sie mit Betonung und ersichtlicher Spannung, »ob du auf Hedwigs Verbindung – mit dem – besonderen Wert legst?«

»Ah! Du kommst zur Hauptsache. Endlich! Willst du ein Handelsgeschäft machen?«

»Ich würde – unter Umständen – meine Zustimmung nicht vorenthalten.«

»Soll ich sie dir abkaufen?«

Sie runzelte die glatte Stirn.

»Du stellst Hedwigs Zukunft sicher!« forderte sie geradeaus.

»Wieviel verlangst du –?«

Sie vergaß jede Zurückhaltung und fragte eisig: »Wie groß ist dein Vermögen?«

Der Australier krallte die Finger in die Polsterlehnen seines Sessels und nannte heiser eine ungeheure Summe.

Ein Schlag durchzuckte sie.

»So sichere Hedwig die Hälfte ...«

»Ich habe dir die Wahrheit gesagt«, keuchte er, »und du stehst nun auch wahr vor mir ...«

Sein Atem ging schwer.

»Das Vermögen geht in meine Verwaltung über«, steigerte Frau Wutschow ihre Forderung.

Jetzt hielt Hunter nicht mehr an sich. Mit einem Ruck stand er hochaufgerichtet.

»Goddam!« sagte er und streckte ihr die geballten Fäuste hin. »Wenn du kein Weib wärst!« Die Zähne schlugen ihm aufeinander. »Mit meinen Händen würde ich dich erwürgen.«

»Ich liebe die Romantik nicht«, entgegnete sie kalt. »Ich bin wie das Leben: die Nüchternheit, und ich vertusche nicht: Ich rechne und fordere!«

»Das Geld bedeutet dir mehr als alles auf der Welt!«

»Du hast es doch! Und wer geizt mehr; ich nach der einen Hälfte oder du mit beiden?«

»Verlaß mich!«

»Ja. Aber ich habe ein Anrecht an dem, was du hast; denn mit meinem Gut hast du es erworben!«

»Du!«

Hunter trat so ungestüm und dicht vor sie hin, daß sie zurückwich.

»Du –! Dränge mich nicht zum Äußersten! Ich hätte kein Erbarmen für den Teufel in Menschengestalt! Ich habe für dich keines mehr – und ich werde dich zu fassen wissen! Meine Kinder will ich an dir rächen – mich selbst, die Menschlichkeit, die du mit Füßen trittst Ich bin ein Elender gewesen – du bist es hundertfach. Ich habe gemordet im Hunger – du spielst im Überfluß mit Menschen von deinem eigenen Fleisch und Blut!«

Mit drei Schritten war er an ihr vorüber, knallend schlug die aufgerissene Tür gegen die Flurwand.

Schweigend, mit haßerfülltem Blick, ging die Frau – fluchend durchmaß der Australier das Zimmer, und einförmig trommelnd schlugen die Wassertropfen gegen die blinkenden Fensterscheiben.

Elftes Kapitel

»Lieber Doktor, jedes Warten ist von Übel«, erklärte der Australier mit Nachdruck. »Gestern habe ich mich in Geduld gefaßt, heute aber war es mir nicht mehr möglich. Rasches Handeln ist unbedingt notwendig.«

»Ich habe mir das gleiche gesagt, und ich bin nicht müßig gewesen«, entgegnete Dr. Bruchs. »Gestern wanderte ein Brief von mir durch Doktor Großheims Vermittlung in Hedwigs Hände. Er war lang und eine Antwort nicht gleich zu erwarten. Dennoch kam auch Großheim nicht mit leeren Händen zurück, sondern brachte mir einen Zettel als Antwort auf mein erstes Lebenszeichen. Wollen Sie lesen?«

William Hunter setzte sich an des Doktors Schreibtisch, schob das zerknitterte Papier in den Lichtkreis der Studierlampe und überflog die flüchtig hingeworfenen Zeilen:

»Geliebter! Noch fasse ich es nicht, wie Du so schnell mein Versteck erfahren hast, aber ich sende Dir tausend Dank! Meine Mama war hart und sonderbar zu mir wie noch nie; bin ich krank? Nein, Geliebter, glaube es nicht! Nur daß ich von Dir lassen sollte, hat mich krank gemacht. Ich bin wieder so voll Glück; ich glaube, nichts kann uns trennen, heute nicht und im ganzen Leben nicht. Der Herr Doktor ist gütig zu mir; er will diese Zeilen Dir übergeben und mir neue von Dir mitbringen. Wie ich mich freue! Wie ich mich sehne! Ach, schreibe doch recht viel und gut

Deiner glücklichen Hede«

Hunter nickte gedankenvoll. »Mit wie wenigem doch so ein Mädchenherz zufrieden ist ... Ein Mann würde sich auflehnen oder dumpf brüten; sie jubelt, wenn sie nur von dem Geliebten hören kann. Es ist doch ein Großes um so ein Mädchenherz. Ich möchte Sie beneiden...«

Bruchs schob ihm ein zweites Blatt hin, und die Freude klang aus seiner Erläuterung: »Ihre Antwort auf meinen Brief von gestern. Lesen Sie selbst...«

Ein einfacher kleiner Oktavbogen, mit derselben zierlichen und doch ausdrucksvollen Schrift bedeckt wie der zerknitterte, unscheinbare Zettel.

»Mein Teurer! Ich habe Deinen Brief zehnmal gelesen und zehnmal voll Freude gesagt: Ich will alles, alles, was Du willst! Mit Dir gehen, wohin Du willst. Ja, komm, hole mich. Ich werde bewacht; aber ich bin gesund und stark, und ich folge Dir, wohin es sein muß. Heißen Dank an Herrn Hunter, den ich verkannt habe! Bitte ihn um seine Verzeihung für mich, sage ihm, daß auch ich ihm vertraue. Jeder meiner Gedanken gilt Dir, jede Stunde bin ich bereit, mit Dir zu gehen.

Und wenn wir arm sind: Ich kann arbeiten wie Du, und ich werde nicht ermüden, wenn Du bei mir bist. An meinen armen Eltern sehe ich es: Der Reichtum bringt nicht immer Segen – wir wollen ihm freudig entsagen. Mein Reichtum bist Du, und ich bin die Reichste auf Erden, wenn ich den Platz in Deinem Herzen behalte.

Deine Hede«

»All right!« murmelte Hunter rauh, verharrte sekundenlang schweigend, stand auf und drückte dem Arzte die Hand. »So, jetzt vorwärts!«

Bruchs stimmte lebhaft zu und sagte: »Ihr Beispiel hat mich gelehrt, wie zu handeln ist. Ich habe eine Schwester, die mir von Herzen ergeben ist. Die habe ich zu mir gerufen, und die soll Hedwig begleiten und schützen. Meine eigene Entfernung von Berlin würde auf die Spur lenken und Hedwigs Ruf gefährden. Beides wird vermieden, wenn meine Schwester an meine Stelle tritt...«

»Ist sie umsichtig?«

»Klug und energisch. Und die Güte selbst.«

»Well. Also nach der Seite wäre alles geordnet. Jetzt kommt der Mr. Jendrowski an die Reihe, und den überlassen Sie, bitte, mir!«

»Könnten wir nicht beide zu ihm gehen?« warf Bruchs ein.

»Nein. Mit solchen Leuten muß man auch auf Krücken tanzen und im Sande Schlittschuh laufen können. Darauf versteh ich mich besser...

Wenn ich nicht irre, besitzen Sie ein Adreßbuch – wollen Sie die Güte haben, Hausnummer und Sprechstunden nachzuschlagen?«

Bruchs kam dem Wunsch sofort nach.

»Charlottenstraße neun, erste Etage«, las er. »Sprechzeit neun bis zwölf, vier bis sechs.«

»Also vier bis sechs; denn vormittags wird der Herr auf dem Gerichte zu tun haben. Geben Sie mir Ihre Zustimmung, daß ich handeln darf!«

Dr. Bruchs willigte ein.

»Ich darf mich nicht bedenken, wo ich Ihnen so vieles zu danken habe.«

»Haben Sie Ihren Kollegen befragt, wie es Ihrer Braut geht?«

»Ja, Doktor Großheim würde die Besuche einstellen, wenn er nicht...«

»Ich verstehe.«

»Wollen wir nicht den Abend zusammen verleben?«

»Well. Ich wollte Sie nicht stören.«

»Ich habe für keine anderen Menschen Sinn.«

Als sie eben gehen wollten, brachte der Postbote ein Telegramm.

»Das geht schnell«, warf Bruchs hin. »Sicher von meiner Schwester. Heute vormittag habe ich geschrieben.«

Er riß das Formular auf.

»Komme morgen abend sechs Uhr. Marie.«

»Ich wußte es«, sagte Bruchs zufrieden. »Kommen Sie; das erste Glas auf meine Schwester...«

»Nein«, widersprach Hunter. »Das erste Glas auf – jemand anders...«

»Dann das zweite«, gab Bruchs zu.

In dem geräumigen Büro des Dr. Jendrowski saßen an langen Tischen ein Dutzend Schreiber. Eine der Wände war mit vollgestopften Aktenregalen besetzt, an einer anderen hing zwischen Landkarten ein Regulator, der auf genau vier Uhr zeigte, als der Australier den Raum betrat.

An einem gesonderten Tische neben der Doppeltür, die ins Sprechzimmer des Anwalts führte, erhob sich nachlässig ein korpulenter Herr und fragte den Besucher nach seinen Wünschen.

»Der Herr Anwalt zugegen?« fragte Hunter.

Der Korpulente sah auf den Regulator.

»In einer Viertelstunde. Bitte, nehmen Sie Platz.«

Die von dem Dutzend Lungen und einem mächtigen Kachelofen verbrauchte Luft des Raumes machte den Aufenthalt schwer erträglich, und die nach und nach sich einstellenden Klienten trugen zur Verbesserung nicht bei. Aber Hunter fügte sich und fand in der Beobachtung der verschiedenartigen Gestalten unter den Besuchern eine willkommene Ablenkung.

Ein noch junger Mann mit einem Gelehrtengesicht, dessen rechte Wange durch eine derbe Schmarre verschönt war, näherte sich dem Korpulenten etwas befangen, drehte ein Geldstück zwischen den Fingern und schob es dem Bürovorsteher unsicher hin.

»Was, ganze fünf –?« kam der grobe Baß des Dicken. »Das wird ja immer weniger.«

Der Mann antwortete im Flüsterton und begleitete seine besänftigende Ausführung mit ungeschickten Gesten des Bedauerns.

Der Dicke blätterte in einem Aktenbündel. »Noch achtundvierzig Mark«, grollte er, »und darauf die...«

Er zog das Silberstück ein und stellte die Quittung aus.

»Wenn der Alte aber nicht mehr will«, fügte er einschüchternd hinzu, »ich kann nichts dafür.«

Eine in Trauer gekleidete Frau sprach so leise, daß der Lauscher kein Wort auffangen konnte, und der Dicke wiegte in einem fort den Kopf. »Na, wollen sehen«, schloß er endlich. »Versprechen kann ich aber nichts.«

Ein Herr exotischen Typus' lehnte sich mit den Ellbogen vertraulich auf den Tisch des Vorstehers und unterhielt sich ziemlich ungeniert. »Ist er zur Leistung des Offenbarungseides nicht erschienen, dann ordnen Sie die zwangsweise Vorführung an«, verstand Hunter. »Kostet sechzig Mark«, bemerkte der Dicke. »Dann werfe ich die auch noch hinterher. Aber lassen Sie den Haftbefehl am Sonnabendabend ausführen, damit er sich die Sache bis Montag in der Stille überlegen kann.«

»Na, Sie?« fragte der Korpulente einen Mann aus dem Handwerkerstande.

»Fünfzig –«, war die leise Antwort.

»Schön«, lobte der Dicke, »und sehen Sie, wenn man muß, kann man auch.«

Geldklappern – Quittung...

Im Nebenzimmer wurde ein Stuhl gerückt. Gleich darauf ertönte eine Klingel.

Der Dicke verschwand durch die Doppeltür, kehrte nach einigen Minuten zurück und wies dem Australier mit lakonischem »Bitte!« den offenen Eingang.

Hunter murmelte undeutlich seinen Namen, und der Doktor zeigte auf einen Stuhl neben dem Schreibtisch.

Der Anwalt war in seinem Äußeren der Gegensatz zu seinem feisten Bürogewaltigen: klein, hager, unscheinbar. Das Haupthaar war gelichtet und ergraut, der kleine, gezwirbelte Schnurrbart anscheinend gefärbt. Die zurückliegenden Augen funkelten durch Brillengläser.

»Ich wohne im Hause Wutschow«, begann Hunter ohne Umschweife, »und habe erfahren, daß Frau Wutschow ihre Tochter Hedwig bei Ihnen in Pension gegeben hat.«

Der Anwalt konnte eine Überraschung nicht ganz verbergen.

»Durch wen?« fragte er.

»Das tut nichts zur Sache. Ich bin unterrichtet und ebenso darüber, daß Fräulein Hedwig Wutschow bei Ihnen verborgen werden soll.«

»Vor wem?«

»Das wird Ihnen von der zuständigsten Seite erklärt worden sein.«

»Nein.«

»Ich verlange von Ihnen keine Bestätigung. Der Verlobte der jungen Dame ist gleich mir der Ansicht, daß die Wahl Ihres Hauses keine glückliche war.«

»Wieso?«

»Die Dame ist krank, und Sie sind nicht Arzt.«

»Sie wird von meinem Hausarzt behandelt.«

»In einem Krankenhause würde sie unter ständiger Beobachtung stehen.«

»Sie gehen von einem Grundirrtum aus: die Dame war seelisch überreizt; die Störung im leiblichen Befinden war vorübergehender Natur und ist bereits behoben.«

»Fräulein Wutschow ist Nachtwandlerin...«

»Ich halte die einmalige Erscheinung für eine Folge ihrer Exaltation.«

»Die Dame wird sich in der Gefangenschaft auch nicht beruhigen...«

»Jede Erregung wird von ihr ferngehalten, und meine Frau sowohl wie die Wirtschafterin und das übrige Personal wachen über sie.«

»Herr Doktor Bruchs wünscht trotzdem eine Veränderung für seine Verlobte.«

»Ich habe mich an die Instruktionen der Mutter zu halten.«

»Selbstverständlich soll Ihnen kein pekuniärer Nachteil erwachsen...«

Jendrowski zuckte die Achseln. »Meine Pflicht gegen Frau Wutschow...«

Hunter unterbrach ihn.

»Die Pflicht gegen eine unnatürliche Mutter ist begrenzt. Sie hat nie Gutes für ihre Tochter übrig gehabt, und sie verfolgt auch jetzt nichts als eigennützige Zwecke...«

»Das entzieht sich meiner Beurteilung; auch meiner Zuständigkeit. Ich habe als Jurist mich lediglich nach dem abgeschlossenen Vertrag zu richten.«

»Als Mensch können Sie humaner handeln. Es wird nicht von Ihnen verlangt, daß Sie die Vereinbarung brechen. Aber Fräulein Wutschow könnte sich selbst Ihrem Machtbereich entziehen.«

»Hm, ich wüßte ...Wollen Sie nicht etwas deutlicher...?«

Der Australier merkte, daß der Mann ungewiß einen Vorteil witterte, und er suchte die Gelegenheit kaltblütig auszunutzen.

»Frau Wutschow wird – sagen wir – auf einen Monat mit Ihnen abgeschlossen haben?« fragte er.

»Das könnte sein…«

»Pension soundsoviel – vielleicht vier-, fünfhundert?«

»Belieben wir, das anzunehmen…«

»Ich habe an Fräulein Wutschow und ihrem Verlobten ein freundschaftliches Interesse. Ich würde mich erbieten, Sie für ein volles Jahr zu entschädigen…«

In die hagere Figur des Anwalts kam Leben. Er ging an die Doppeltür und vergewisserte sich, daß sie fest zugezogen war.

»Mein Wohlwollen für die Frau ist allerdings begrenzt…«

»Sie würde das eigene Kind zugrunde richten!«

»Dazu möchte ich natürlich nicht die Hand bieten.«

»Das habe ich vorausgesetzt. Dem Mädchen muß aber bald geholfen werden, wenn sie nicht doch noch…«

»Ja, ja. Für ein Jahr sagten Sie?«

»Für ein Jahr.«

»Zwölfmal fünfhundert?«

»Sie haben richtig verstanden. Ich habe den Betrag bei mir.«

»So, so.«

»Die Hälfte sofort, die Hälfte nach Gelingen.«

»Für das Gelingen bin ich nicht verantwortlich.«

»Nein. Sie verbürgen mir zweierlei: Ihr unbedingtes Schweigen und Bewegungsfreiheit für die junge Dame in Ihrem Hause.«

»Die Diskretion wäre ja selbstverständlich. Die Bewegungsfreiheit – hm. Meine Frau wünscht morgen abend die Oper zu besuchen – hm –, und die Wirtschafterin könnte sie begleiten. Die Mädchen haben in der Küche zu tun – zu ermöglichen ist ja manches – Human denke ich auch… Wäre Ihnen denn der morgige Abend recht?«

»Vollkommen.«

»Hm … Also das Fräulein entfernt sich. Ich sehe noch um neun nach ihr. Sie ist ruhig. Das erübrigt, daß meine Frau sich noch um sie bemüht nach ihrer Rückkehr. Am anderen Morgen – im Zimmer des Fräuleins ist Ruhe – nicht zu früh stören – erst so um zehn – dann entdeckt meine Frau die Abwesenheit – schickt zu mir nach dem Büro – ich komme um Mittag vom Gericht heim – bis dahin haben Sie Zeit – dann muß ich aber Frau Wutschow natürlich Meldung erstatten – so um zwölf…«

Hunter schob seinen Stuhl zurück. »Die Zeit genügt…«

»Haben Sie eine Verbindung mit der jungen Dame, daß Sie oder ihr Verlobter sie unterrichten können?« fragte Jendrowski noch und, wie es schien, etwas lauernd.

»Nein«, gab Hunter zurück, da er doch den Arzt nicht bloßstellen konnte.

»Bringen Sie mir einen Brief… Mein Wort, daß er diskret an seine Adresse gelangt… Punkt neun Uhr.«

»Ich bin Ihnen verbunden … den Aufenthalt haben wir zufällig erfahren… Die Verbindung mit dem Fräulein ist allerdings nur durch Sie möglich. Gut, daß es noch zur Sprache kam.«

»Ja, wird sie denn einverstanden sein?«

»Sie wird freudig zustimmen.«

Der Australier zählte ein Bündel Geldscheine auf den Tisch, der Anwalt blätterte nach und steckte den Schatz zu sich.

»Ihr Ehrenwort auf Ihre Diskretion?« fragte er, und die Katzenaugen blitzten durch die Brillengläser.

»Ja, gegen das Ihre…«

Hunter schlug widerwillig in die ihm gebotene Rechte ein.

»Auch für den Herrn Doktor Bruchs?« fuhr Jendrowski, die Hand festhaltend, fort.

»Auch für ihn«, bestätigte der Australier.

»Und für die Restforderung?«

»Sie ist übermorgen in Ihrem Besitz.«

Der Anwalt gab die Hand seines Besuchers frei. »Das Unternehmen ist ungewöhnlich. Ich wünsche Ihnen und dem mir – sympathischen Fräulein zu dienen«, schloß er.

Heuchler! titulierte ihn Hunter im stillen und verabschiedete sich mit einem höflichen »Auf gutes Gelingen, Herr Doktor«.

Draußen atmete er auf. Das mit einigem Komfort ausgestattete Kabinett des Chefs war überheizt gewesen wie der armselige Raum für die Schreiber, und die nach den Regen- und Sturmtagen wieder beruhigte herb-frische Winterluft tat dem Erhitzten wohl.

Er ging über den Straßendamm, bestieg eine Droschke und sah flüchtig auf die erleuchteten Fenster der ersten Etage. Zwei davon waren verhängt, und hinter ihnen mochte der Rechtsanwalt mit dem weiten Gewissen bereits einem anderen dienen – oder auch nicht dienen...

Hunter saß elastisch aufrecht. Der gewaltige Verkehr der Leipziger Straße umbrandete ihn, ohne seine Gedanken von dem Triumph über die erbitterte Gegnerin abzulenken. Der erste Streich war getan; zum zweiten sollte mit vereinter Kraft alsbald ausgeholt werden.

»Neuenburger vierzig?« fragte der Kutscher, der die Nummer vergessen hatte.

»Vierzehn A«, berichtigte der Fahrgast.

Zwölftes Kapitel

Dr. Bruchs war nicht zu Hause, hatte aber eine Karte für den Australier hinterlassen mit der Nachricht: »Bin Schwester entgegengefahren. Bitte warten.«

Hunter machte es sich im Arbeitszimmer bequem, und seine Geduld wurde auf keine harte Probe gestellt.

Mit dem Arzt erschien eine Frau von etwa fünfunddreißig Jahren, die Bruchs mit den Worten vorstellte: »Meine Schwester, Frau Doktor Stahl.«

Hunter war von der Geradheit und Herzlichkeit der Frau angenehm berührt. Aus dem frischen Gesicht sprach ein offenes Augenpaar, und ihre Haltung, ihre sicheren Bewegungen erweckten Vertrauen zu ihrer Selbständigkeit. Die nahe Blutsverwandtschaft mit dem Bruder wurde durch eine frappante Ähnlichkeit der Gesichtsform, des Teints, der tief aschfarbenen Haare und des Wuchses bestätigt, wenngleich die jugendliche Schlankheit des Bruders bei der Schwester durch frauliche Üppigkeit verdrängt war.

»Nun?« fragte Bruchs, als die drei sich behaglich niedergelassen hatten.

»Alles richtig«, erklärte Hunter und berichtete mit Genugtuung über den Gang und Erfolg seiner Verhandlungen, ohne indes der Höhe des dargebrachten Opfers Erwähnung zu tun. Aber Bruchs fragte danach.

Hunter bewahrte sein Geheimnis. »Nicht der Mühe wert«, bemerkte er.

»Ich gerate tiefer und tiefer in Ihre Schuld...«

»Lassen Sie sich davon nicht bedrücken. Gnädige Frau, Ihr Herr Bruder ist ein Egoist, der keinen an seinem Glücke mitbauen lassen möchte. Wir werden ihn aber nicht lange fragen, nicht wahr?«

»Mein Bruder hat mir viel Gutes von Ihnen erzählt. Ich kann Ihnen nur dankbar sein.«

In den blauen Augen der Frau leuchtete es warm.

»Und als dritte wird Ihnen meine Hede danken. Wollen Sie meiner Schwester bestätigen, daß meine Braut den Kampf wert ist, selbst mit *den* Eltern?«

»Ja, meine Gnädige, das kann ich. Ich glaube, der Charakter Hedwigs ist über jeden Zweifel erhaben, ohne Erbteil von den Eltern. Ich bin kein Schwärmer; ich sehe auch nicht mit den Augen des Verliebten; aber ich spreche nach meiner Überzeugung. Sie ist Aschenbrödel und Königin zugleich. Es ist doch merkwürdig, daß bei den Bildern immer die Phantasiegestalten der Jugend zum Vergleich herhalten müssen. Ein Aschenbrödel, ein Dornröschen in dem alten Spuknest ...Ich glaube, wenn ich lange nachdenke, muß auch noch das Schneewittchen sich einen Vergleich gefallen lassen...«

»Oder die Frau Königin mit meiner geehrten Schwiegermutter«, ergänzte Bruchs. »Gottlob, ich habe schon unterwegs meine Schwester beruhigen können, und wenn sie Hede erst kennenlernt, wird sie sie auch schnell in ihr Herz schließen. Mein Schwager hat ja eine großartige Frau; aber paß auf, meine Hedwig...«

Die Frau nahm den Scherz auf. »Ja, wenn die nur auch einen so guten Mann bekommt!«

»Bedenke: deinen Bruder! Lieber Herr Hunter, meine Schwester kommt in doppelter Beziehung als guter Engel: sie will helfen, und sie bringt auch gleich die Mittel mit. Mein Schwager ist ein Prachtmensch! Gutmütig, klug, ein bissel Pantof...«

»Max!«

Der Name klang halb lachend, halb vorwurfsvoll.

»Ich will niemand kränken ...Vierundzwanzig Stunden Frist und auch sogar schon auf ein Unterkommen bedacht gewesen, das heiße ich die Zeit weise und entschlossen ausnützen. Zur Erklärung, Herr Hunter: ein Freund meines Schwagers, Universitätsprofessor in Leipzig, ist mit einer Engländerin verheiratet. Die Dame hat in einer Vorstadt Londons eine verwitwete Schwester. Diese Dame wird ratend helfen oder meine Braut selbst bei sich aufnehmen. Ich bin glücklich darüber und beruhigt. Wo so viel Hilfe und Güte verbündet ist, da ist kein unglücklicher Fehlschlag mehr zu befürchten ...Nun aber – ich bitte um Pardon! Wollen Sie meinen Brief für Hedwig morgen vormittag selbst dem Anwalt überbringen?«

»Wie verabredet, Doktor. Ich bin auch der sicherste Bote.«

»Ja, und der selbstloseste. Also Pardon – ich schreibe sofort.«

Er setzte sich an den Arbeitstisch, und Hunter unterhielt sich indessen in gedämpftem Ton mit der Frau. Er legte sich in der Beurteilung des Wutschowschen Ehepaares einige Beschränkung auf, sprach ironisch von dem würdigen Jendrowski, mitleidig von Hedwig und bewunderte die unbefangene, kluge, erquickend frische Denkweise seiner Partnerin. ›So ein Weib‹, dachte er, ›ja, wenn das an deiner Seite gewesen wäre.‹ Und der Gedanke stimmte ihn wehmütig.

»Lesen Sie«, bat Bruchs den Freund. »Ist noch etwas vergessen?«

»Nein, um einhalb zehn am Gartengitter...« Hunter nickte.

Hunter barg den Brief in seinem dickleibigen Taschenbuch und forderte die Freunde auf, in einer Weinstube seine Gäste zu sein.«

»Zum zweiten Male lasse ich mir von Ihnen keinen Korb geben, Doktor.«

Hunter ließ sich von dem bedienenden Kellner ein Kursbuch bringen. Er blätterte in dem herbeigebrachten dickleibigen Kursbuch nach und ersuchte den Doktor, die Angaben zu notieren: »Berlin ab abends dreiundzwanzig Uhr achtundzwanzig vom Bahnhof Friedrichstraße. Hm. Hannover drei Uhr fünfzig – das ist nebensächlich. An Vlissingen elf Uhr dreiundvierzig mittags – und London an sieben Uhr fünfzig abends.«

»Vorzüglich«, bekräftigte Bruchs.

»Ja, in doppelter Beziehung«, ergänzte der Australier zufrieden. »Die Abfahrtszeit könnte nicht günstiger liegen. Sie gibt uns Gelegenheit, nach der ›Abholung‹ der Braut noch eine Stunde irgendwo gemütlich zusammen zu sein. Ich werde, mit Ihrer Erlaubnis, das Lokal auswählen. Und sie bürgt uns zweitens dafür, daß die Reisenden, wenn der brave Jendrowski morgen mittag Lärm schlagt, längst über alle Berge, das heißt jenseits der Grenze in Sicherheit sind. Da kann die Frau Mama wüten, ganz Berlin absuchen lassen, die Polizei in Bewegung setzen – der Flüchtling ist unwiderruflich entwischt...«

Genugtuung malte sich in seinen Zügen. Er versuchte jedoch, den persönlichen Triumph zu verdecken, und erteilte Bruchs Schwester noch allerhand Winke und Ratschläge für die Ankunft in dem Riesenbabel, die dankbar angenommen wurden.

»Ich habe keine Sorge«, versicherte sie ruhig. »Reise ich doch nicht zum ersten Mal, wenn ich auch England bisher nicht gesehen habe. Italien, Frankreich, Österreich, Ungarn haben mein Mann und ich wiederholt besucht.«

»Very well. Und wenn's doch mal wo hapern sollte: immer sich an einen Policeman wenden. Die Leute wissen Bescheid und sind stets dienstwillig...«

Am nächsten Vormittag gab auch der Rechtsanwalt seinem Besucher noch einen Wink, für den dieser aufrichtig dankbar war.

Hunter war pünktlich um die verabredete Stunde zur Stelle, traf Jendrowski bereits in seinem Kabinett und lieferte ihm den Brief aus.

»Ich möchte Ihnen noch einen Beweis meines Wohlwollens für die junge Dame geben«, sagte Jendrowski. »Ich weiß ja nicht, wohin Sie mit ihr zu gehen gedenken, und ich will auch nicht danach gefragt haben. Haben Sie, was ja wenigstens nicht ausgeschlossen ist, ein ferneres Ziel, so müßten Sie eine etwas prosaische, aber notwendige Vorsorge treffen: eine Ergänzung ihrer Garderobe – Kopfbedeckung, Mantel und was Sie sonst für wünschenswert erachten. Sie trägt ein einfaches Hauskleid, das auch für eine Reise genügt, aber einen Abendmantel, den Sie besser ersetzen. Das Kopftuch tauschen Sie vielleicht sogleich beim Zusammentreffen gegen eine bessere Umhüllung, etwa ein Pelzmützchen, aus, das bequem ist und ohne Proben paßt.«

Hunter dankte ehrlich, und selbst über das Habichtsgesicht Jendrowskis huschte ein Lächeln der Befriedigung.

Er zog die Uhr.

»Um zehn muß ich auf dem Gericht sein. Hm...«

Er kramte unter den Akten auf dem Schreibtisch, fand anscheinend das Gesuchte nicht, klingelte nach dem Bürovorsteher und rief diesem zu: »Bitte, die Akten Pohl.«

»Verzeihung. Habe ich Herrn Doktor schon gestern abend vorgelegt.«

»Gestern abend? Da habe ich sie zu Hause vergessen. Lassen Sie mir sofort eine Droschke besorgen.«

Die Doppeltür fiel hinter dem Dicken wieder zu, und der Anwalt fuhr, zu Hunter gewandt, fort: »Sie soll die Botschaft sogleich erhalten, damit Sie sich vorbereiten kann.« Er lachte über seine Schlauheit. »So eine Vergeßlichkeit ist mitunter von Nutzen...Auf Wiedersehen morgen nachmittag...«

Der Australier kaufte in einem großen Modegeschäft verschwenderisch für seinen Schützling ein. Eine Verkäuferin von der Statur Hedwigs mußte den kostbaren Pelzmantel überwerfen und auch ein schickes Pelzbarett auf ihren hübschen Kopf drücken...Die Wahl der Handschuhe machte Schwierigkeiten. Das bedienende Fräulein riet zu einer Nummer, die für sie selbst paßte, und veranlaßte Hunter zu der Entscheidung: »Nein, eine Nummer größer. Mein Geburtstagskind hat viel arbeiten müssen und wird nicht so zierliche Händchen haben.«

»Wieviel Paare?«

»Ein Dutzend in allen Farben.« Er wählte selbst aus. Taschentücher von Seide und feinem Batist, Schleier, Pelz- oder Federboas kosteten eine Stange Geld. Er vergaß selbst ein Reisenecessaire, Koffer und Handtasche nicht, ließ sich in einer Buchhandlung ein Dutzend guter Bücher empfehlen und kaufte in den Läden auf dem Heimwege an Kleinigkeiten zusammen, was ihm für eine junge Dame verwendbar schien.

Die Pakete gelangten in eine Weinstube Unter den Linden, wo er zugleich für den Abend ein Séparée – zu einer »Geburtstagsfeier« – belegte.

Die Mittagszeit führte ihn mit Bruchs und Frau Marie zusammen, den größten Teil des Nachmittags verbrachte er zu Hause; er gab, als er auf dem Hofe den Kutscher Müller traf, diesem eine Handvoll Zigarren, sprach flüchtig bei Fantig vor und fuhr erst ziemlich spät nach der Neuenburger Straße.

Frau Marie war erregt und ungeduldig. Der Doktor merkwürdig ruhig und entschlossen.

Sie verließen die Wohnung vor neun und legten den Weg zu Fuß zurück. Wenige Minuten vor halb zehn langten sie an der Altonaer Straße an, und Hunter und Frau Doktor Stahl promenierten in der Brückenallee in Richtung des Bahnhofs Bellevue, während Bruchs allein vorging.

Der frostklare Himmel flimmerte im Sternenschein, und der Mond breitete eine träumerische Ruhe über die Stadt – Pferdebahnen, Droschken, vereinzelte leere Lastwagen belegten allein den Straßenzug, dessen Häuserfronten vornehm hinter den vergitterten Gartenanlagen zurücktraten. Die wenigen Läden der Straße waren geschlossen, die Bürgersteige menschenleer.

Bruchs spähte, als er sich dem Hause des Anwalts näherte, angestrengt voraus, und die Schläfen und das Herz pochten ihm. Sein Blick drang durch das Gitterwerk, forschte hinter den Pfeilern und im seitlichen Dunkel des Hauseinganges – Hedwig war noch nicht da. Stolpernd ging er weiter, bis ans Ende der Straße; in gesteigerter Erregung kehrte er um, verlangsamte den Schritt und verdoppelte seine Aufmerksamkeit, je näher er abermals dem Hause kam. Parterre und erste Etage lagen im tiefsten Dunkel; im zweiten Stock zeigte nur ein einziges Fenster matt durch Vorhänge schimmernde Beleuchtung. Bruchs Fuß stockte vor der Eingangspforte – Sie war vorher geschlossen gewesen, jetzt leicht geöffnet ...Die Tränen schossen ihm brennend in die Augen, als aus dem Schatten des Haustores sich eine Gestalt löste und mit heißem, ersticktem Jubel auf ihn zuflog.

»Hede, meine einzige Hede...«

Bebend legte er ihren Arm in den seinigen und zog sie rasch mit sich.

»Wir können Zeugen haben«, raunte er stockend, »komm, mein Lieb – fort, nur fort...«

An der Ecke der Brückenallee warteten Hunter und seine Begleiterin, und mit stürmischer Herrlichkeit umarmte Frau Marie die durch Tränen lächelnde junge Braut, suchte ihre Züge zu erkennen und küßte sie voll Rührung und Freude.

Hunter machte auf Passanten aufmerksam, die nicht Zeugen zu sein brauchten, und mahnte zum Weitergehen.

Die Befreite schmiegte sich an die Schwester des Geliebten und ließ sich von ihr führen. Hunter und der Doktor folgten, bis sie nahe dem großen Stern auf eine unbesetzte Droschke trafen und einstiegen.

In dem diskreten, wenn auch engen und unbequemen Versteck der alten Kalesche konnte das junge Paar sich erst aussprechen und beruhigen. Hedwigs Tränen versiegten, und das beseligende Gefühl einer sicheren Geborgenheit kam über sie…

Der Abendmantel fiel in dem Weinrestaurant so wenig auf wie das um die Zeit des Theaterschlusses übliche Kopftuch. Um so mehr erschrak über beide Frau Marie.

»Ja, mein Gott, so können wir aber doch nicht reisen!« rief sie verzweifelt aus.

Hunter rieb sich die Hände. »Ja, wenn ich nicht wäre!« neckte er. »Darf ich Sie bemühen?« Er zeigte auf die Pakete und den Koffer.

»Sie haben daran gedacht?« fragte Frau Marie staunend.

»Aber selbstverständlich, meine Gnädigste!«

Frau Marie atmete auf. Die papiernen Hüllen flogen zur Seite, und auch der Doktor war dem Retter in der Not von Herzen dankbar, bis er den Überfluß und die Kostbarkeit der Geschenke erkannte und dann doch einen Vorwurf nicht unterdrücken konnte.

Der Australier war unmutig. »Ist mir denn jede Freude mißgönnt?« fragte er aufwallend.

Bruchs lenkte rasch ein. »Verzeihung! Aber ich kann ja für so viel Güte niemals danken…«

»Ist auch ganz unnötig.«

Die Beschenkte glühte. Ein blühendes Rot verschönte ihre Wangen. Sie vermochte für ihr Glück kaum Worte zu finden.

Frau Marie prüfte alles, wandte sich dann in ihrer freundlichen Art an den Australier und gab ihm die Rechte.

»Ich bin mit meinem Bruder stolz auf Ihre Freundschaft.«

Während des Auspackens war serviert worden, und die kleine Gesellschaft ließ sich heiter nieder, ohne viel genießen zu können.

Hunter erhob sein Glas.

»Sie haben mich als Freund angenommen; ich will es Ihnen bleiben!« versicherte er kurz und seltsam ernst, stieß an und leerte sein Glas auf einen Zug. »Fürchten Sie sich fortzugehen?« fragte er die Braut.

Einen Augenblick legte es sich wie ein Schleier über ihre Augen, dann verneinte sie leise, nickte dem Geliebten zu und fand ein schmerzliches Lächeln.

»Die Trennung soll uns ja vereinigen«, beruhigte der junge Arzt zärtlich.

Die kurze Stunde war bald verflogen. In aller Eile wurde gepackt, ein Wagen gerufen und der Weg zum Bahnhof angetreten. Der rote Abendmantel wanderte im Koffer mit, damit er nicht, zurückgelassen, eine Spur der Flüchtigen verrate.

»Zuerst auch keine direkte Korrespondenz«, riet Hunter.

»Nein«, pflichtete Bruchs bei. »Schreib nach Leipzig, Hede, an Schwager Fritz; er soll vermitteln.«

Beim Abschied auf dem Bahnhof zeigte die junge Braut sich tapfer, um kein Aufsehen zu erregen. Nur im Coupé, in das ihr Bruchs gefolgt war, lüftete sie einen Augenblick den ihr Gesicht dicht verhüllenden Schleier und preßte ihre brennenden Lippen unter Schluchzen auf die des Geliebten.

Ernst blickte der Australier dem aus der Halle rasselnden Zuge nach, stumm rang der Doktor nach Fassung und erwiderte Hedwigs Winken, bis nach einer Biegung des Bahndamms auch der Umriß der keuchenden Riesenschlange und das rote Licht des letzten Wagens im Dunkel verschwunden waren.

Dreizehntes Kapitel

Hunter harrte bereits seit einer Stunde auf seinem Wachposten am Fenster, und noch immer war kein Bote von dem Rechtsanwalt eingetroffen. Ein Uhr war bereits vorüber, da endlich steuerte ein Telegrammbote auf das Haus zu, klinkte die Gitterpforte auf und bog in den Seitengang ein. Der Australier schlich auf die Veranda und beobachtete, wie der Bote seiner Diensttasche einen Rohrpostbrief entnahm, laut gegen die wie immer geschlossene Tür pochte, dann den Brief unter der Tür hindurch ins Innere schob, nochmals dröhnend pochte und sich darauf wieder entfernte.

Vom ersten Stockwerk her wurde ein Knurren Wutschows vernehmbar. Er kam schlurfend die Treppe herab, hob den Brief auf und entzifferte die Adresse. Mürrisch schob er das Schriftstück in eine Tasche seines Schlafrockes und stieg die Treppe wieder hinauf.

›Sollte der ehrliche Finder am Ende der Madame einen Streich spielen‹, dachte der Australier, ›und die Botschaft in seiner Tasche vergessen?‹ Gespannt wanderte er auf und ab. Aber schon nach wenigen Minuten bewies ihm ein heftiges, das ganze Haus durchhallendes Rumoren, daß die Bombe geplatzt war und der Aufruhr über ihm begonnen hatte. Und kaum eine Viertelstunde später bog auch schon das Schimmelgespann auf die Straße und jagte davon.

Hunter hatte die Hände auf den Rücken gelegt und lachte hinter dem Wagen her.

»Ja, wenn du gleich bis nach Holland traben könntest!« rief er in ungedämpfter Schadenfreude. »Ui jeh, und das würde dir auch noch nichts nützen!«

Er pfiff vor sich hin, verließ den Fensterplatz und machte sich zum Ausgehen fertig. Er war früh aufgestanden und fühlte den Magen knurren. Und das Mittagsmahl würde ihm nach der gelungenen Rache doppelt gut munden.

Beim Fortgehen traf er wie gewöhnlich auf Wutschow.

»Wollen Sie mir die Schimmel verkaufen?« fragte er freundlich.

Wutschow fuhr böse herum. »Kaufen Sie sich Pudel, die sind auch vierbeinig!«

»Na, nichts für ungut, alter Freund. Und die Pudelidee ist so schlecht nicht. Treue Tiere, sagt man, treuer als manche Menschen. Die Madame ausgefahren?«

»Soll sie bei Ihnen fragen?«

»Meinetwegen braucht sie nicht einmal wiederzukommen. Sie würden ja freilich untröstlich sein. So 'ne Sanfte! – Aha, die Zeit ist da, an seine Weihnachtseinkäufe zu denken. Madame vergißt es nicht. Haben Sie schon einen Tannenbaum besorgt?«

Wutschow entfernte sich fluchend.

»Soll ich Ihnen einen mitbringen?« rief ihm der Australier gefällig nach. Er erhielt aber keine Antwort mehr und trollte sich schmunzelnd.

Nach Tisch sprach er bei dem Rechtsanwalt vor, der gleich ihm eben im Büro eintraf.

»Darf man wissen, wohin sich das Fräulein gewendet hat?« fragte Jendrowski, nachdem er die Restsumme eingestrichen hatte.

»Nein«, gab Hunter kurz zurück.

»Sie ist geborgen?«

»Vollkommen sicher … Hm, Frau Wutschow war bei Ihnen? – Ich sah sie fortfahren.«

»Ja. Und hat mir eine Szene gemacht!«

»Kann ich mir ausmalen …«

»Konnte ich mehr tun als das Fräulein hüten? Vor dem Fenster kann ich doch nicht Posten stehen.«

»So – ist sie aus dem Fenster gestiegen?«

»Das Haus war abgeschlossen, ein Fenster ihres Zimmers stand offen …«

Hunter amüsierte sich über die Biedermannsmiene des Anwalts.

»Strickleiter draußen?« fragte er.

»Ein Seil«, versicherte Jendrowski trocken.

»Sehr schön … Na, was gedenkt die Madame zu unternehmen? Polizei?«

»Damit beliebte sie zu drohen. Eher, denke ich, wird sie dem Doktor Bruchs auf den Hals rücken.«

»Da möchte ich aber dabeisein.«

Und als könnte ihm die Gelegenheit entgehen, brach er sofort ab und suchte den jungen Arzt auf.

Bruchs war zu Hause.

»Die Alte schon dagewesen?« forschte Hunter.

»Nein. Wollte sie?«

»Mutmaßung von Jendrowski.«

Bruchs nickte. »Ich habe gleichfalls daran gedacht.«

»Doktor, lassen Sie mich rufen.«

»Wenn Sie es wünschen...«

»Ich komme durch Zufall hinzu.«

»Gewiß, dem Zufall kann nachgeholfen werden.«

»Gestatten Sie, daß ich es mir bequem mache? Ich habe so eine Ahnung, als ob die Madame gar nicht lange auf sich warten ließe.«

»Heute noch? – Unmöglich ist es ja nicht.«

»Nein, ganz wahrscheinlich. Können Sie den Pelz irgendwo auf dem Flur unterbringen, daß er nicht gleich ins Auge fällt? Mich wundert, daß sie Sie nicht direkt von Jendrowski aus heimgesucht hat. Vielleicht ist sie noch nicht mit sich im reinen, überlegt noch. Wenn sie aber kommt, seien Sie auf der Hut. Selbstverständlich wissen Sie von nichts, sind überrascht, bedauern unendlich...«

»Überlassen Sie es mir.«

Bruchs sah nicht aus, als ob er sich überraschen lassen werde. Ein fester Ernst prägte sich in seinen Zügen.

Ein Patient brachte eine Unterbrechung, und als er aus dem Sprechzimmer zurückkam, sah Hunter vom Fenster des Wartezimmers aus auf der Straße neben das Schimmelgespann Wutschows auftauchen.

»Da ist sie schon!« rief er dem Doktor zu. »Jetzt ruhig Blut.«

Er drehte eilig die Gasflammen im Wartezimmer aus und zog sich hinter einen Schrank zurück, der ihm ein sicheres Versteck gewährte.

Draußen ging die Klingel. Nach einigen Sekunden wurde die Tür zum Wartezimmer geöffnet, Frau Wutschow rauschte über die Schwelle.

Die Aufwartefrau des Doktors mochte verwundert sein, daß das Zimmer bereits in Dunkel gehüllt lag. Sie trat in die halboffene Tür zum Kabinett des Arztes und fragt: »Wollen Herr Doktor schon ausgehen? Es ist noch eine Dame da...«

»Ich lasse bitten«, gab Bruchs kurz zurück.

»Soll ich wieder Licht machen?«

»Nein. Lassen Sie. Meine Zeit ist bemessen.«

Frau Wutschow schlug den Schleier zurück. »Für mich werden Sie doch noch zu sprechen sein?« fragte sie herausfordernd.

»Bitte nehmen Sie Platz«, versetzte Bruchs geschäftsmäßig ruhig, wies auf einen Stuhl und ließ sich selbst wieder in seinen Sessel nieder. »Was verschafft mir die Ehre?«

»Sie fragen noch?«

»Ich darf voraussetzen, daß Sie mich als Arzt aufsuchen?«

»Als Arzt? Sie als Arzt! Ich würde mich bedanken! Es ist überhaupt ein Jammer, daß so junge Menschen...«

»Gnädige Frau«, unterbrach Bruchs, »vergessen Sie nicht, daß Sie mein Hausrecht zu achten haben.«

»Ich achte weder Sie noch...«

»Kommen Sie gefälligst zur Sache. Womit kann ich dienen?«

Sie stampfte mit dem Fuße auf. »Wollen Sie mit Ihrer scheinbaren Ruhe mich noch mehr aufbringen? Ich denke, Sie haben alle Ursache, mich zu schonen!«

»Sie sind nervös. Ist etwas vorgefallen?«

Sie warf den Kopf zurück. »Nein – nichts wenigstens, was Sie nicht längst wüßten, besser wüßten als ich!«

»Ich bin ein schlechter Rätsellöser.« Er zog leicht die Schultern hoch.

»Aber ein guter Komödiant! Wollen Sie mir gefälligst sagen, wo meine Tochter ist?«

»Suchen Sie Hedwig bei mir?«

»Allerdings suche ich!«

»Sie hat sich Ihrem Wohlwollen entzogen?«

Sie beachtete den Spott nicht. »Mit Ihrer Hilfe!« schrie sie.

Der Arzt bewahrte eine kalte Sicherheit. »Ich kann ihre Flucht nicht bedauern.«

»Das ist mir gleichgültig. Wo sie ist, will ich wissen!«

»Wollen Sie meine Wohnung absuchen?«

»Wenn Sie mir das anbieten, kann ich mir die Mühe sparen. Wohin ist sie verschleppt?«

»Nehmen Sie eine Entführung an?«

Sie holte keuchend Atem.

»Darf ich Ihnen ein Glas Wasser anbieten?« fragte er eisig. »Es dürfte Sie beruhigen.«

In brennendem Zorn sprang sie auf. »Zur Schmach noch den Hohn! Wollen Sie zu mir reden, oder soll ich Ihnen eine andere Autorität senden?«

»Ihre Autorität haben Sie verloren. Ich sehe in Ihnen die fanatische, in gewissem Sinne – bedauernswerte Frau, vor der die Tochter fliehen mußte.«

»Weil ich«, ein Blitzsprühen zuckte aus ihren Augen, »weil ich – mein Kind vor Ihnen retten wollte, deshalb war ich fanatisch! Ich habe Sie noch zu hoch eingeschätzt, ich sehe, Sie führen Ihr Spiel gewissenlos durch.«

Er erhob sich langsam, lehnte sich gegen den Schreibtisch und kreuzte die Arme über der Brust.

»Sie sollen ganz klar sehen, meine Gnädigste. In der Tat, Sie haben mich in anderer Beleuchtung kennengelernt. Ich habe bei Ihnen um Hedwig gedient, habe mir Ihr Kind von Ihnen erbitten wollen. Ich schäme mich, daß ich Ihnen energielos und unmännlich erscheinen mußte; daß ich es über mich brachte, meine ehrliche Auflehnung gegen Sie – und Ihren Herrn Gemahl – immer wieder zu unterdrücken; daß ich nicht schon lange den Kampf mit Ihnen kalt und rücksichtslos aufgenommen habe. Aber die, die sich über mich täuschte, waren doch Sie allein, und da nun die Maske gründlich gefallen ist, soll Ihnen mein wahres Gesicht nicht länger verborgen bleiben...«

»Das Gesicht des Heuchlers!«

Er hatte vollkommen beherrscht gesprochen und ließ sich davon durch ihre Unterbrechung nicht im geringsten abbringen. Kalt und klar überlegte er jedes Wort.

»Nennen Sie mich so«, fuhr er fort. »Ein Wort, das nach meinem Bewußtsein die Unwahrheit an der Stirn trägt, kann mich nicht beleidigen. Es spricht allein gegen die, die es gebraucht. Ich habe mich Ihnen unterzuordnen, ein Einvernehmen mit Ihnen zu erzielen gesucht aus Liebe zu Hedwig. Sie hat mich tragen, dulden, übersehen, überhören lassen. Sie hat meinen Stolz gedämpft, wenn er sich aufbäumen wollte gegen all das Verrückte, Häßliche und Sinnlose in Ihrer Umgebung, gegen die Unsauberkeit und Hohlheit des Lebens und Gebarens, gegen den wuchernden Geiz und seine traurigen Folgen. Sie hat mir die Überzeugung gegeben, daß das Kind im Hause des Wahns gesund geblieben war. Und ich habe den Trost gehabt, daß die Eltern der Geliebten sich fernhalten müßten, nicht mehr hineinsprechen dürften nach dem Tag der Vereinigung. Das Schicksal hat es anders gewollt, und nun habe ich mich abgefunden damit. Sie sind mir keine Fremde, Sie sind eine mir vertraute Figur in meinem Leben, aber eine, die frevlerisch hineingegriffen hat in meine lauteren Empfindungen, eine, für die ich keine Pietät, keine Achtung und keine Schonung mehr übrig habe...«

»Auch keine Furcht?« schnitt sie ihm das Wort ab.

»Auch die nicht. Ich wäre Ihnen im Gegenteil verbunden, wenn ich der Behörde, mit der Sie zu drohen belieben, mit Erklärungen dienen dürfte, wie die Flüchtige im Hause ihrer Eltern behandelt worden ist. Die Behörde dürfte dann gleich mir zu der Überzeugung kommen, daß die Flucht ein Akt begreiflicher und berechtigter Notwehr war, und es ablehnen, Ihrem Despotismus Vorschub zu leisten. Sie wird überhaupt, weil die Originalität und Unnatur Ihres Hauses, die stadtbekannt sind, auch ihr nicht verborgen sein können...«

»Ihre Schmähungen treffen mich nicht! Aber ich durchschaue Sie. Sie sind erbost über die entgangene Mitgift...«

»Ich verzichte auf jeden Pfennig. Ich will nur das Mädchen.«

»Langt Ihr trockenes Brot für zwei?« höhnte sie.

»Für bescheidene Ansprüche reicht mein Einkommen aus. Und Hedwig ist nicht verwöhnt.«

Dr. Bruchs ließ die Arme sinken und stützte sie leicht auf die Schreibtischplatte.

»Nein, nicht verwöhnt...«

Die Frau ließ den Pelzmantel, der ihr über die Schultern geglitten war, achtlos fallen, und ihre Augen blitzten mit den Diamanten der Brosche und der beringten Finger um die Wette.

»Meine Tochter ist unselbständig und mittellos«, fuhr sie fort, »sie kann nicht allein auf die Fluchtgedanken gekommen sein und sie ebensowenig ohne fremde Hilfe verwirklicht haben. Wer hat ihr die Anregung – und die Mittel – gegeben?«

Bruchs schwieg sekundenlang.

»Sie?« faßte die Frau energisch nach.

»Ich verweigere die Antwort«, erklärte er ruhig.

»Darin liegt Ihr Zugeständnis! Ist meine Tochter in Berlin?«

»Fragen Sie die Polizei!«

»Wie haben Sie ihren Aufenthalt erfahren?«

»Sie sind sehr neugierig, meine Gnädige.«

Seine Ruhe reizte sie zur Wut. »Hat Hedwig Ihnen geschrieben?« schrie sie.

»Hatte sie Gelegenheit dazu?« fragte er kalt dagegen.

»Ist sie zu Ihnen gekommen?«

Er konnte mit gutem Gewissen verneinen.

»Sie ist aus dem Fenster gestiegen. Wer hat ihr das Seil geliefert?«

Der gute Jendrowski hat mit dem plumpen Witz richtig spekuliert, dachte Bruchs belustigt.

»Vielleicht können andere das Rätsel lösen«, erwiderte er.

»Sie nicht?«

»Leider nein, obgleich ich ihr gern jeden Dienst erwiesen hätte.«

»Sie war krank; sie hätte verunglücken können!« trumpfte sie auf.

»Ihre späte Sorge rührt mich!« entgegnete er sarkastisch.

Sie griff nach ihrem Mantel. »Wir kommen so nicht zum Ziel...« Sie flog vor Erregung.

»Nein«, gab Bruchs zu. »So nicht und auf anderem Wege auch nicht. Vielleicht gestatten Sie mir aber, Ihnen – ehe Sie gehen, ich sehe, Sie wollen aufbrechen – einen guten Rat zu erteilen: Wenn Sie sich nicht einer Unhöflichkeit meinerseits aussetzen wollen, bitte ich Sie, mich eines weiteren Besuches nicht zu würdigen.« Er lenkte noch etwas ein: »Es sei denn, ein Rest von Mutterliebe triebe Sie zu mir, den ich dankbar anerkennen würde.«

Er wollte ihr behilflich sein, den Mantel umzulegen; sie wies ihn entrüstet ab.

»Mutterliebe zu der – Dirne?« keuchte sie.

Sie stolperte gegen ein Bauerntischchen neben der Tür, verfing sich im Dunkel des Wartezimmers mit dem Fuß im Teppich und wäre fast hingeschlagen.

Bruchs folgte ihr an die Flurtür, öffnete und ließ sie an sich vorbei. Die matte Beleuchtung des Flurs traf auf ein rotes, entstelltes Gesicht.

Hunter drückte dem Arzt die Hand. »Schade«, sagte er, »auf eine Mitwirkung meinerseits scheint die Dame bisher nicht verfallen zu sein.«

»Vielleicht kommt sie noch darauf«, entgegnete Bruchs, »und dann haben *Sie* den Tanz.«

»Ich tanze mit«, erklärte der Australier scharf.

»Wir wollen sie nicht unnötig reizen«, mahnte Bruchs mit besonnenem Ernst.

Vierzehntes Kapitel

Den für das Brautpaar entscheidenden Tagen folgten solche der äußeren Ruhe, und Dr. Bruchs wunderte sich, daß die aufs äußerste erbitterte Gegnerin scheinbar keine Schritte gegen ihn unternommen hatte. Bald stellte sich jedoch heraus, daß dem Frieden nicht zu trauen und Frau Wutschow wahrscheinlich heimlich an der Arbeit war.

Der Australier wurde zuerst auf einen Herrn aufmerksam, der jeden Tag kurz vor Mittag in der Villa vorsprach und von Wutschow, der ihn offenbar erwartete, in eigener Person, zwar auch brummig, aber doch zugleich dienstwillig eingelassen und nach oben geleitet wurde. Dem Hausherrn selbst aber konnte der Besuch nicht gelten; das ging schon daraus hervor, daß Wutschow meist bald schlurfend die Treppe wieder herabkam und sich in der Veranda aufhielt oder sich im Hof beim Kutscher zu schaffen machte, während der Fremde zweifellos noch im ersten Stock war. Galten aber die Visiten dem Hausherrn nicht, so blieb nur die zweite Möglichkeit übrig, daß sie der Frau des Hauses abgestattet wurden.

Hunter sprach sich zu dem jungen Arzt über seine Wahrnehmungen aus.

»Die Sache ist mir verdächtig«, meinte er. »Der Mann findet offene Türen, wo sie sonst jedem verschlossen sind. Es ist mindestens auffallend.«

»Ich beunruhige mich darüber nicht«, entgegnete Bruchs. »Daß sie irgend etwas beginnen würde, war doch selbstverständlich.«

»Allerdings. Und da sie offen nichts ausrichten kann, wird sie sich aufs Schleichen verlegen. Wissen Sie, was ich vermute? Ich glaube, der Kerl ist von irgendeinem Privatdetektiv-Büro. Nach einem Beamten sieht er mir nicht aus, eher nach einem Schauspieler. Und derartige Büros bedienen sich ja wohl für ihre Zwecke derjenigen Leute, die sie eben finden können.«

»Ich denke, die Inhaber sind meist frühere Beamte, pensionierte, vielleicht verunglückte...«

»Jawohl, die Leiter. Aber die können nicht überall sein, sondern müssen ihre Helfer haben. Und so einen Schauspieler stelle ich mir als eine ganz brauchbare Kraft vor. Natürlich, es sind nicht alles Intriganten, und den Stand will ich nicht angreifen; aber der Kerl sieht mir ganz danach aus. Geben Sie acht, Sie werden ihn auch hier bald bemerken. Zuerst schnüffelt er um das Haus herum – das hat er natürlich schon getan –, und dann führt er sich unter irgendeinem Vorwand direkt bei Ihnen ein oder spioniert und horcht unter den Hausbewohnern herum, besonders bei der Dienerschaft. Vielleicht ist es angebracht, wenn Sie Ihrer Haushälterin einige Instruktionen geben.«

»Nein, das werde ich bleiben lassen. Ich spreche über persönliche Angelegenheiten nicht mit ihr und möchte ihr auch in diesem Fall die Unbefangenheit nicht rauben. Zu allem ist sie gegen Fremde mißtrauisch und wird so bald nicht für eine Indiskretion zu haben sein.«

»Um so besser, Doktor. Übrigens bin ich einigermaßen davon überzeugt, daß der brave Mann von unserer Freundin zunächst auf eine falsche Fährte gehetzt worden ist. Die Madame wird von der Voraussetzung ausgehen, daß Hedwig in Berlin und mit Ihnen in Verbindung ist, und demgemäß der Spürnase aufgegeben haben, erstens Ihr Haus und zweitens jeden Ihrer Wege sorgsam zu überwachen. Haha! Der kann sich Stroh in die Stiefel stopfen, wenn ihm beim Warten die Füße nicht kalt werden sollen.«

»Ja. Andererseits wird er aber seine Beine recht oft unter die Arme nehmen können«, ergänzte er, »denn ich habe immerhin eine Anzahl Krankenbesuche abzustatten und mache in der freien Zeit mitunter ausgedehnte Spaziergänge.«

»Wissen Sie was, Doktor? Ich habe zuweilen auch Neigung, frische Luft zu schnappen und meine Pedale etwas zu vertreten: Ich werde Ihnen mal ein bißchen auf den Fersen bleiben und sehen, ob ich den Kujon nicht abfasse.«

Bruchs war einverstanden, und der Australier folgte ihm mehrere Tage hindurch bald zu Fuß, bald in offener oder geschlossener Droschke, ohne daß die gehoffte Entdeckung gelingen wollte. Daß Hunter aber dennoch richtig vermutet hatte, bestätigte sich bald.

Es war eine Woche nach Hedwigs Abreise vergangen, als die Freunde abends von einem Weg gemeinsam heimkehrten und Bruchs zu seiner Freude einen Brief von seiner Schwester vorfand. Ehe er noch abgelegt hatte und lesen konnte, trat die Haushälterin ein und erstattete die Meldung, daß ein Herr den Herrn Doktor zu sprechen verlangt und allerlei merkwürdige Fragen gestellt habe.

»Merkwürdig?« fragte Bruchs, das Wort aufgreifend.

»Nu ja«, meinte die Frau.

»Zum Beispiel?« forschte Bruchs.

»Na – zuerst, ob der Herr Doktor verheiratet sei.«

»Was haben Sie geantwortet?«

»Nee. Dann, ob der Herr Doktor verlobt sei.«

»Und?«

»Mit mir nich, habe ich gesagt. Und dann wollte er wissen, ob viele junge Damen herkämen oder bloß mal eine – und immer dieselbe. Und ob vor acht Tagen eine Blonde dagewesen sei. Ich aber bin nicht dämlich und habe ihm gesagt, das ginge mir nichts an, und Kranke kämen, Alte und Junge und Arme und Reiche. Ja, und ob ich denn dem Herrn Doktor seine Braut kenne. Nee, kenne ich nicht. Was ja auch wahr ist. Und dann sagte er, er sei Künstler und er habe seine Tochter zu dem Herrn Doktor geschickt, so vor acht Tagen, und ob die beim Herrn Doktor gewesen wäre. Das war nämlich die Blonde gewesen. Nee, sagte ich, das weiß ich nicht, da fragen Sie man bei Ihre Tochter selbst an.«

»Noch mehr?«

»Er quatschte noch was von Tochter verreist und wollte man lieber wiederkommen, wenn der Herr Doktor selbst da wär' – und ist dann gegangen.«

»Wie sah der Kerl aus?« fragte Hunter. »Trug er einen Bart?«

»Nee.«

»Hatte er langes, schwarzes Haar?«

»Ja, hinten lang, vorne in die Mitte gescheitelt und platt an den Kopf gekämmt.«

»Ungefähr so groß wie der Herr Doktor?«

»Das kann schon stimmen.«

Bruchs dankte, und die Alte zog sich zurück.

»Das war mein Mann«, behauptete Hunter.

Der Arzt griff nach dem Briefe.

»Maries Handschrift – deutsche Marke und Poststempel Leipzig –, sie ist also heimgekehrt. Das interessiert mich mehr als alle Schleicher.«

Er trennte den Umschlag auf und hielt drei kleine Oktavbogen in der Hand, deren einer von der Schwester war, während die anderen von Hedwig stammten.

Hunter rückte seinen Stuhl weit an den Schreibtisch, und Bruchs las gedämpft vor:

»Lieber Bruder Max! Ich bin glücklich zurück und kann dir eine freudige Mitteilung machen: Es ist alles gelungen und alles über Erwarten gut. Deine Braut, die ich bei Mrs. Stanburn zurückgelassen habe, ist mir in der kurzen Zeit eine teure Freundin und Schwester geworden, für die ich so viele gute Wünsche hege wie für Dich. Sie schreibt Dir selbst, und wie ich wirst auch Du aus ihren Zeilen herauslesen, daß sie voll Mut, Dankbarkeit und Vertrauen an die Zukunft denkt, die sie zu Dir zurückführen soll. Sie ist eine weiche, kindliche Natur und doch stark und voll Entschlossenheit in ihrer Liebe, anhänglich und überschwenglich dankbar allen, die zu Dir halten und ihr nur mit einer Spur von Güte begegnen. Mrs. Stanburn hatte sie mit offenen Armen aufgenommen, und sie läßt Dir danken, daß Du – ihre eigenen Worte – ihr den Sonnenschein zugeschickt hast. Freilich, der Sonnenschein ist die alte Dame mit dem weißen Haar und den feinen, jungen Zügen auch selbst. Aber für Hede ist es dort gut, und weil sie nie die Mutterliebe kennengelernt hat, wie wird ihr weiches Herz da aufgehen in Dankbarkeit. Max, tausend Grüße soll auch ich Dir von ihr bestellen und Dich bitten, bald an sie zu schreiben. Tu's und vergiß aber auch mich nicht.

Immer Deine treue Schwester Marie«

Auf der letzten Seite des Bogens kam noch ein Gruß von Männerhand zum Vorschein, mit steilen, festen, schmucklosen Buchstaben:

»Ich bin froh, daß ich mein Hauskreuz wieder habe, und wenn das Deine mal dem meinen gleichen wird, kannst *Du* froh sein. Der Verhimmelung traue ich aber nicht recht. Meine Alte hat – ich schreibe hinter ihrem Rücken – ihre Mucken; beuge denen bei Deiner Zukünftigen gleich vor.

Wenn Du Dich mal wieder bei uns sehen ließest, könnt's auch nicht schaden.

Gruß Fritz!«

Bruchs schmunzelte. »Natürlich, der muß seinen Senf auch dazugeben. Na, Fritzchen, 'nüber-dampfen kann man ja mal wieder. Ich muß sehen, wie's paßt.«

»Die anderen Bogen mögen Sie allein lesen; ich weiß aus dem ersten genug.«

Hunter wollte seinen Stuhl zurückschieben, aber Bruchs wehrte ihm ab.

»Nein, nein«, protestierte der Australier, »ich halt's mit Ihrem Schwager, und so was ist mir zu überschwenglich.«

Er wanderte hinter Bruchs auf und ab, nahm dann die ihm dargereichten engbeschriebenen Bogen aber doch und las ernst:

»Mein Liebster! Nun bin ich weit fort von Dir und doch mit all meinen Gedanken bei Dir. Ich habe im Zug erst geweint, und es war mir so bang, bis Deine Schwester mir Mut zusprach und von Dir redete. Nein, Max, ich bin nicht mehr traurig, ich denke an Dich und lebe unter lieben, guten Menschen! Deine Schwester und die gütige Mrs. Stanburn! Deine Schwester hat mir immer von Dir erzählt, von der Zeit, als Du noch ein kleiner Junge warst, einmal von einem Birnbaum auf die Erde und einmal von einem Boot ins Wasser geplumpst bist – und dann von Deiner Studentenzeit, wie sie schon verheiratet war und Dir heimlich ihre Spargroschen zugesandt habe – ach, Du, wenn Du der mal ein böses Wort sagen könntest, ich glaube, ich würde Dir auch mit böse sein. Nein, böse nicht. Aber, nicht wahr, Du könntest das auch gar nicht? Deiner Schwester, ich nenne sie auch meine, kann ja niemand böse sein. Und die gute Mrs. Stanburn. Weißt Du, Max, sie sieht noch ganz jung aus und hat doch fast schneeweißes Haar – ist das nicht merkwürdig? Das kommt, sagt sie, weil ihr Herz jung geblieben ist und gar nicht daran denkt, alt zu werden. Sie kennt Deutschland, Max, auch unser schönes Berlin. In Leipzig, bei ihrer Schwester, ist sie früher oft gewesen, wenn das nun auch schon lange her ist. Deutsch spricht sie fast ebensogut wie Marie und hat es gern, wenn ich ihr aus deutschen Büchern vorlese.

Und für mich ist das so herrlich, all das Schöne kennenzulernen. Viele, viele deutsche Bücher hat sie in ihrer Bibliothek, die wir alle durchgehen wollen. Und immer neue läßt sie kommen, heute ein ganzes Paket. Ach, Du, und Englisch soll ich auch lernen. Ein paar Brocken kann ich schon, und ich glaube, es ist gar nicht schwer. Oder doch, Max? Ja, das Schreiben, das ist verrückt, oder ich bin ein bißchen zu dumm dazu, was Mrs. Stanburn aber nicht zugeben will. Die Gute! Werde ich ihr ihre Liebe jemals vergelten können? Ja, Max, wenn Du nicht wärst, würde ich das alles gar nicht kennenlernen. Alles Liebe kommt wieder einzig und allein durch Dich. Ich bin Dir nah, wenn auch eine schreckliche Entfernung zwischen uns liegt. Einmal wird ja die Zeit kommen, wo Du mich wieder holst, sagt auch Mrs. Stanburn, und dann will sie sich mit uns freuen. Weißt Du, was ich von zu Hause heimlich mitgenommen habe? Deine Photographie, Max, und jetzt hat Mrs. Stanburn sie einrahmen lassen, wunderhübsch, und sie steht in meinem Zimmer auf dem kleinen Schreibtisch dicht am Fenster. Ein Blick von dem weißen Papier, während ich schreibe, und ich sehe Dich, mein Lieber! –

Mrs. Stanburn war eben bei mir, und sie sagt, ich solle Dich von ihr mit grüßen und dann zum Tee kommen. Ach, ich hätte Dir noch so viel zu sagen, mein Max, aber ich tröste mich auf morgen und freue mich, daß ich Dir dann wieder schreiben kann. Wenn mir nur nicht wieder bange wird, wenn Deine gute Schwester morgen in die Heimat zurückfährt. Aber nein, ich will mutig sein, Max, und Marie und Mrs. Stanburn nichts merken lassen.

Leb wohl, Max, und behalte mich lieb!

Deine treue, glückliche Hede

PS: Bald hätte ich die Adresse vergessen! Aber nein, hier ist sie noch: London, Chelsea, King's Road 15.

›The Red House‹ heißt das wunderschöne Heim von Mrs. Stanburn.«

Hunter gab den Brief zurück. »Die Adresse – werden Sie hüten müssen«, sagte er, und nach einer Pause: »Dem einen Schnüffler werden sich andere zugesellen. Nichts herumliegen lassen. Wer spionieren will, sieht doppelt, wenn möglich auch durch Schlösser und in Briefkästen. Adressieren Sie an Mrs. Stanburn.«

»In die Postämter wird ein Privatdetektiv kaum vordringen können.«

»Nein, direkt nicht. Heilig sind die Stephansjünger aber auch nicht.«

»Ich werde, um aller Vorsicht zu genügen, verschiedene Ämter benützen.«

»Well. Wie ist's mit Huth – kommen Sie mit?«

»Nach ... wenn Sie erlauben. So in einer kleinen Stunde.«

Der Australier war auf dem Weg in Gedanken vertieft und merkte nicht, daß bei seinem Fortgang ein Herr in der Nähe der Bruchsschen Wohnung aus einem Hausflur trat, ihm in einiger Entfernung folgte und auch sein Einbiegen in das bekannte Weinrestaurant beobachtete. Er hatte aber eben erst Platz genommen und sich eine Zeitung kommen lassen, als auch der Fremde im Lokal erschien und sich suchend nach einem Tisch umsah.

»Gestatten?« fragte er Hunter.

Der Australier hätte den Tisch am liebsten reserviert; aber da Bruchs erst später nachzukommen versprochen hatte und die Tische in der Nähe stark besetzt waren, nickte er zustimmend, gab dem Kellner seinen Auftrag und vertiefte sich in das Abendblatt.

Der Fremde war ein breitschultriger Herr von weltstädtischem Äußeren. Er bestellte eine halbe Flasche Erdener Treppchen, setzte eine Zigarre in Brand und widmete seine Aufmerksamkeit scheinbar ausschließlich den bläulichen Rauchringen, die er mit lässiger Meisterschaft vor sich hin blies, und dem Blitzen eines Brillantringes an seiner Linken. Erst als für Hunter serviert war, wandte er sich an diesen und fragte aufmerksam: »Darf ich weiterrauchen?«

»Bitte.«

Der Fremde musterte ihn interessiert.

»Verzeihung! Aber wenn ich nicht irre...«

Der Australier sah auf.

»Herr Hunter?«

»Der bin ich.«

»Steinberg. Ich habe die Ehre von der Potsdamer Straße her.«

»Wieso?«

»Ich wohne Ihnen gegenüber. Ist mir aber wirklich interessant. Gesehen habe ich Sie schon oft; freut mich, daß der Zufall uns auch einmal näher zusammenführt. Hoffentlich befremdet es Sie nicht, wenn ich sage, daß der Mieter im Hause Nummer einhundert im Berliner Westen Gegenstand einiger Neugierde ist...«

Daß dich die Maus beißt! dachte Hunter. Sollte der auch zu den Spürnasen gehören und mit dir anbinden wollen? Dem werde ich leuchten. »Neugierde?« wiederholte er.

»Ich bitte um Pardon! Selbstverständlich keine lästige, am allerwenigsten von meiner Seite. Der alte Wutschow ist als Sonderling bekannt, mit dem bisher niemand hat auskommen können. Man wundert sich, daß Ihnen das zu gelingen scheint, und wendet Ihnen so eine Art fragender Aufmerksamkeit zu. Oder sollte es mit Wutschows Wunderlichkeiten nicht so weit her sein, wie die Fama glauben machen möchte?«

»Das kann ich schwer beurteilen. Die Klatschereien betreffen wohl auch vorwiegend zurückliegende Zeiten.«

»Vorzugsweise allerdings, aber doch nicht ausschließlich. Ich möchte Sie in Ihrer angenehmen Beschäftigung nicht stören, sonst dürfte ich wohl sagen, daß gerade neuerdings wieder mancherlei herumgeredet wird.«

»Hm. Kann man erfahren –?«

»Na, so von der Tochter...«

»Ah?«

»...die ja wohl – ich wiederhole nur, was so geredet wird – sich vom Hause oder von einer Pension entfernt haben soll. Man wird nicht klug daraus.«

Der will dir richtig auf den Zahn fühlen, überlegte Hunter und erklärte scheinbar gleichmütig: »Ähnliches ist mir auch zu Ohren gekommen. Ich habe keinen großen Wert darauf gelegt, mehr zu erfahren.«

»Das würde ich für meinen Teil auch nicht tun. Anders ist es bei meiner Frau. Sie wissen ja, wie die Frauen sind. Die Neugier plagt sie alle. Das heißt, der Grund für die Anteilnahme meiner Frau liegt doch etwas tiefer: sie hat das hübsche blonde Mädchen gern gehabt, und wenn sie etwas Positives in Erfahrung zu bringen wünscht, so ist es zu einem guten Teil die Sorge, die ihren Wünschen einige Berechtigung gibt. Vorgefallen sein muß doch etwas!«

»Allerdings, ganz aus der Luft gegriffen sind Gerüchte wohl selten«, pflichtete Hunter unverbindlich bei.

»Das meine ich auch. Die junge Dame wird man von Hause fortgebracht haben. Das scheint mir festzustehen. Und zwar durch die Mutter. Aber warum? Einige wollen wissen, sie sei erkrankt gewesen und darum bei einem Arzt untergebracht worden. Dieser Ansicht ist auch meine Frau, und sie ist darüber recht beunruhigt. Könnten Sie nicht die Liebenswürdigkeit haben, mir – selbstredend vertraulich – einigen Aufschluß zu geben? Als Hausgenosse dürften Sie wohl dazu imstande sein, und wenn ich Ihnen meine strengste Diskretion zusichere...«

»Was wünschen Sie denn, im einzelnen zu erfahren?« unterbrach der Australier mit harmloser Miene.

»Nur zur Beruhigung: War sie krank? Ist sie es noch? Und welchem Arzt mag ihre Behandlung anvertraut sein?«

Mit anderen Worten, dachte Hunter, ich soll verraten, ob ich ihren Aufenthalt gekannt habe, und daraus soll geschlossen werden, ob ich etwa weiter beteiligt war.

»Mir ist von einer Erkrankung der Dame nichts bekannt geworden«, sagte er laut.

»Meinen verbindlichsten Dank, Herr Hunter, auch im Namen meiner Frau. Allerdings, ganz beruhigt wird sie schwerlich sein. War Fräulein Wutschow gesund, so gewinnt die Behauptung derjenigen an Wahrscheinlichkeit, die eine Liebesaffäre gewittert haben.«

»Ich denke, die Dame war verlobt?«

»Gewiß, mit einem jungen Arzt. Das war allgemein bekannt. Man munkelt aber, daß die Verlobung von der Mutter des Mädchens aufgehoben worden sei.«

»Merkwürdig, was sich alles herumspricht.«

»Nicht wahr? Man versteigt sich sogar zu der Hypothese, die Tochter sei von der Mutter geradezu vor dem Verlobten versteckt worden.«

»Na, die Phantasie braucht sich ja keinen Zwang aufzuerlegen.«

»Sollte das bloß Phantasie sein? Auch, daß der junge Arzt den Aufenthalt der Braut entdeckt und sie nun seinerseits wieder vor der Mutter versteckt hat?«

»Entführt?«

»Auf die Bezeichnung kommt es wohl nicht an. Oder ist Fräulein Wutschow aus eigenem Antrieb geflüchtet? Hat sie sich – von der Vorstellung wird meine Frau gepeinigt – gar ein Leid angetan? Ja, wenn man wüßte, daß sie geborgen ist, daß es ihr gut geht! Dann wäre ja alles Sorgen mit einem Schlage zu Ende...«

»Die Teilnahme Ihrer Frau Gemahlin deutet auf ein weiches Gemüt«, heuchelte Hunter, ohne eine Miene zu verziehen.

Herr Steinberg wurde vertraulicher. »Sie sollen mit dem jungen Arzt befreundet sein?«

»Wer sagt das?«

»Ach, so was spricht sich herum. Berlin ist eine große Stadt, aber auch ein Klatschnest wie die ärgste Kleinstadt. Sie sind zusammen ausgegangen, Sie sind auch bei ihm gesehen worden – gleich weiß es natürlich jeder, den es angeht und nicht angeht, wenn er's nur hören will. Aber das nebenbei. Meine Frau leidet unter ihren Vorstellungen und in gewissem Sinn ich mit ihr.

Ich wäre Ihnen wirklich herzlich dankbar, wenn Sie mich mit einem Wort, mit einem Wink, und wär's mit dem kleinsten, zu belehren, zu beruhigen die Güte haben wollten.«

»Hm ...«

»Ich wäre schon zufrieden, wenn Sie auf die teilnehmende Frage ›Geht es dem Fräulein gut?‹ auch nur mit einem kurzen, einsilbigen Ja antworten möchten.« Hunter schob den Teller zurück, lehnte sich mit den Armen auf den Tisch und fixierte sein Gegenüber durchdringend. »Ganz so leicht geht es doch nicht«, erklärte er. »Also auf Ihre Diskretion kann ich bauen?«

»Unbedingt.«

»Auf die Ihrer Gemahlin auch? Frauen haben recht lose Zungen.«

»Meine nicht. Für die bürge ich.«

»Na, also auf Ihr Ehrenwort! Ich muß aber etwas ausholen ... Wissen Sie, daß Frau Wutschow eine große Kunstfreundin ist?«

»Das kommt mir überraschend.«

»Ja, sie liebt es auch nicht, damit in die Öffentlichkeit zu treten. Die Kunst ist ihr Heiligtum, und das behält man ja für sich. Pinseleien sind nicht nach ihrem Geschmack; sie ist für die plastische Kunst. Und mit der Sicherheit der Kennerin geht sie ihre eigenen Wege. Marmor ist ihr zu kalt, und auch der Bronze zieht sie ein Material vor, das bei weitem zarter und schmiegsamer ist, ich möchte sagen, das das Leben am lebendigsten wiedergibt. Waren Sie einmal in Castans Panoptikum? Da sehen Sie die echte Kunst. Die Kunst in Wachs. Wachs ist das Idealste. Und für Wachs schwärmt Frau Wutschow. Für Büsten. In ihrem großen Salon stehen zwei Meisterwerke. Sie sollen ihre beiden ersten verstorbenen Töchter darstellen. In Wachs will sie auch die junge Braut modellieren lassen. Aber Verlobung aufgehoben? Unsinn. Das Fräulein krank? Fabel. Bei einem Künstler ist sie, Modell steht sie.«

Herr Steinberg hatte verstanden. »Sie haben mir meine Fragen verübelt – ich bedaure wirklich!«

»I wo, keine Ursache, Mr. Steinberg. Beruhigen Sie nur Ihre verehrte Frau Gemahlin! An dem ganzen Kuddelmuddel ist lediglich die verflixte Wachsmanie schuld. Ich glaube sogar, die Frau Wutschow trägt sich allen Ernstes mit dem Gedanken, einmal Castan empfindlich Konkurrenz zu machen.«

Hunter stand auf. »Empfehle mich Ihnen – und Ihrer Frau Gemahlin – gehorsamst ...«

Seelenruhig setzte er sich an einen frei gewordenen Ecktisch und würdigte den Ausfrager keines Blickes mehr. Erst als Bruchs hinzugekommen war und er diesem den Vorfall erzählte, verzog sich sein Gesicht spöttisch.

Fünfzehntes Kapitel

Weihnachten war herangekommen; die Straßen, die Läden und Menschen trugen das Gepräge der Festzeit. Die Tannenbäume, die noch vor wenigen Tagen in langen Reihen in den breiten Straßen und auf den Plätzen gestanden hatten, waren stark gelichtet, und die Händler waren in den Stunden des Heiligabends mit jedem Preis zufrieden, um nur möglichst mit ihren Vorräten zu räumen. Eilende, mit Paketen beladene Menschen gaben dem Straßenbild noch immer etwas Unruhiges; aber die Hochflut des Geschäftsverkehrs war vorüber, und je mehr in den Häusern der Riesenstadt die Kerzen des grünen Baumes mit ihrem milden Lichte aufstrahlten, um so mehr verebbte der Verkehr in den Läden und in dem Gewirr der Straßen. Dr. Bruchs war zu seiner Schwester nach Leipzig gefahren und hatte den Freund dringend eingeladen mitzukommen. Aber Hunter hatte sich nicht dazu bewegen lassen, und einsam hockte er zu Beginn des Abends in seiner Wohnung.

Er suchte sich mit seinem Bauplan zu beschäftigen – änderte, maß, rechnete – und konnte seine Gedanken doch nicht sammeln. Mißmutig schob er die Papiere an ihren Platz, suchte Unterhaltung durch Lektüre und warf das zur Hand genommene Buch alsbald wieder fort. Er nahm einige Pakete unter den Arm, suchte Fantig auf und beschenkte ihn und die junge Frau reichlich.

Die kleinen Gegengeschenke – ein silbernes Zigarrenetui und eine Bernsteinspitze – schob er dankend in die Taschen seines Pelzes; aber die Einladung zum Bleiben schlug er aus.

Ein paar Restaurants, in denen er Zerstreuung zu finden hoffte, waren gähnend leer. Stumm trank er, stumm ging er. Am dunkelblauen Himmel flimmernder Lichtschmuck wie an den grünen Christbäumen; das Mondgesicht freundlich lächelnd verzogen. Lichtschein, milde Klänge, Gesang aus den hohen Mietskasernen, Orgelklänge aus einer Kirche, ein Tripptrapp von Pferdehufen, ein Surren der elektrischen Bahnen mitten in der Feierstimmung. »Hampelmann, schöner Hampelmann – zehn Pfennig...«, ein dünnes Stimmchen, eine frierende, kleine Mädchengestalt...

Hunter gab ein Talerstück und sah ein Paar große Augen. Er griff noch einmal in die Tasche, faßte ein Goldstück, drückte es in die kleine, kalte Hand und ging rasch weiter. Die Leipziger Straße still, wie Hunter sie noch nicht gesehen hatte, selbst die Friedrichstraße wenig belebt. In ein Cafe bogen ein paar Frauengestalten ein, und der Australier folgte ihnen. Neben dem Büfett ein Tannenbaum mit buntem, elektrischem Licht; auf den roten Plüschsofas dekolletierte, geschminkte, verlebte Frauen, stumpfsinnig und gelangweilt. An einem Ecktisch ein paar Schachspieler mit finsteren Mienen, hinter dem Büfett eine schläfrig blinzelnde Mamsell; in einem Käfig ein Papagei, der allein munter schien.

Hunter trank einen Kognak und kehrte um. Die Umgebung, die dumpfe Luft beengten ihn. Er schlenderte heimwärts.

Das Haus Nr. 100 stach wunderlich von den lichterhellten Mietskasernen ab. Gedrückt, häßlich und dunkel lag es da. Nur das Boudoir der Hausfrau schien erleuchtet zu sein; ein schwacher Schimmer fiel durch die geschlossenen Vorhänge.

Der Heimkehrende hatte kaum die Verandatreppe betreten, als er ausglitt und nur noch eben rechtzeitig an dem krachenden Geländer einen Halt fand. Die Stufen schimmerten im Mondlicht glasig auf – sie waren mit einer feinen Eiskruste überzogen, die nur durch absichtliches Begießen hervorgebracht sein konnte. Hunter zweifelte nicht, daß die Bosheit ihm allein galt, fluchend tastete er sich nach oben, entzündete in der Veranda ein Wachskerzchen, glitt dicht vor seiner Tür nochmals aus und schlug hart gegen die Wand. Mit einem Goddam! stampfte er auf, fühlte das Schuhwerk am Boden kleben und leuchtete mit der Kerze vor sich nieder. Dunkel glänzten die Fliesen bis an die Türschwelle, aber nicht eisüberzogen – eine grüne, schlammige, schlüpfrige Masse, unregelmäßig auf dem Weißgrau der Steinplatten verschmiert. Hunter hielt sich an der Wand, erreichte die Tür, schloß auf und wollte ins Innere des Zimmers leuchten. Aber die Kerze verlosch im Luftzuge, und tiefe Stille, schwarzes Dunkel umfing ihn. Er setzte eine neue Kerze in Brand, suchte die Schuhsohlen durch Reiben an der Holzschwelle oberflächlich zu reinigen und trat ein. Mit einem Puff flammte das Gaslicht auf, und blendend hell war das Zimmer. Die Rahmen der Bilder glänzten, weiß schimmerten die Stores an den Fenstern, Behagen weckend glühte das Rot des Teppichs. Hunter forschte in den Ecken und hinter den Möbeln, riß die Tür zum Nebenzimmer auf, horchte hinein, trat vor und entzündete das Gaslicht auch dort. Tiefes Schweigen im grellen Lichte, scharfe Schattenrisse der Möbel an den Wänden, ein Blenden des Toilettenspiegels – aber nichts Fremdes, nichts Störendes, nichts Feindliches ... Der Australier atmete auf, entledigte sich der Überkleidung und des Schuhwerkes und untersuchte die Sohlen. Der Geruch belehrte ihn. Seife! Die schlechte, grüne Hausseife ...

Die Weihnachtsstimmung war verflogen, die alte Bitterkeit schnürte ihm die Kehle zu.

Ein weißes Viereck auf dem Schreibtisch fiel ihm in die Augen. Ein Briefumschlag. Er faßte danach. Der Umschlag war geschlossen, eine Aufschrift fehlte. Aber er war nicht leer, Umfang und Gewicht sprachen dagegen.

Der Australier riß einen Seitenrand in Fetzen auf. Ein weißer Bogen fiel ihm in die Hand. Er stutzte.

»Herrn Wilhelm Mumm«, las er.

Er wandte den Bogen und sah nach der Unterschrift: »H. W.«

H. W. – Hedwig Wutschow. Die Handschrift bestätigte ihm, von wem der Brief war, wenn die Chiffre ihn noch hätte zweifeln lassen ... Die derben Schriftzüge seiner ehemaligen Gattin.

Ein Brief der Feindin am Weihnachtsabend! Der versprach etwas!

»Mir ist die Gewißheit geworden«, entzifferte er, »daß Deine Faust zum zweiten Mal in mein Leben eingegriffen hat. Es gibt keine Gerechtigkeit mehr, denn sonst hätte die rächende Vergeltung den, der Frau und Kinder elend verließ, zerschmettern müssen, statt ihm Schätze auf Schätze häufen und ihn weiter Menschenleben vergiften zu lassen. Aber diesmal hast Du zu gewagt gespielt! Ich fordere Dich auf, meine Tochter zu sofortiger Rückkehr zu bewegen, andernfalls werde ich dem Staatsanwalt das Pseudonym des Herrn Hunter lüften und ihn zu amtlichem Einschreiten veranlassen. Wahrscheinlich ergibt sich dabei, daß Dein Schuldkonto noch mehr belastet ist, als ich zu beweisen vermag. An Andeutungen hast Du selbst es nicht fehlen lassen, und wenn ich gezwungen werde, davon Gebrauch zu machen, hast Du es nur Dir zuzuschreiben. Ich gebe meiner Tochter drei Tage Zeit; ist sie während dieser Frist nicht heimgekehrt, verfahre ich schonungslos.

Das ist mein Weihnachtsgeschenk für Dich und sie.

H. W.«

»Du triffst nicht ganz ins Falsche«, murmelte er zwischen den Zähnen. »Aber deine Hiebe sind Hiebe auf einen Panzer, der undurchdringlich ist. Ich werde dir in die Ohren schreien, was ich auf dem Kerbholz habe!«

Die Nacht wurde ihm qualvoll lang; mit heißem Kopfe wachte er dem Tag entgegen. Nicht die Furcht erregte ihn. Die Weihnachtsluft beengte ihn, die tödliche Einsamkeit, der brennende Wunsch, mit zu feiern, mit zu lieben, und das Erkennen, daß sein Empfinden zu spät kam, daß keine Menschenseele sein Sehnen teilte, daß er allein stand in der weiten Welt und selbst auf dem Boden der Heimat nichts sein Herz füllte. Ein Schimmer von Freundschaft und Liebe bei wenigen – und die Unlauterkeit und Niedertracht in seiner nächsten Umgebung, die ihn in seinen fiebernden Wünschen doppelt grausam traf ...

Er beschenkte die erstaunte, fast erschreckte Aufwartefrau fürstlich und hatte keine Spur von Freude daran; er lud Fantig zu einer Spazierfahrt durch den Tiergarten ein und fand kein Auge für die schöne Winterlandschaft; er frühstückte mit ihm und konnte nur mit Überwindung ein paar Bissen hinunterwürgen.

Nach der Rückkehr in die Wohnung entnahm er einem Fach seines Schreibtisches ein Reclam-Heft, steckte es zu sich und begab sich in den ersten Stock. Er traf Frau Wutschow in ihrem Boudoir, fixierte sie sekundenlang ohne ein Wort. Ein paar tiefe Falten auf ihrer Stirn fielen ihm zum ersten Mal auf; die Augen lagen tief, und um ihren leichtgeöffneten Mund ging ein Zucken. Aber auch sie brach das Schweigen nicht und erwiderte seinen Blick kalt und feindselig.

Der Australier stand aufgereckt und steif, äußerlich ein Bild eisiger Ruhe; aber schon bei den ersten Worten grollte aus seiner Stimme die innere Erregung.

»Du hast mich mit einem Weihnachtsgeschenk beehrt«, begann er, »das dir ähnlich sieht. Ich will mich nach meiner Weise revanchieren. Das einzige Mal in meinem Leben, daß ich feige gewesen bin, war damals, als ich vor dir die Flucht ergriff, statt dich mit eisernem Willen zu ducken. Ein zweites Mal fliehe ich nicht, vor deinen Drohungen erst gar nicht. Ich will dir aber Gelegenheit geben, deine Drohungen wahr zu machen, wenn deine Selbstlosigkeit so weit geht, dir auch einmal ins eigene Fleisch zu schneiden, oder deine Verblendung noch über die Dummheit hinaus, die selbst ich dir zutraue. Deine Tochter – um das vorwegzunehmen – hast du selbst von dir getrieben, ich hole sie dir nicht wieder. Ich lehne es ebenfalls rundweg ab, auch nur zum Zeugen deines ›aufrichtigen‹ Schmerzes gemacht zu werden, und ich verbitte mir, daß du mich ferner mit Spionen umgibst!«

»Dein Hohn hat bestätigt, daß du vorbereitet warst«, unterbrach sie.

»Du hattest ein falsches Werkzeug gewählt, und einem plumpen Frager antwortet am besten ein plumper Witz. Ich hoffe, dem Herrn ist nach der einen Probe die Lust vergangen, sich noch weiter an mir zu versuchen – und ich will es ihm geraten haben. Und dir nicht minder. Wenn du aber den Staatsanwalt bemühen willst – ich bitte, du würdest meinen Wünschen durchaus entgegenkommen. Besonders mein Pseudonym sähe auch ich gern gelüftet. Du hast mir von deiner alten Liebe so viel bewahrt, daß ich von deiner Güte ganz gerührt war und mich nicht imstande fühlte, dich durch schnöden Undank zu kränken. Willst du aber das Maß deiner Freundlichkeit voll machen, so verhilf mir zu meinem alten Namen und zu meinem alten Rechte. Erinnerst du dich, daß ich schon einmal auf mein Recht, das Recht an diesem Hause, hinwies? Und verstehst du – oder geht es über deinen Horizont hinaus –, daß du wohl meine Person, nicht aber zugleich mein gutes Recht für tot erklären lassen konntest? Legitimiere mich! Ich habe den alten Namen abgelegt – meine Papiere auf den neuen werden dir und dem Staatsanwalt genügen. Aber legitimiere mich für den Zivilprozeß! Meine Militärpapiere sind im australischen Busch verloren und vermodert – durch deine Anerkennung werden sie ersetzt. Und dich an deiner verwundbarsten Stelle, in deiner Habsucht, zu treffen, soll mir ein Vergnügen sein. So groß wie deines, wenn ich dir den Gefallen erwiesen hätte, auf künstlicher Eisbahn mir den Hals zu brechen. Weißt du übrigens noch nicht, daß Seife nicht gefriert – wenigstens nicht bei einer Haustemperatur über Null? Oder hast du das Spukhaus für einen Eiskeller gehalten?«

»Das ist mir unverständlich …«

»Die Tücke vervollständigt dein Charakterbild. Laß dich auch von der Denunziation nicht abhalten. Ich habe dir Andeutungen gemacht; ich will dir – Tatsachen in die Hand geben …« Er machte mitten in den Sätzen sekundenlange Pausen. »Kannst du dir eine Vorstellung vom australischen Busch machen? Ich hatte, noch in der Heimat, viel davon gelesen; ich habe die Wirklichkeit kennengelernt, und keine Phantasie reicht an sie heran. Schlechte Menschen, Betrüger, Diebe, Räuber, Mörder, gibt es überall. Keine Religion, keine Bildung schützt davor. Die Verbrecher sind die räudigen Schafe in der großen Herde – die Ausnahmen. Im Busch – anders, im Busch – die Regel. Ich war Schafhirt, und kein guter. Ich sollte sogar ein Hehler sein, was ich nicht war. Ich war faul, vielleicht auch das nicht mal. Aber ich wurde entlassen und sank noch tiefer. Wilde Gesellen lebten im Busch, die Schrecken der Hirten und Ansiedler, Sträflinge, die aus den Kolonien entflohen waren, Buschranger, verwegene, vor keinem Verbrechen zurückschreckende Goldgräber, Diebe und Säufer aus den Silberminen … Zu ihnen gesellte ich mich, mit ihnen lebte ich – vom Raube. Und sie machten mich zum – Mörder … Eine Post war geplündert worden – fabelhafte Goldschätze sollten den Räubern in die Hände gefallen sein. Der Kutscher und die bewaffnete Bedeckung waren niedergemacht, die Räuber in die Berge geflohen. Wir erfuhren ihren Aufenthalt … Wir suchten sie auf. Bei einem Überfall waren uns die Pferde unter dem Leibe erschossen worden, wir hatten nur mit Not das nackte Leben retten können. Wochen hindurch hungerten wir in Verstecken, bis uns die Kunde von den anderen kam. Sie sollten mit uns teilen, sollten uns wenigstens zu neuen Pferden und Waffen verhelfen. Wir trafen sie in einer Berghütte. Aber sie lachten uns aus – und im Mondlicht starrten uns ihre Gewehrläufe entgegen. Wir gingen zurück. Erst im Dunkel der Nacht schlichen wir uns wieder in Schußnähe, nahmen Deckung und warteten auf den Morgen. Es wurde Tag. Die Hütte lag wie ausgestorben. Wir glaubten uns überlistet, das Nest leer – Flüche kamen über zehn Lippen. Einer schlich vorwärts, schlug Feuer und setzte das Dach der Hütte in Brand. Bald schlugen helle Flammen empor, und ein halbes Dutzend Männer stürzte aus dem brennenden Hause – alle die Büchse in der Hand. Jeder von uns hatte noch eine einzige Kugel – aber sie trafen. Als letzte kam ein Mädchen aus den Flammen, das junge, schöne Antlitz weiß wie Kalk. Ich hatte noch nicht geschossen, und ich zögerte. Meine Gefährten stürzten vor, ich legte an – und streckte das letzte Opfer nieder. Es war besser so.«

»Besser? Willst du die Bluttat beschönigen?«

»Nein … Das brauchst du nicht zu verstehen. Wir begruben sie alle. Und wir teilten die Beute. Sie war reich. Das Gold nahm ich, aber dann floh ich vor den anderen – vielleicht vor mir selbst. In einer Schenke erstand ich neue Kleidung, auf einer Farm ein Pferd. Und dann ritt ich Tage und Wochen. Auf einer felsigen Anhöhe entdeckte ich in dem Gestein Mengen von Silbererz … Das gehört nicht dazu, aber du kannst es erfahren. Ich steckte Proben zu mir, ritt an die Eisenbahn und fuhr nach Melbourne. Das Gestein wurde untersucht, Geldgeber fanden sich. Ein Drittel des Ertrages für sie, zwei für mich.

In wenigen Monaten war ich wohlhabend, in einem Jahr mehr als reich… Ein Mensch gilt im Busche nichts, ein Räuber wird verscharrt wie ein Hund. Nach dem Mord kräht kein Hahn: Keine Behörde hat sich je damit befaßt, es ist auch nicht einmal etwas davon laut geworden. Ich habe den Mund gehalten…«

»Das Blutgold brachte dir Glück!« hörte er sich unterbrochen.

»Ja«, antwortete er halb abwesend. »Glück!« Sein Gesicht verzerrte sich. »Ich hoffte, ich würde es noch finden … Ich sorgte für die Miner, und die rohen Gesellen waren mir zugetan. Ich erbaute Wohnungen, Schulhäuser, eine Kirche … Ich wollte sühnen. Die Miner lachten mich aus, die Gesellschafter nannten mich verrückt, ich glaube, ich war es auch oder nahe daran. Das Bild des Mädchens verfolgte mich, ich sah, wachend und träumend, die weiße Stirn und den roten Blutstrom … Die Jahre gingen, die Jahrzehnte – Ich ließ mir ein Buch kommen – ein deutsches Buch…« Er holte ein Reclam-Heft hervor. »Nicht dieses, das habe ich in London gekauft, ein ähnliches…« Er hielt es sinnend in der Hand. »Ich blätterte, suchte darin, und es beruhigte mich. Nach Reichtum hatte ich kein Verlangen mehr, ich hatte genug; aber nach der Heimat zog es mich, zu meinen Kindern – vielleicht auch zu dir. Und in der Heimat traf mich die Vergeltung. Meine Kinder – tot, mein Weib – seelisch tot … Dir ist keine weibliche Natur mitgegeben worden, aber du hast dich verhärtet zum Stein, daß Gott erbarm! Nach meinem Geld verlangst du – dein Gelddurst läßt dich mich, läßt dich dein eigenes Kind vernichten. Schlage zu, Weib, denunziere – wo alle Niedertracht vereint ist, darf die letzte nicht fehlen. Aber meinst du wirklich, dein Gift könnte mich töten? – Meinst du?« Er lachte voll Hohn. »Nein, ich bin dir gewachsen! Ich habe dir meine Schuld bekannt, um den begehrlichen Wunsch in dir zu wecken, mich zu fällen mit einem Blitz, ich weide mich daran, deinen Gelüsten die Enttäuschung auf dem Fuße folgen zu lassen! Dein Staatsanwalt soll sich schlafen legen, mich erreicht sein Arm nicht mehr. Ich habe gebüßt durch lange Marter. Aber dem Staatsanwalt halte ich das Recht entgegen, das zu schützen auch er da ist. Ich bin kein Jurist, aber was das Gesetz mit klaren, dürren Worten ausspricht, das verstehe ich auch. Kennst du dies Buch? ›Strafgesetzbuch für das Deutsche Reich‹ ist sein Titel. – Und unter den einigen hundert Paragraphen ist einer, der siebenundsechzigste«, er schlug das Heft auf, »der da sagt: ›Die Strafverfolgung von Verbrechern verjährt, wenn sie mit dem Tode oder mit lebenslänglichem Zuchthaus bedroht sind, in zwanzig Jahren‹ … Zweiundzwanzig sind vergangen – du kannst der Nemesis nicht mehr zu Hilfe kommen. Aber verfahre ›schonungslos‹, wie du gedroht hast – ich will dem Staatsanwalt willig mein Geständnis wiederholen.«

»Du wirst dich vorsehen!«

»Schreibe alles auf – mit meiner Unterschrift will ich es dir bekräftigen. Zu dem großen Schlage hole aus, aber die kleine Niedertracht, die laß!«

Frau Wutschow erhob sich blaß. Ein Schauer überlief sie. »Wo – wo – ist Hedwig?«

Es klang plötzlich doch etwas Echtes aus dem Aufschrei, und es fiel in Hunters Ohr und Verständnis, vermochte aber seinen Fuß nicht mehr zu hemmen.

Sechzehntes Kapitel

Hedwig Wutschow sank auf einen Diwan, legte die Rechte auf die heiße Stirn und überlegte. Herb waren die Lippen aufeinandergepreßt, unter den Augen zeigten sich blaue Halbringe, die Augenlider zuckten. Sie zog nach Minuten eine Decke über die Knie, lehnte den Kopf gegen die Polster und schien zu schlafen. Aber von Zeit zu Zeit öffneten sich die Lider, die Finger zupften an den weichen Seidenflocken der Schutzdecke.

Stundenlang brütete sie, schickte die Frau, die zum Bestellen des Hauses angenommen war, mit dem Essen zurück und versank in neues Grübeln.

Am späten Nachmittag erwachte sie aus nervösem Halbschlummer zu frischem Leben, machte Toilette und befahl den Wagen.

Sie wollte versuchen, das, was sie angedroht hatte, zu verwirklichen – wenn es ging. Für den richtigen Mann, ihr zu raten, hielt sie Jendrowski. Sie wähnte ihn durch die Flucht der ihm anvertrauten Tochter verstört und zu Diensten für sie um so willfähriger.

Da das Büro des Festtages wegen geschlossen war, fuhr sie nach seiner Wohnung und hatte Glück, ihn dort anzutreffen.

Er kam ihr ausgesucht höflich entgegen und heuchelte eine warme Ergebenheit.

»Nachricht vom Fräulein Tochter?« fragte er gespannt.

»Nein.« Sie brachte es nur zu der einsilbigen Antwort.

»Aber Sie haben doch Ermittlungen angestellt? Gnädige Frau, ich bin noch nicht wieder zur Ruhe gekommen seit dem Unglückstage – und meine Frau ist gleichfalls noch immer außer sich. Sie werden begreifen, mit welcher Sehnsucht ich auf Nachrichten von Ihnen warte – und noch immer nichts, keine Spur, kein Anhalt?«

»Nein – oder doch…«

Frau Wutschow baute im Nu ein Phantasiebild zusammen, das ihr den Vorzug zu besitzen schien, sein Interesse noch wirksam zu erhöhen und zugleich die wahre Sachlage, die sie nicht unnötig preisgeben wollte, zu verbergen.

»Ich weiß, wo Hedwig ist«, log sie und setzte erbittert hinzu: »Und die Familie will ich treffen. Doktor, geben Sie mir Ihren Rat, das Weitere werde ich dann selbst veranlassen. Antworten Sie mir kurz und bündig, wenn Sie auch nicht gleich alle Namen und alle Einzelheiten erfahren. In der Familie herrscht ein Streit – ein Streit um das Haus, das sie bewohnt. Es wurde von dem ersten Mann der Frau in die Ehe mitgebracht…«

»War Gütergemeinschaft vereinbart?«

»Nein.«

»Also Eigentum des ersten Mannes?«

»Ja, damals. Aber der Mann verließ die Frau, war irgendwo in Au… – Amerika oder sonstwo – verschollen und wurde für tot erklärt. Die Frau heiratete zum zweiten Mal. Nach fünfundzwanzig Jahren kehrte der erste Mann heim und erhob Anspruch auf sein ehemaliges Eigentum. Wem gehört es nun: der Frau oder dem ersten Manne?«

»Dem ersten Manne, meine Gnädige, das ist wohl klar.«

»Aber wie kann das sein, nachdem er für tot erklärt war?«

»Die Todeserklärung gab der Frau das Recht zu ihrer zweiten Vermählung, die sonst strafbar gewesen wäre. Ihre Ehe ist also unanfechtbar – mit dem Besitzrecht an dem Hause hat das aber nichts zu tun. Auch seine Erben könnten die Herausgabe des Hauses fordern.«

»Er hat aber zu der Flucht einen Teil ihres Geldes verwendet.«

»Hat er so viel mitgebracht, ihr das zu ersetzen – bon. Sonst – wo nichts ist, hat selbst der Kaiser sein Recht verloren.«

»Er ist nicht verpflichtet?«

»Sie soll ihn verklagen, meine Gnädigste. Sie soll ihre Gegenforderungen geltend machen. Wie der Prozeß ausläuft – ich bin auf dem Gerichte heimisch –, das Ende eines solchen Prozesses kann aber auch ich nicht voraussagen. Gütliche Vereinbarung wäre wohl das einfachste…«

Sie ging weiter. »Der Mann lebt unter einem falschen Namen!«

»Hm. Wollen Sie das – etwas deutlicher erklären?«

»Er hat seinen alten Namen im Ausland gegen einen neuen vertauscht, wohl um sich Nachforschungen zu entziehen.«

»Und auf den neuen ausländische Bürgerrechte erworben?«

»Ist das von Einfluß?« fragte sie verärgert.

»Allerdings. Ist er – ein Beispiel – als preußischer Staatsangehöriger gegangen und kehrt als amerikanischer Bürger zurück, so kann ihm das niemand verwehren.«

»Schöne Gesetze!« entgegnete sie geringschätzig. »Ist der Mann – ich will ihm mein Kind um jeden Preis entreißen – auch nicht zu fassen, wenn er einen – Mord auf dem Gewissen hat?«

Jendrowski war über ihre Fragen verwundert. »Ist das nachgewiesen?« fragte er vorsichtig.

»Er selbst hat es zugestanden.«

»Wann soll er das Verbrechen begangen haben?«

»Wann! Wann! Vor zweiundzwanzig Jahren...«

»Im Ausland?«

»Das kann doch gleich sein.«

»Ist er deswegen verfolgt worden?«

»Verfolgt nicht. Es ist erst jetzt an den Tag gekommen.«

»Lassen Sie Ihre Finger davon, gnädige Frau.«

Er erklärte ihr, daß die Tat nach deutschem Strafrechte verjährt und eine Auslieferung selbst auf Antrag der ausländischen Behörden nicht zu erwarten sei.

»Und so was kann verjähren – ein Mord?«

»Gewiß«, bestätigte er etwas kühl. »Allerdings sieht das deutsche Strafrecht eine Unterbrechung der Verjährung vor, wenn der Richter wegen der begangenen Tat eine ›Handlung‹ gegen den Täter richtet. Danach muß aber erstens die Tat und zweitens der Täter bekannt geworden sein, was beides in diesem Falle ausgeschlossen scheint.«

»Ich danke!«

Sie war enttäuscht und entrüstet. »Verzeihen Sie die Störung...«

Sie ließ sich nicht mehr halten, und Jendrowski begleitete sie höflich bis an die Flurtür.

»Nach Hause!« rief sie dem Kutscher zu.

Sie fand in ihrem Prunkgemach keine Ruhe, entzündete eine Kerze und wanderte durch das Haus. Drei-, viermal leuchtete sie in den öden Salon und kehrte an der Schwelle um. Aber aufs neue zog es sie geheimnisvoll in den dunklen, kalten Raum, sie legte den Fuß auf die knarrenden, klappernden Bretter und schritt hinüber nach Hedwigs Zimmerchen. Gespenstisch schimmerte das Weiß der Türgardinen im Kerzenlicht, verzerrt spiegelten die Scheiben das Antlitz der Frau. Wie gehetzt flüchtete sie zurück, schloß die Salontür, zog den Schlüssel ab und ließ ihn wie glühendes Eisen aus den Fingern auf den Läufer fallen.

Mit schmerzenden Augen folgte sie den Zeigern der Uhr.

Wutschow war längst schlafen gegangen, schwarz lag die Nacht in dem unheimlich stillen Haus.

Die Frau band ein Kopftuch um, schlich um das Haus und starrte auf Hunters Fenster. Mit lautlosem Schritt kehrte sie um, raffte im Zimmer ihres Mannes ein Bündel Schlüssel an sich, glitt auf die Veranda und klopfte an Hunters Tür, erst leise, dann laut. Aber keine Antwort als, der hämmernde Widerhall des Pochens.

Der Leuchter in ihrer Linken zitterte, als sie vorsichtig aufschloß... Auf den Zehen ging sie über den roten Teppich. Die Tür zum Schlafzimmer stand auf. Sie leuchtete hinein. Das Bett war leer.

Hunter war nicht zu Hause. Sie hatte es nicht anders erwartet. Er blieb selten daheim und kam, wenn er ausgegangen war, selten vor Mitternacht zurück.

Sie untersuchte den Schreibtisch und riß an den bronzenen Handgriffen der Schubfächer. Die Verzierungen der Griffe drückten sich tief ins Fleisch ihrer Finger, aber alle Fächer waren verschlossen und widerstanden ihren Versuchen, sie mit Gewalt aufzureißen.

Sie huschte über die Veranda zu einem Verschlag hinter der Treppe, riß einen Kasten mit verrostetem Werkzeug an sich und flog zurück. Ein dünnes Stemmeisen zerbrach, ein stärkeres ließ sich nicht ansetzen. Sie riß ihr Kopftuch ab, umhüllte mit einer Ecke den Holzgriff und trieb das Eisen mit festen Hammerschlägen in eine Fuge. Krachend splitterte unter dem Druck ihrer Fäuste das Holz ab, bis sie ein noch stärkeres Brecheisen einführen und die Vorderwand des Schubfaches mit einem Ruck sprengen konnte.

Der blitzende Lauf eines vernickelten Revolvers war das erste, was ihr in die Augen fiel. Sie faßte nach der Waffe, schob sie auf den Tisch und griff nach einer braunen Ledermappe, auf der der Revolver gelegen hatte. Die Mappe barg Banknoten im Werte von einigen tausend Mark und daneben eine Anzahl von Rechnungen und Briefen. Sie ließ die Noten unbeachtet, stöberte in den Papieren und warf sie achtlos auf den Boden. Ein Brief mit der Handschrift des Dr. Bruchs entlockte ihr einen Freudenruf. »Lieber Herr Hunter«, las sie fliegend, »Sie haben mir gestern einen Korb gegeben; aber lassen Sie mich meine Einladung nochmals wiederholen, und nehmen Sie sie freundlichst an. Ich fahre mit dem Zuge um 1 Uhr 05, Anhalter Bahnhof; lassen Sie nicht umsonst warten Ihren ergebenen Bruchs«. Der Brief wanderte in ihre Tasche, und rastlos blätterte sie weiter, ohne anscheinend noch etwas zu entdecken, was sich für ihre Wünsche lohnte. Erst nach geraumer Zeit wurde sie wieder von einigen meist mit Kopierstift flüchtig geschriebenen Zahlscheinen gefesselt, die sie ausschließlich in Anspruch nahmen. Die Quittungen bezogen sich auf eingekaufte Pelzsachen, Handschuhe, Taschentücher, Reisekoffer und Necessaire – und trugen in den Kassenstempeln sämtlich das Datum vom Tage der Flucht Hedwigs.

Sie nahm den Revolver und warf ihn gegen die Fensterwand, riß, was noch weiter an Papieren in der Lade war, heraus, musterte alles flüchtig und streute es wild umher.

Mit wenigen Schritten war sie am Ausgang, zögerte, kehrte um, las die Banknoten auf und schob sie zerknüllt zu dem Bruchsschen Brief, während sie die Quittungen in der Hand behielt.

Sie legte sich nicht schlafen, sie wartete auf die Rückkehr des Australiers und stand vor diesem, noch ehe er das Staunen über die Verwüstung überwunden hatte.

Frau Wutschow hielt ihm in der erhobenen Rechten ihren Fund entgegen: »Wo ist – meine Tochter?«

Er begriff. »Weib, warst du das?« fragte er eisig.

»Ich!« entgegnete sie mit wildem Trotze.

Er umklammerte ihr Handgelenk und entriß ihr Fetzen der Zahlscheine.

»Wer hat das bekommen?« keuchte sie.

»Wer? Ich bin dir keine Rechenschaft schuldig.«

»Doch bist du's. Für Hedwig war es.«

»Danach hast du bei mir gestöbert? Vielleicht – nach Hedwigs Adresse?«

»Wo – ist sie? Bei Gott im Himmel, ich will es wissen!«

»Du kennst einen Gott? Hast du einen anderen als das Gold?« Er schleuderte ihren Arm von sich. »Diebin! Hast du nicht zugleich den Plunder...«

Sie warf die Banknoten mit einer im Augenblick wahren Gebärde des Ekels von sich.

»Blutgeld! Behalte es! – Wo ist meine Tochter?«

»Suche sie!« klang die ruhige Antwort.

Sie hob die Hand, als wollte sie in der besinnungslosen Erregung zuschlagen. Aber dann streifte ihr Blick den blinkenden Lauf des Revolvers unter dem Fenster, blitzschnell sprang sie an dem Australier vorbei, bückte sich nach der Waffe und hob sie gegen den Feind.

Ein Schuß knallte kurz und hart, und die Kugel schlug seitwärts in die Wand, riß die Tapete auf und ließ den weißen Mörtel hervorbröckeln. Ein zweiter Knall folgte, der Australier wankte, griff um sich, hielt sich sekundenlang am Schreibtisch und glitt dann auf den Boden.

Der Revolver entfiel der Hand der Frau, schlug gegen eine Stuhllehne und fiel hart neben den Getroffenen.

Frau Wutschow stand wie entgeistert.

»Was ist das? Gott im Himmel!« flüsterten die blutleeren Lippen.

Taumelnd ging sie um den Niedergestreckten herum, dessen offene Augen seltsam starr auf sie gerichtet waren.

Mit wankenden Knien erstieg sie die Treppe, tastete sich in das Gemach ihres Mannes und keuchte: »Hast du gehört?«

Wutschow schnarchte, und sie rüttelte ihn wach.

»Steh auf! Unten ist geschossen worden – hast du gehört?«

»Nu – nein ...«

»Hunter – ich fürchte mich ... Rasch, kleide dich an, komm mit!«

Brummend kam Wutschow ihren Wünschen nach, stieg mit ihr nach unten und fand den Australier bewußtlos ausgestreckt, den Revolver dicht neben der schlaffen Rechten.

»Arzt – hole einen Arzt!« herrschte die Frau.

Es litt sie nicht in dem Gemach, als der Ehemann schlurfend gegangen war. Scheu stand sie im Dunkel der Veranda, und die Viertelstunde bis zum Erscheinen des Arztes schien ihr eine Ewigkeit.

Endlich vernahm sie eilende, feste Schritte. Ein Herr bog auf den Hof und sah sich suchend um. Sie ging ihm bis an die Treppe entgegen, rief ihn an und führte ihn.

»Selbstmord?« fragte der Arzt.

»Wahrscheinlich«, gab sie leise zurück.

Der Doktor tat seine Pflicht, und Frau Wutschow half den Ohnmächtigen betten.

Nach kurzer Zeit erlangte der Verletzte das Bewußtsein zurück.

»Fantig ...«, hauchte er.

Der Arzt, der seit langem in der Gegend ansässig war, kannte den Agenten und hatte ihn auch bisweilen in Hunters Gesellschaft gesehen.

»Soll ich ihn holen lassen?« fragte er.

Hunter antwortete mit den Augen, und Wutschow mußte widerwillig auch den Weg nach der Bülowstraße antreten, um Fantig zu suchen.

Der Schuß war in die Brust gegangen, der Sitz der Kugel nicht gleich zu ermitteln. Aber der Getroffene erholte sich, und wenigstens eine unmittelbare Lebensgefahr schien nicht vorhanden.

»Bruchs – telegraphieren – Leipzig«, flüsterte Hunter, als Fantig und die junge Frau eilig gekommen waren. »Doktor Stahl«, fügte er hinzu.

Frau Wutschow entfernte sich stumm.

»Sieht das nach Selbstmord aus?« fragte Fantig den Arzt im Nebenzimmer erregt und wies auf den gewaltsam erbrochenen Schreibtisch und die verstreuten Papiere.

»Lassen Sie alles unverändert, ich habe eine Anzeige zu erstatten«, lautete die reservierte Antwort des Doktors.

Siebzehntes Kapitel

Die Polizei stellte sich bald ein. Es war noch stockfinstere Nacht. Fantig hörte ihr Pochen von der Veranda her und sah im Schein einer Kerze draußen die Helmbeschläge und die Uniformknöpfe aufglänzen. Er mahnte zur Ruhe, um den Verletzten, der in einen unruhigen Schlaf gefallen schien, nicht aufzustören. Der Arzt, der sich den Herren von der Behörde wieder angeschlossen hatte, unterstützte die Mahnung des Agenten.

Schweigend betraten die Männer den Wohnraum und nahmen den Tatbestand auf, soweit es sich ohne Vernehmung des Kranken durch den bloßen Augenschein und die Angaben des Arztes feststellen ließ.

»Sie kennen ja wohl den Verletzten näher«, wandte sich der die Untersuchung leitende Kommissar an Fantig. »Haben Sie den Verdacht, daß ein Überfall vorliegt?«

Fantig vermochte keine klare Antwort zu geben.

»War der Herr mit irgend jemandem verfeindet?«

»Nicht, daß ich wüßte.«

»Verfügte er über große Mittel?«

»Über sehr große.«

»Verbrauchte er viel?«

»Im Verhältnis zu seinem Reichtum: nein. Er lebte nicht knapp, aber auch nicht verschwenderisch.«

»Hatte er Frauenbekanntschaften?«

»Das glaube ich nicht.«

Die alten, verrosteten Werkzeuge, die Frau Wutschow zurückgelassen hatte und die zum Teil auf dem Teppich, zum Teil noch in dem verstaubten Holzkasten an der Seite des Schreibtisches lagen, konnten von keinem professionellen Einbrecher herrühren, darin stimmten die Beamten ohne lange Überlegung überein. Aber woher stammten sie? Daß der Wohnungsinhaber sich mit dem alten Gerümpel herumgeschleppt oder es irgendwo erstanden haben sollte, nahm niemand an.

»Hier im Hause mag Kram genug herumliegen«, warf Fantig hin.

»Sie meinen, es wäre Eigentum Wutschows?«

»Ich kann es natürlich nicht behaupten. Aber es dürfte doch nicht unmöglich sein.«

Der Beamte musterte den Agenten aufmerksam. »Hegen Sie einen Verdacht gegen Wutschow?« fragte er ernst.

Fantig verwahrte sich dagegen.

»Dann nehmen Sie an, daß der Kranke sich selbst des Kastens und seines Inhalts bedient haben könnte?«

Der Agent zögerte. »Ich kann Herrn Hunter mißverstanden haben ... Aber Sie hatten sich eben entfernt, Herr Doktor, meine Frau brachte das Telegramm an Bruchs aufs Haupttelegraphenamt, und ich war mit Hunter allein. Er sprach nicht, aber er schob die Hand über die Decke und wies mit dem Zeigefinger auf sich. ›Sie selbst?‹ fragte ich, und es schien mir, als ob er nicken wollte ...«

»Herr Doktor«, wandte sich der Kommissar an den Arzt, »stellen Sie bitte fest, ob der Kranke vernehmungsfähig ist. Wenn es ohne Gefahr geschehen kann, muß er geweckt werden.«

»Das letztere möchte ich nicht verantworten«, entgegnete der Arzt, betrat aber leise das Schlafzimmer, um nachzusehen.

Frau Fantig saß still am Kopfende des Bettes.

»Ich habe mehr Licht machen müssen«, sagte sie gedämpft.

»Er verlangte es.«

Der Australier lag wach in den Kissen. Das graue Gesicht war eingefallen, die weit zurückgetretenen Augen blickten glanzlos und müde.

»Wie geht es Ihnen?« fragte der Arzt »Haben Sie Schmerzen?«

Hunter antwortete nicht, und der Doktor prüfte den Verband, maß die Temperatur und horchte auf den Herzschlag.

»Können Sie ein paar Fragen beantworten?« fuhr er fort. »Ein Beamter ist nebenan. Er möchte aufklären, was vorgefallen ist. Soll er kommen?«

Hunter nickte, und der Arzt führte den Kommissar an das Lager.

»Nur wenige Fragen«, flüsterte der Doktor.

Der Kommissar beugte sich vor, um die Gesichtszüge des Kranken schärfer beobachten zu können.

»Waren Sie es selbst?« fragte er.

Die Lippen des Australiers bewegten sich, und ein zögerndes, röchelndes »Ja« entrang sich ihnen vernehmbar. Dann schlossen sich die bläulich gefärbten Augenlider, um sich minutenlang nicht wieder zu öffnen. Der Doktor untersuchte von neuem, stellte einen erhöhten Pulsschlag fest und erhob gegen eine weitere Vernehmung Einspruch.

»Meine Aufgabe ist ja auch gelöst«, gab der Kommissar gedämpft zurück. »Sie haben Frage und Antwort gehört?«

»Deutlich.«

Auch Frau Fantig wurde als Ohrenzeugin der Selbstbezichtigung von den Beamten notiert.

Dem Ehepaar Wutschow konnte eine Vernehmung nicht erspart werden. Wutschow kam schlurfend und schleppend, die Frau blaß, aber festen Schrittes und scheinbar ruhig. Und sie allein antwortete auf die Frage des Beamten.

»Wieviel Schüsse haben Sie gehört?«

»Zwei.«

»Wann war das?«

»Um Mitternacht.«

»Waren Sie noch wach?«

»Ja.«

»Sie riefen Ihren Mann und eilten nach unten?«

»Ja.«

»Hatten Sie deutlich gehört, daß die Schüsse im Hause gefallen waren?«

»Ich glaubte es.«

»Gehören die Werkzeuge Ihnen?«

Frau Wutschow trat vor, prüfte und bestätigte es.

»Wo wurden sie aufbewahrt?«

»In einem Verschlage hinter der Treppe.«

»Wußte Hunter davon?«

»Er mußte wohl...«

»Wie erklären Sie sich, daß er den sehr wertvollen Schreibtisch gewaltsam aufgebrochen hat?«

Frau Wutschow zuckte die Schultern.

»Vielleicht hat er das im Jähzorn getan, vielleicht, weil das Schloß nicht funktionierte oder er den Schlüssel verlegt hatte?«

»Es scheint mir unmöglich.«

»Neigte er zum Jähzorn?«

»Darüber habe ich kein Urteil«, behauptete sie kalt.

»Haben Sie etwas zu ergänzen?« fragte der Kommissar den Hausherrn.

»Nein«, antwortete Wutschow träge.

»Ich danke.«

Der Beamte bedeutete ihnen das Ende der Befragung. Der schlottrige Ehemann und die fast aufreizend selbstbewußte Frau waren ihm nicht sympathisch, und er schenkte sich überflüssige Höflichkeitsbeweise.

Die Aufnahme des Protokolls dauerte bis zum Morgen.

»Wollen Sie noch etwas aussagen?« fragte der Arzt den Australier.

Ein kurzes, heiseres »Nein« war die Antwort.

Mit dem zunehmenden Tage schien auch die Kraft des Patienten zu wachsen. Er verweigerte die Nahrungsaufnahme, lag, ohne sich zu rühren, sprach aber mit dem Arzt, der bis zur Ankunft Bruchs an seiner Seite bleiben wollte. Zuerst kamen die Worte schwerfällig und kaum verständlich, dann klar und zusammenhängend.

»Schonen Sie sich«, riet der Arzt.

»Ist – Bruchs – tele...«

»Gleich in der Nacht und dringend. Er kann schon um Mittag kommen.«

»Werde – ich – gesund?«

»Gewiß.«

»N-ein –«, hauchte er.

»Doch. Nur sprechen Sie nicht zuviel.«

»Frau – Wu-Wut-schow...«

»Wollen Sie sie sprechen?«

»Allein.«

Frau Fantig richtete die Botschaft aus und verließ das Gemach, sobald die Hausherrin eintrat.

»Allein«, wiederholte Hunter, den Blick auf den Arzt gerichtet.

»Ja, aber nicht zu lange«, mahnte der Doktor und drückte die Tür hinter sich zu.

Hunters Blick ruhte fest auf der Frau.

»Mör...«, röchelte er abgerissen, und bei dem schweren Leidenston zuckte die Frau zusammen.

»Hast du mich – verraten?« fragte sie, nach Atem ringend.

Er schloß die Augen und schwieg lange.

»Hast du –?« drängte sie zitternd.

»Heute mittag kommt Bruchs«, brachte er mit Anstrengung hervor. »Willst du nun ›ja‹ sagen?«

Die jähe Hoffnung durchbebte sie, daß sie mit ihrer Zustimmung sich selbst zu retten vermöge.

»Wünschst du es?« fragte sie drängend.

»Ja.«

»Und du willst schweigen – dann schweigen?«

»Nur dann.«

»Ja, ich gebe meine Einwilligung!«

Er drehte das Gesicht mühsam der Wand zu.

»Ich mag – dich – nicht sehen ... Gott – verzeihe dir – ich – kann nicht...«

»Aber du hältst dein Wort!« keuchte sie.

»Geh!« forderte er kurz, und sie hatte genug Kraft, von dem Lager des Schwerkranken zurückzutreten und mit undurchdringlich verschlossener Miene an den im Nebenzimmer Weilenden vorüberzuschreiten.

Hunter lag eine Stunde lang apathisch. Dann flüsterte er: »Bruchs da?«

»Noch nicht, aber bald«, erwiderte Frau Fantig, deren Mann bei jedem aus Leipzig ankommenden Zug zum Anhalter Bahnhof eilte.

»Bald...«, wiederholte Hunter sinnend, und nach einer Pause forderte er mit belebter Energie: »Lassen Sie – Notar holen. Ich will mein Testament...«

»Es ist unnötig, Sie werden genesen«, beruhigte der Arzt gegen seine Überzeugung. »Aber wie Sie wollen. Wen wünschen Sie?«

»Einerlei.«

Ein Bruder des Arztes war Notar und wohnte in der Nähe. Er wurde von Frau Fantig sofort geholt.

Hunter sprach fast ruhig. »Ich setze«, erklärte er, und der Notar schrieb nach, »Herrn Doktor Max Bruchs und seine Braut – Hedwig Wutschow – zu gleichen Teilen zu meinen Universalerben ein. Nichts sagen – Doktor Bruchs«, flocht er ein und fuhr fort: »Sie sollen aber – Waisenhaus bauen – für arme Kinder – und die, die schlechte Eltern haben.«

»Wollen Sie nicht eine bestimmte Summe für den Bau festsetzen?« unterbrach der Notar.

»Ja, zehn Millionen. Das andere – Bruchs und Hedwig.«

Der Arzt führte ihm bei der Unterschrift die Hand, und Frau Fantig schluchzte.

»Ruhe«, mahnte der Arzt leise und freundlich.

Ein lautes Wagenrollen, das vor dem Hause plötzlich abzubrechen schien, lockte die Frau ans Fenster.

Durch Tränen erkannte sie ihren Mann und den eilig die Gitterpforte öffnenden jungen Arzt.

»Bruchs«, rief sie leise und ging dem Ankommenden entgegen.

»Ein Unglück, Herr Doktor!«

»Er lebt?«

»Ja – noch...«, versetzte sie bitter.

Bruchs mäßigte seine Eile erst an der Schwelle des Schlafzimmers.

»Lieber Freund – Grüße von Hede, von Marie, von meinem Schwager.«

Er sah bestürzt in das leidende Antlitz, das sich aschfahl von den Kissen abzeichnete.

»Mein Gott...«, stotterte er, einen Moment die Fassung verlierend.

Hunter schob ihm die Hand, die er nicht mehr zu heben vermochte, über die Decke entgegen.

»Dank, daß Sie kamen. Allein – al-lein«, bat er, und die nicht gewünschten Zeugen kamen seinem Willen unverzüglich nach.

Bruchs hatte die ihm gebotene Hand ergriffen und hielt sie in der seinen.

»Doktor – hören Sie mich an, ich habe nicht viel – Zeit mehr. Hede wird Ihre Frau. Frau Wutschow«, die Lippen flogen ihm, »hat eingewilligt. Sie sollen nicht trauern um mich. Ich – ach – wie – das – schwer wird. Ich bin miserabel gewesen. Auch ein – Menschenhasser wie Wutschow. Ich muß sterben – sühnen. Ich gehe – zu meinen Kindern...«

Bruchs drückte ihm die Hand.

»Reden Sie nicht mehr«, bat er weich.

»Doch – doch. Glauben Sie – an – einen Gott? Wenn es einen gibt – Barmherzigkeit – nur – meine Kinder – meine Kinder! Mein Leben war schal. Geben Sie – Sie – Glück, auch – für – mich. Ich – habe festgelegt – Sie sollen ausführen!«

Er stockte und rang nach Luft. Bruchs erkannte die Gefahr der tiefen, seelischen Erregung; aber er tat nichts mehr dagegen, denn das Auge des Arztes sah zugleich, daß an eine Rettung nicht mehr zu denken, daß das Ende nahe herangekommen war.

Noch einmal nahm der Sterbende sichtlich alle Kraft zusammen.

»Frau – Wu – hat sich – um Hede – gesorgt – das vergibt – viel. Sei – nicht – zu streng. – Fantigs – gut – zu mir – gib...«

Über die stockenden Lippen kam eine nüchterne Zahl.

»Gib –«, wiederholte er. »Und – nimm. Wie – bin – ich arm, daß – niemand – um – mich – trau...«

Die letzte Silbe verhauchte.

»Wir werden immer dankbar an Sie denken, Hede und ich«, sagte Bruchs voll Herzlichkeit.

Der Schimmer eines Lächelns glitt über das graue Antlitz.

Bruchs fühlte die von ihm umschlossene Hand des Sterbenden erkalten; er fing den letzten Blick der brechenden Augen auf, ein Dehnen ging durch den Körper, und plötzlich stand der Atem still – William Hunter hatte ausgelitten...

»Mein Gott«, stammelte Bruchs, »wie hat das alles so schnell kommen können!«

Er brachte dem Kollegen und Frau Fantig die Trauerbotschaft und sank auf einen Sitz. Er hatte den Tod nicht zum ersten Mal gesehen; aber Hunter hatte ihm nahegestanden und hinterließ in ihm eine Wunde.

Er brauchte Zeit, ehe ihm die Spannkraft wieder auf die Beine half. Er stieg die Treppe hinauf, um dem Ehepaar Wutschow die Mitteilung zu überbringen.

Frau Wutschow weilte in ihrem Gemach und empfing den Arzt mit sichtlicher Spannung.

»Herr Hunter ist entschlafen«, sagte Bruchs einfach. »Was ihn veranlaßte, die Waffe gegen sich selbst zu richten, wird wohl für immer ein Geheimnis bleiben.«

Die Frau atmete auf, als sei sie von einer schweren Last befreit. Aber nicht ein Wort der Teilnahme wurde von ihr gesprochen.

»Sie haben dem Sterbenden zu erkennen gegeben«, fuhr Bruchs fort, »daß Sie sich um Hedwig sorgten...«

Sie fuhr zusammen. »Woraus wollte er das schließen?« fragte sie unruhig.

»Er hat es nicht weiter erörtert; er konnte es vielleicht nicht mehr, denn er war bereits zu schwach.«

»Ich hatte keinen Grund, mich zu dem Fremden zu äußern«, sagte sie dreist. »Nur das eine habe ich ihm nicht verschwiegen, daß ich Ihnen und meiner Tochter die Einwilligung nicht länger vorenthalten wolle. Hat er daraus meine Besorgnis gefolgert?«

»Gnädige Frau, ich weiß es nicht, aber ich danke Ihnen für Ihr Ja!«

Er streckte ihr die Hand hin, die sie nicht zu sehen schien. »Wo ist Hedwig?«

»Sie befindet sich in guter Hut, und sie wird in wenigen Tagen hier sein und Ihnen auch ihrerseits danken.«

»Warum kommt sie nicht gleich?«

Bruchs klärte sie auf.

»So. So weit haben Sie sie gebracht?«

»Meine Schwester wird sie heimholen.«

Sie maß ihn kühl. »Ich gebe Ihnen mein Kind. Mögen Sie es nie bereuen. Mein Freund werden Sie nicht.«

»Nein«, stimmte Bruchs bitter zu, »es scheint so.«

Er machte eine Abschiedsbewegung, aber Frau Wutschow hielt ihn noch zurück.

»Wer übernimmt die Sorge um das Begräbnis?« fragte sie.

»Ich.«

»Sind Sie dazu autorisiert?«

»Wie meinen Sie das?«

»Sind Sie Nachlaßordner?«

Bruchs hatte von dem Testament nur die flüchtige Kenntnis, die ihm der Sterbende gegeben hatte, und ahnte nicht, wie er selbst darin bedacht worden war.

»Ich erfülle eine einfache Freundespflicht«, antwortete er ernst.

Sie drehte ihm den Rücken.

Achtzehntes Kapitel

Der plötzliche Tod des Australiers erregte Aufsehen und wurde in den Zeitungen in langen Artikeln besprochen.

Am Stammtisch in der Bülowstraße entspann sich über den Fall eine lebhafte Debatte, und Fantig gab der allgemeinen Stimmung Ausdruck, als er in ehrlicher Anteilnahme ausrief: »Das Haus hat noch allen Unheil gebracht, die damit zu tun hatten, und wenn Hunter auch sein eigener Herr war und keiner ihm querkommen durfte, recht ist es mir nie gewesen, daß er sich gerade da einnisten mußte!«

Nur Jeremias Kluckhohn hielt sich zurück. »Nee?« näselte er und schielte scheu auf die Tischplatte. »Hast du's ihm denn nicht gesagt? Er war doch dein Gönner.«

»Jawohl, war er!« betonte Fantig gereizt. »Aber keiner wie dein Wutschow! Pah, der Vergleich beleidigt schon. Der Mann hatte Herz und Wert – dein Wutschow, ach was, die Namen lassen sich ja gar nicht in einem Zuge nennen...«

»Geizig war er wohl nicht«, stichelte Jeremias.

»Nein, aber dein Freund ist es, eklig sogar«, trumpfte Fantig. »Und die Alte! Na, die passen zusammen. Prachtexemplare...«

»Ja, ja«, warf der Wirt besänftigend ein, »so'n bißchen Leben, was ist das! 'n Streichholz ist auch nicht leichter auszublasen.«

»So«, knurrte Jeremias, »mußte er denn selbst blasen?«

»Kaue deinen eigenen Priem«, wies Fantig ihn zurecht. »Hat er's getan? Ist es ein Unglück gewesen? Weißt du es? Und hast du zu richten?«

»Das nicht. Bleibt aber immer feig!«

»Rede keinen Quatsch! Feig – feig! Gottbewahre, eher das Gegenteil! Was willst du denn? Der Mann hatte alles, was er wünschen konnte; Geld, Gesundheit, Arbeitskraft – sorglos konnte er leben, wenn sein Sinn bloß auf das Äußere gerichtet war. Aber das war es eben nicht. Der Mann hatte was in der Brust, was bei dir und deinem Wutschow nicht da ist; und weil das, weil das Herz nicht zufrieden war, warf er Gold und Leben von sich. Wenn's kein Unfall war – ich kann das nur immer wiederholen.«

»Hat er den schönen Tisch auch zufällig erbrochen?«

Fantig musterte Jeremias geringschätzig. »Einer, der ein armer Teufel oder ein Geizkragen ist, trägt seinen Rock sieben Jahre, und wenn's auch kaum noch Fetzen sind: 'n anderer latscht in seinen Stiefeln nur eine Woche herum und stülpt sich alle paar Tage einen neuen Deckel auf seinen Schädel. Soll einer, der mit Millionen wirtschaftet, nicht auch mal so'n nichtswürdigen Holzkasten kleinmachen dürfen, wenn er was drin sucht und nicht anders dazu kann oder wenn es ihm Vergnügen macht? Brauchte er mit Groschen zu rechnen?«

»Na, na, sollte es nicht mit seinen Groschen zu Ende gegangen sein?« setzte Jeremias seine Herausforderung fort.

»Du bist ein Kindskopf«, erwiderte Fantig entschieden. »Hätte er nicht da noch den schönen Bauplatz gehabt? Kannst du nicht bis drei zählen, daß dir das nicht einleuchtet?«

Fantig stand gereizt auf. »'n Abend, meine Herren.«

»Komm wieder«, rief ihm der Wirt begütigend nach.

Und am nächsten Abend stellte er sich wieder ein und fand die Situation ziemlich verändert.

Die letztwilligen Verfügungen waren inzwischen bekannt geworden.

Jeremias schnellte aus seiner hockenden Stellung auf und streckte dem Agenten die zittrige Hand hin.

»Na, da – gratuliere...«

Fantig war ernst und glitt fast müde auf einen Stuhl.

»Ich habe gar nicht gewußt, wen ich da verloren habe«, sagte er, und seine Stimme bebte.

»Kannst aber lachen«, wisperte Jeremias.

»Nein.«

Fantig saß in stillem Nachdenken.

»Ich habe viele miserable Menschen kennengelernt«, sagte er halb für sich, »aber wieviel doch ein einziger gutmachen kann. Wieviel mehr als gut. Und gerade der mußte gehen. Gerade dem kann man nicht mehr Dank sagen. Der liegt bleich und kalt, wird bald begraben und vergessen sein. Nein, von mir nicht...«

Er fuhr sich über die Augen.

»Ist das wahr, daß der Staatsanwalt die Leiche noch nicht zur Beerdigung freigegeben hat?« fragte Jeremias nach einer Weile.

Fantig nickte, ohne sich weiter auszulassen, und ein gewisser Ernst ehrte auch die übrigen Stammtischler, selbst den nervösen Jeremias nicht ausgeschlossen.

»Du gehst doch wohl immer noch zu deinem Freund hin«, wandte sich der Wirt an Jeremias. »Hast du nicht was von der Tochter gehört?«

»Ich misch mich nicht ein«, erklärte der Gefragte murmelnd.

»Na ja. Aber richtig scheint da auch nicht alles zu sein«, fuhr der Wirt fort. »Die Alte hat sich eine Frau als Aushilfe genommen – das ist ihr früher nicht eingefallen. Und die Tochter, sagt die Frau, ist nirgends zu sehen. Gekocht wird auch nur für zwei. Wenn da nichts dahintersteckt, will ich Muck heißen. Bloß Genaues weiß man nicht.«

Fantig verhielt sich schweigsam, bis das Gespräch sich abermals dem anscheinend auffälligen Eingreifen des Staatsanwalts zuwandte.

»Auffällig?« fragte er. »Wieso das? Passiert das nicht bei jedem derartigen Anlaß? Die Redensart: ›Das Genaue wird die Untersuchung oder die gerichtsärztliche Obduktion ergeben‹, die liest man doch fast alle Tage.«

»Ja, aber hier hat doch die Polizei schon gesprochen.«

»So? Die hat das Geschehene aufgenommen. Alles versteht die auch nicht, und ob wirklich ein Selbstmord vorliegt, ob wenigstens die tödliche Wunde von der eigenen Hand beigebracht sein kann und ob die Wahrscheinlichkeit dafür vorliegt, darüber haben andere Leute zu befinden: Fachleute, Ärzte. Und von denen das Gutachten einzuholen dürfte alles sein, was der Staatsanwalt will. Meines Erachtens eine Formsache, nichts weiter. Ja, wenn der Verwundete sich nicht selbst bezichtigt hätte, dann läge die Sache anders. Aber so – ich bin überzeugt, daß die Leiche sehr bald wieder freigegeben und das Verfahren abgeschlossen wird.«

»Na, wir werden ja sehen.«

Am dritten Tage nach dem Hinscheiden Hunters fand die Obduktion statt und ergab nach Ansicht der Sachverständigen die Bestätigung, daß der tödliche Schuß aus nächster Nähe und von der Hand des Getroffenen abgefeuert worden sei. Für die Tat von eigener Hand sprachen auch die Umstände, daß die aus dem Körper entfernte Kugel mit den noch in dem Revolver befindlichen übereinstimmte und daß die Waffe selbst als das Eigentum des Verstorbenen festgestellt werden konnte. Hätten die auf dem Schaft eingravierten Initialen W. H. noch einen Zweifel gelassen, so würde dieser durch das Zeugnis der Aufwartefrau Hunters beseitigt worden sein, die die Waffe wiederholt in dem geöffneten Schubfache des Schreibtisches hatte liegen sehen, wenn der Eigentümer sich mit seinen Bauplänen beschäftigte und das Fach ruhig hatte halb offenstehen lassen.

Nach dem gerichtsärztlichen Urteil kam die Erlaubnis zur Bestattung des Toten bereits in der Frühe des nächsten Tages.

Dr. Bruchs hatte einen Kollegen mit der Vertretung in seiner Praxis beauftragt und widmete sich ausschließlich der Sorge um den toten Freund.

Die Aufbahrung erfolgte sofort nach Eingang des staatsanwaltlichen Schreibens.

Um die Mittagszeit wurde Hedwig mit Frau Marie aus London zurückerwartet. Sie sollte noch mit einem Blick in das Antlitz des Freundes von diesem Abschied nehmen, dann der Sarg geschlossen und am Nachmittag der Erde übergeben werden.

Bruchs begab sich lange vor der Ankunft des Zuges nach dem Bahnhof und wartete. Als der Zug in die Halle einlief, gewahrte er in einem geöffneten Coupéfenster schon von fern den blonden Kopf seiner Braut. Aber kein Tücherschwenken grüßte; stumm, mit tränenverdunkeltem und doch leuchtendem Blick stand das junge Mädchen, nickte dem Verlobten zu und schmiegte sich ihm still in die ausgebreiteten Arme.

Und dann standen sie an dem Sarg des Mannes.

»Max, wie schrecklich ist das alles«, flüsterte Hedwig durch ihr Schluchzen.

»Ja, mein Lieb. Aber es liegt so voller Frieden auf seinen Zügen – der Tod ist auch etwas Erhabenes. Er hat gekämpft in den letzten Stunden, sein Gesicht war verzogen und eingefallen – der Tod hat die Züge gerundet, geklärt und verschönt.

Hedwig und Frau Marie stiegen in den ersten Stock empor und traten befangen in das Prunkgemach der Hausfrau.

Frau Wutschow mochte ihre Ankunft bemerkt und sie bereits erwartet haben. Sie empfing die Tochter an der Tür, schloß sie im ersten Empfinden in die Arme und zog den blonden Kopf an ihre Brust. Kein Laut kam von den stolzen Lippen, nur ein Druck der Arme gab der Wiedersehensfreude Ausdruck, und nach wenigen Augenblicken schien die Frau ihre volle Fassung wiedergewonnen zu haben.

»Geh auf dein Zimmer, mein Kind, und lege ab«, sagte sie und lud die Begleiterin der Tochter kühl ein, Platz zu nehmen.

»Herrn Doktor Bruchs' Schwester?« fragte sie, als Hedwig zögernd gegangen war.

»Ja, gnädige Frau, und die Freundin Ihres Kindes.«

»Ich will Ihnen keinen Vorwurf mehr machen...«

Das klang herb.

»Ihr Kind hat meine ganze Liebe gewonnen«, sagte Frau Stahl freundlich.

»Und die der Mutter verloren«, fiel die Hausfrau ein.

»Kann ein Kind das?« fragte die junge Frau ernst.

Frau Wutschow wandte sich dem Fenster zu und sah hinaus.

»Sie haben den Sonnenschein im Hause, liebe Frau Wutschow; wärmen Sie sich doch daran«, redete Frau Marie freundlich zu.

»Ich kann nicht«, klang es bitter zurück. »Und wenn – fliegt der Sonnenschein nicht fort?«

Hedwig kam zurück. »Ich konnte nicht anders, Mama!«

»Nun ja«, murmelte die Frau dumpf. »Ja, laß es gut sein. Geh und hilf in der Küche, wir haben einen Gast.«

Sie eilte fort, sie selbst trug auf, und sie war froh, daß die Mutter sich so weit zu beherrschen suchte, wenigstens äußerlich den Besuch zu ehren.

»Ist dein Bräutigam unten?« fragte Frau Wutschow. Hedwig sah auf die Freundin.

»Mein Bruder hat noch zu tun«, antwortete Frau Marie.

»Magst du ihm eine Tasse Tee hinuntertragen?«

»Wollen Sie ihn nicht heraufbitten?« wandte Marie freundlich ein.

»Wenn er will...«

Dr. Bruchs kam mit der Braut und begrüßte die Schwiegermutter mit freundlichem Ernst.

»Danke. Aber nur eine Viertelstunde...«

Die kurze Frist verging in gezwungener Unterhaltung.

Einförmig und düster verlief die Trauerfeier in der Wohnung, und ernst und langsam setzte sich vom Hofe aus der Leichenwagen in Bewegung.

Die Wagen des Gefolges schlossen sich auf der Straße an, und nur Wutschow hatte die von ihm bestellte Kutsche auf den Hofraum beordert.

Mürrisch kletterte er die Verandatreppe hinab, schloß den Pelz über dem neuen, schwarzen Anzug und rückte an dem ihm unbequemen Zylinder. Dicht vor dem Wagen blieb er stehen, fixierte das ihm fremde Gesicht des Kutschers, schnupperte in das Innere des Gefährts, ging rundherum, stierte auf die Achse der Hinterräder und murmelte halb für sich: »Da fahre ich nicht mit – da hinten sitzt noch einer.«

Er zog eine Börse, händigte dem Kutscher den vereinbarten Fahrpreis und einen Zwanzigpfennignickel als Trinkgeld aus und zog sich schleppend auf die Veranda zurück.

»Was sagte er?« fragte der Mann auf dem Bock den in der Nähe stehenden Fritz Müller.

Müller zog sich hinter die Kutsche zurück, daß er von der Veranda aus nicht gesehen werden konnte, und tupfte sich gegen die Stirn.

»Der? Ja, der muß woll mehr sehn als andere Leute. Macht er bei mir auch so. Bald sitzt einer hinten auf dem Wagen und läßt 'n nicht los, bald geht einer vor die Schimmel und führt uns irre – bloß, daß die immer kein Mensch nicht sehen kann als bloß er...«

»Ick jloobe, der will sich bloß von die Fuhre drücken«, meinte Fritz Müllers Kollege drastisch.

Wenn er aber damit das Richtige getroffen hatte, so hatte Wutschow offenbar mit seiner List bei der Frau des Hauses keinen Anklang gefunden, denn er kroch eben wieder die Treppe hinab und kam, während Frau Wutschow hinter den Verandascheiben sichtbar wurde, aufs neue an den Wagen.

»Hinein gehe ich aber doch nicht«, knurrte er, kletterte neben den Kutscher auf den Bock und hieß ihn abfahren.

»Man immer langsam«, schränkte er ein, »dahinaus kommen wir noch früh genug...«

Starr sah Frau Wutschow dem Wagen nach, bis der Duft von Blumen und Wachskerzen aus dem Sterbezimmer ihr belästigend auf die Nerven fiel und sie forttrieb.

Sie wankte wie eine Nachtwandlerin, die Schläfen schmerzten ihr, und der Gedanke befriedigte und marterte sie zugleich, daß ein neues Geheimnis des Hauses Nr. 100 nur ihr alleiniges Eigentum war.

Wer der Verstorbene gewesen war, wer die Hand gegen ihn erhoben hatte – niemand außer ihr wußte es.

Und sie litt in dumpfer Qual...